KATHRYN TAYLOR

Daringham Hall

LA HERENCIA

KATHRYN TAYLOR

Daringham Hall

LA HERENCIA

Traducción de Ana Guelbenzu

GRUPO ZETA

Barcelona • Madrid • Bogotá • Buenos Aires • Caracas • México D.F. • Miami • Montevideo • Santiago de Chile

Título original: *Daringham Hall – Das Erbe*
Traducción: Ana Guelbenzu
1.ª edición: junio, 2015

© 2015 by Bastei Lübbe AG
© Ediciones B, S. A., 2015
   Consell de Cent, 425-427 - 08009 Barcelona (España)
   www.edicionesb.com

Printed in Spain
ISBN: 978-84-666-5725-9
DL B 12301-2015

Impreso por LIBERDÚPLEX, S.L.
Ctra. BV 2249, km 7,4
Polígono Torrentfondo
08791 Sant Llorenç d'Hortons

Para Rosemary y Bryan.
No hay un sitio más bonito
en East Anglia que vuestra casa.
Y para Martin. Siempre para ti.

Prólogo

La habitación permanecía sumida en el silencio, salvo por el sonoro tictac del viejo reloj de pie del rincón, que ponía a Kate todavía más nerviosa de lo que ya estaba. Aquel mueble macizo con su esfera dorada y sus pesos llevaba en la biblioteca de Daringham Hall desde que ella tenía uso de razón, y cuando reparaba en su presencia, aquella cadencia monótona y fiable le resultaba tranquilizadora. Pero hoy no, porque con cada movimiento del minutero el momento que temía se acercaba un poco más.

—No debería estar aquí —repitió en voz alta lo que llevaba pensando todo el tiempo, deseosa de ceder al impulso de levantarse del sofá y marcharse. Pero no era tan fácil. En aquel momento ya nada era fácil.

Vacilante, miró a Ralph Camden, que estaba sentado en una butaca, tan ensimismado que ya llevaba unos minutos sin pronunciar palabra. Kate creyó que tal vez no la había oído, pero de pronto él levantó la cabeza para mirarla.

A sus cincuenta y pocos años podría ser su padre, y había habido épocas en la vida de Kate en que había deseado que así fuera. De niña quería pertenecer a su familia a toda costa y vivir en Daringham Hall, para ella lo más parecido a un hogar que conocía. Allí no se limitaban a soportarla, sino que era bienvenida. Por eso les tenía tanto cariño a los Camden y se sentía tan unida a ellos. Eso no cambiaría nunca.

Y ese era justamente el problema.

Kate tragó saliva, pues Ralph no contestó a su objeción y se limitó a observarla con aquel sosiego tan propio de él.

Le tenía un afecto especial precisamente por eso. Siempre se comportaba con corrección y nunca montaba en cólera, o en todo caso Kate no recordaba haberlo oído gritar ni echar pestes con tanta vehemencia como su tía Nancy. No, Ralph Camden siempre se mostraba amable, y eso representaba un alivio para una niña que todos los días notaba lo poco deseada que era. De modo que a nadie podía extrañar que en la imaginación de Kate él ocupara a menudo el papel del padre ideal.

Sin embargo, distaba de serlo, ahora lo sabía. No era ningún héroe, y sus ademanes tranquilos solo lograban desviar la atención de su falta de fuerza y autoridad. De haber poseído esas dos cualidades, tal vez jamás hubiera ocurrido lo que tenía a todos tan preocupados desde hacía semanas y amenazaba el futuro de Daringham Hall. Ni ella tendría que estar sentada a su lado.

—A Ben no le gustará que esté presente —repuso de nuevo, y se encogió de hombros con impotencia—. Y en realidad tampoco me incumbe. —¿Es que no lo entendía?

Ralph suspiró pero no cambió de opinión.

—También te incumbe, Kate. Nos incumbe a todos. Además... —Dudó y se le quebró un poco la voz—. Quizá te resulte más fácil convencerlo que a mí. —Una débil sonrisa se dibujó en su pálido rostro—. Eres la más próxima a Ben de todos nosotros, y creo que significas mucho para él.

Kate notó un nudo en la garganta y por un instante deseó que fuera cierto. Sin embargo, ¿cómo iba a serlo tras los acontecimientos de los últimos días?

—Yo también lo pensaba, pero él... —Se interrumpió porque llamaron a la puerta.

Al cabo de un momento Kirkby apareció en el umbral. Llenaba el vano con sus hombros anchos, ligeramente inclinados hacia delante, y las mangas del traje negro que vestía se tensaban alrededor de los musculosos brazos, que no parecían propios de un mayordomo. Más bien semejaba un pugilista, algo que por lo visto había sido. Corrían muchos rumores sobre Kirkby, y Kate se había acostumbrado a creérselos todos. Le caía simpático aquel grandullón, y entendía su devoción leal por los Camden. Era algo que tenían en común.

—El señor Sterling ha llegado —anunció Kirkby, y Kate boqueó sin querer cuando él se apartó para dejar paso a Ben, que entró en la sala con semblante serio.

Era una de las pocas personas que no parecían menudas al lado de Kirkby, pero ese no era el motivo por el que resultaba imposible no fijarse en él, sino sus maneras arrogantes, su modo de caminar y la forma en que miraba con unos ojos gris ceniza. Kate nunca había tenido ocasión de esquivarlos, y en ese momento notó un escalofrío y que se le aceleraba el corazón.

Ben dudó solo un instante cuando se encontraron sus miradas y Kate vio la sorpresa en su rostro. No esperaba verla allí, y por un segundo ella creyó que le iba a decir algo. Pero luego sus rasgos se endurecieron de nuevo y se convirtieron en la máscara tras la que se ocultaba a todo el mundo. Se acercó en silencio a Ralph y Kate, que estaban sentados en medio de la sala, y se detuvo mientras Kate se levantaba con las rodillas temblorosas. Ralph también se puso en pie.

—Ben. —Pronunció el nombre con cautela, como inseguro sobre si podía utilizarlo.

No podía.

—Señor Sterling para usted. —La voz grave de Ben sonó fría, pero Kate la conocía lo suficiente para percibir la ira reprimida. Miró alrededor de la sala con sorna, con una ceja levantada, luego clavó la mirada de nuevo en Ralph—. ¿Dónde está su hermano? ¿Hoy no necesita asesoramiento legal?

—No. —Algo ocurría en el rostro de Ralph, y cuando miró a Kate un instante ella leyó la preocupación en sus ojos. El hecho de que esta vez Timothy no estuviera presente suponía un riesgo, ambos lo sabían. Pero era la única manera de, tal vez, convencer a Ben y hacerlo cambiar de opinión.

Mientras Ralph se afanaba en buscar las palabras adecuadas, Kate confirmó de nuevo en silencio lo poco que se parecían aquellos dos hombres. Aparte del cabello, del mismo tono rubio oscuro, no parecían tener nada en común.

Ralph se aclaró la garganta.

—Bueno... tengo una propuesta. Mejor dicho, una petición —explicó.

Kate intentó prepararse, pues si Ben rechazaba la oferta, y era muy probable que así fuera, sería una amenaza no solo para Daringham Hall, sino para todo lo que era importante en su vida. Entonces tendría que odiarle.

¿Y si la aceptaba?

Kate tragó saliva con dificultad mientras Ben la escudriñaba y comprendía que entonces ella se vería en apuros mucho más graves.

1

Cuatro semanas antes

—¡Espero que no lo digas en serio!

Ben sonrió al percibir temor en la voz de Peter, que sonaba un poco distorsionada a través del dispositivo de manos libres del Jaguar de alquiler. Fuera acababa de desatarse una tormenta de verano y llovía a cántaros, lo que perjudicaba la cobertura. Aun así, el despacho de Sterling & Adams Networks se encontraba en la lejana Nueva York, donde Peter sin duda estaría sentado ante el ordenador. De hecho, Peter siempre estaba delante de un ordenador y para obligarle a abandonarlo se requerían ciertas artes de persuasión. O aportar hechos consumados, algo que en principio Ben prefería. Por eso no se dejó impresionar por la reacción de Peter, pues ya contaba con ella.

—Tampoco me montes un drama por eso, Pete, ¿me oyes? Solo está tardando un poco más de lo que esperábamos.

—¡Pero ese no era el plan, maldita sea! Tenías que quedarte tres días en Inglaterra, no una semana entera. Y ahora, cuando pensaba que por fin había terminado, vas tú y añades otro maldito día entero. Mañana probablemente me comunicarás que has decidido mudarte para siempre a esa isla lluviosa.

—Antes muerto —replicó Ben, furibundo, y acto seguido se enfadó por haberlo dicho. No hacía falta que Peter supiera cómo lo alteraba su estancia allí.

—Espero que seas consciente de que tienes que estar aquí como mucho el lunes por la tarde; de lo contrario me veré obligado a dirigir yo la reunión con Stanford y su gente, y tú no quieres que eso pase, ¿no?

Ben soltó una risita.

—No si se puede evitar. —Peter era un genio de la informática y, gracias a su extraordinaria capacidad como programador, su compañía, antes pequeña y con sede en un garaje, se había convertido en una empresa de *software* de éxito y a esas alturas de prestigio internacional. Pero todo lo bueno que era con los números y códigos, plataformas y gráficos lo tenía de pésimo en el trato con la gente. Por eso habían acordado desde el principio un estricto reparto del trabajo: Ben era la cara visible de Sterling & Adams Networks y representaba a la empresa de puertas afuera, mientras que Peter se encargaba del área técnica. En realidad, aquello no cambiaba el hecho de que ambos eran administradores del negocio con igualdad de derechos, y por eso Peter tenía que representarle en Nueva York mientras él estuviera en Inglaterra. No era la solución ideal, pero sí inevitable. Ben no estaba seguro de poder regresar al cabo de dos días a Nueva York. Dependía de cómo transcurrieran las horas siguientes—. En caso de que aun así no pueda, envía a Sienna. Seguro que estará encantada de encargarse de todo.

Peter soltó un bufido.

—Seguro —dijo—. Pero no sé qué le parecerá a Stanford que lo despachemos con tu asistenta. Eres el único al que respeta, lo sabes perfectamente. Si faltas a la cita no cerraremos esa operación. —Hizo una pausa, como a la espera de que Ben le asegurara su asistencia. Al advertir que no ocurría, soltó un profundo suspiro y agregó en tono de reproche—: En serio, Ben, no lo entiendo. Llevas siglos trabajando en esta operación, ¿y ahora que llega el momento dices que es probable que no asistas? Ese asunto privado tuyo no puede ser tan importante, ¿verdad?

Ben torció el gesto; sabía que Peter tenía razón: si se quedaba ponía en peligro la operación con Stanford. Pero aquello era más urgente. Tenía que resolverlo antes.

—Sí lo es —replicó a su amigo—. Y tampoco sé exactamente cuánto va a durar.

Oyó un gruñido áspero al otro lado de la línea, pero Peter no insistió y colgó después de murmurar:

—Entonces haz el favor de darte prisa. —Y se despidió brevemente.

Eso era lo que tanto le gustaba a Ben de él. Probablemente su estrecha amistad con aquel estadounidense diez años mayor se basaba solo en eso. Peter siempre había respetado que Ben no fuera de esa gente a la que gustaba explicar su vida a los demás, pues en ese sentido era muy parecido. En aquella ocasión Ben se lo agradeció especialmente porque en realidad solo le incumbía a él...

Una ráfaga de viento azotó el Jaguar y lo empujó con tanta fuerza que Ben tuvo que concentrarse para no salirse de la estrecha carretera. Tras dominar el coche, miró asombrado al cielo. Entonces comprendió que el tiempo estaba a punto de empeorar aún más. El manto de nubes, antes ya espeso y abrumador, había adquirido un amenazador color gris oscuro, y la lluvia caía con tanta intensidad que el limpiaparabrisas apenas daba abasto. Además, los rayos y truenos se sucedían cada vez más rápido: era evidente que se adentraba en una tormenta de verano.

Ben incrementó la presión sobre el volante. La guía que había comprado aseguraba que East Anglia era la zona más soleada de Inglaterra. «Hoy por lo menos no», pensó, y en realidad incluso le pareció bien. El tiempo encajaba a la perfección con su estado emocional, porque en su interior también se iba alterando algo a medida que se acercaba a su destino.

Ya no podía estar muy lejos, se lo confirmó el indicador que acababa de pasar: un kilómetro hasta Salter's End, el pueblo más cercano a la vieja casa familiar a la que se dirigía.

Seguramente en Daringham Hall estarían sentados a la mesa para cenar, como todos los domingos a esa hora. Con un poco de suerte ya habrían recibido la carta de su abogado neoyorquino, y tal vez en ese mismo momento estarían sopesando las consecuencias que tendría todo aquello para ellos. Probablemente pondrían en duda lo que él les había comunicado, y seguro que estaban convencidos de que encontrarían una solución. Ben esbozó una sonrisa maliciosa. En eso se equivocaban. Había pasado los últimos días investigándolo todo con exactitud, y haría que la refinada familia Camden se enfrentara al resultado. Personalmente. Cara a cara.

No estaba planeado así, en realidad todo tendría que haberse gestionado a través de su abogado. Ben no quería hacer acto de presencia, sino saborear el triunfo en la distancia. Sin embargo, cuando ya estaba en el aeropuerto para regresar a Nueva York, de pronto sintió que no le bastaba. Lo asaltó la urgente necesidad de enfrentarse a los Camden cara a cara. Quería mirarlos a los ojos cuando se enterasen de quién era y qué iba a hacer. Por eso no embarcó y se dirigió al mostrador de la empresa de alquiler de vehículos, donde se había decidido por el más caro. Ya que lo hacía, aquella gente tenía que saber a primera vista con quién estaba tratando.

Recordó la imagen de su madre, como tantas veces durante los últimos días. La vio como si la tuviera delante, pálida y débil en la cama, marcada por el cáncer y desesperada porque no quería dejar solo a su hijo, de apenas doce años. Tenía su muerte grabada en la memoria, tan ardiente y dolorosa que durante mucho tiempo había huido del recuerdo. Pero el pasado nunca lo abandonó, le había corroído tanto el subconsciente que ahora, con treinta y cuatro años, por fin necesitaba tener la certeza.

Por eso había contratado a un detective privado en Londres, para buscar las respuestas que su madre nunca había querido darle. Cuando al poco tiempo llegaron los primeros resultados de la investigación, Ben se puso tan furioso que su abogado envió acto seguido una carta en su nombre a East Anglia. Los documentos que la agencia de detectives le había remitido por correo a Nueva York le sorprendieron por insuficientes, de modo que decidió ir a Inglaterra para ocuparse en persona del asunto.

Un rayo atravesó el cielo, seguido de un trueno ensordecedor, y Ben, tras reprimir una maldición, se concentró de nuevo en la carretera. La tormenta estaba ahora justo encima de él. En cierto modo tenía la sensación de que ese maldito país se había conjurado contra él. No solo por lo agotador que resultaba conducir por el lado equivocado de la carretera, sino también porque se arrepentía de haber alquilado un coche tan grande. Maniobrar con el Jaguar por la costa del sudeste de Inglaterra, que a cada minuto parecía estrecharse más, tampoco habría sido un auténtico placer aunque hiciera buen tiempo. Pero en las actuales circunstancias era extraordinariamente estresante. Además, el GPS parecía haber dejado de funcionar de repente. Ben no tenía ni idea de por dónde conducía, pues el ordenador de a bordo hacía unos minutos que indicaba *off-road*, y en la pantalla del navegador el punto que debería ser el Jaguar se movía sobre una superficie negra. Ya no había señal. Para rematar, justo entonces la carretera se bifurcó delante de sus narices.

Ben detuvo el vehículo y cogió su móvil para activar el GPS, esperando que este funcionara mejor. No fue así. De hecho, el móvil ni siquiera se encendió, lo que tampoco era de extrañar, pues Ben recordó que durante la conversación con Peter ya tenía muy poca batería.

—Vaya, genial —masculló, y arrojó el aparato al asiento.

A continuación, frustrado, observó la bifurcación entre la lluvia. No tenía ni idea de cuál era el camino correcto, pero como la paciencia nunca había sido una de sus virtudes, hizo lo que hacía siempre en situaciones parecidas: tomó una decisión. A la izquierda. Bien, si se equivocaba siempre podría dar media vuelta.

Pasados trescientos metros entendió cuán complicada sería una simple maniobra para girar. La carretera se transformaba por momentos en una especie de camino rural asfaltado, invadido por una espesa maleza. Solo había sitio para un vehículo, y si alguien se acercaba de frente se vería obligado a ir marcha atrás todo ese tramo... una idea que no le ayudó a ponerse de mejor humor. Maldita Ingla...

—¡Mierda! —Pisó a fondo el freno para no embestir al cochecito amarillo que apareció de pronto delante, en el camino. El Jaguar chirrió y todavía avanzó unos metros dando bandazos, pero Ben consiguió detenerlo antes de chocar contra la trasera del otro coche.

Se quedó sentado al volante un momento como paralizado, mientras el corazón se le acompasaba. Luego el cerebro volvió a funcionarle y advirtió que el otro coche no se movía, que estaba parado. Por eso casi había chocado con él, porque ese idiota por lo visto aparcaba ahí.

Ben se disponía a hacerle saber al conductor lo que pensaba de su conducta cuando a la luz de los faros reconoció que en el asiento trasero del otro coche había tres personas sentadas. Chicas jóvenes, si no le engañaba la vista, una de ellas con un llamativo pelo violeta. Las tres lo miraban por el cristal y hablaban exaltadas. ¿Estarían ahí porque habían tenido una avería y necesitaban ayuda?

Ben bajó del coche sin ponerse la chaqueta del traje. Llovía tanto que enseguida se le empapó la camisa, una capa más de tela no habría cambiado nada. Se acercó a la puerta del conductor del otro coche.

—¿Hola? —Dio golpecitos en el cristal, tras el cual vio con claridad a la conductora, una joven rubia oxigenada. Junto con la morena del asiento del copiloto eran cinco, todas muy jóvenes, como mucho de unos veinte años, calculó Ben. Pero no parecía que necesitaran ayuda, más bien estaban nerviosas por su aparición, porque la rubia le lanzó una mirada hostil antes de bajar una rendija la ventanilla.

—¿Qué quieres, tío? —Esa pregunta desafiante resultó casi engullida por el rugido de un trueno.

Él se acercó más a ella y arrugó la frente. No estaba seguro, pero parecía tener restos blancos alrededor de la nariz. Y también parecía un poco... exaltada. Colocada.

Ben puso cara de pocos amigos cuando entendió que ese era el motivo por el que las chicas habían aparcado en aquella carretera apartada. Habían esnifado cocaína y no querían que nadie las molestara. No estaba claro si creían que con ese tiempo nadie iba a pasar por ahí o si ya estaban bajo el influjo de las drogas cuando decidieron parar.

En cualquier caso, no era buena idea. De joven Ben ya había cometido errores suficientes para saberlo. Pero últimamente nada le afectaba, solo le importaba una cosa.

—¿Puedes mover el coche? Estás bloqueando la carretera.

—¿Ah, sí? ¿Y si no lo hago?

La rubia oxigenada se mostraba cada vez más agresiva y lo miraba con aire desafiante. Ben estaba perdiendo la paciencia. Encima de que por culpa del maldito GPS no sabía a ciencia cierta si iba por buen camino, ahora estaba calado hasta los huesos y tenía que tratar con unas adolescentes obstinadas pasadas de vueltas. Basta.

Se limpió la lluvia del rostro, apoyó el brazo en el techo del coche y se inclinó.

—También podéis quedaros aquí —dijo, no con intención de ser educado, y respondió a la mirada de la conductora con una firmeza gélida. Normalmente lo habría probado con el encanto, porque con las mujeres una sonrisa facilitaba llegar antes al objetivo. Pero ya estaba cansado de la situación, así que señaló una entrada en el camino que vio unos metros más allá—. Poned el coche allí y dejadme pasar. Tengo prisa.

Sus empleados de Nueva York no habrían tardado nada en obedecerlo porque lo conocían lo suficiente para saber cuándo tensaban demasiado la cuerda. La rubia oxigenada, en cambio, no parecía impresionada. Se volvió hacia las demás y dijo algo a media voz que Ben no pudo oír por el crepitar de la lluvia. Luego abrió de golpe la portezuela con rabia de manera que Ben tuvo que apartarse a un lado rápido para que no le diera, y bajó. También se abrió la puerta del otro lado y al instante las cinco chicas estuvieron delante de él en el camino.

—¿Es que no se puede estar aquí tranquilamente? ¡La carretera no es tuya ni de tu cochazo de lujo, capullo! —La rubia oxigenada dio un paso hacia Ben, que no retrocedió. ¿Qué se creía esa mocosa, que le daba miedo?

—Solo quiero pasar —repitió, y le sostuvo la mirada a la chica, que ahora estaba justo delante de él.

Ambos estaban empapados, pero ella no parecía notarlo, y a sus amigas tampoco parecía molestarles que la ropa se les pegara al cuerpo, ropa barata y muy ceñida. Todas estaban concentradas en él, y ninguna sonreía.

Ben suspiró para sus adentros. Jo, las cosas no paraban de mejorar.

—Oye, de verdad que no tengo ganas de discutir —dijo, esforzándose por conservar la calma pese a su impaciencia. ¿No podían ser un poco razonables esas chicas y dejarle pasar?

La rubia se volvió hacia sus amigas como si quisiera cerciorarse de nuevo. Luego volvió a mirar a Ben con una expresión de complacencia, casi triunfal.

—Tú puede que no, gilipollas. Pero nosotras sí —espetó, y le dio un puñetazo tan fuerte en el estómago que se tuvo que doblar, sorprendido.

2

Toby levantó la cabeza y soltó un gruñido flojo y grave, como si fuera hubiese oído algo que le provocara desconfianza, y Kate, que estaba de rodillas a su lado, sonrió sin querer. No tenía ni idea de qué podía haber llamado la atención del airedale terrier, pues fuera ya hacía un buen rato que rabiaba una fuerte tormenta de verano, y para los oídos de ella el estruendo de los truenos y los golpes de los postigos azotados por el viento eran demasiado potentes para percibir algo más. Pero era una buena señal que *Toby* se hubiera alterado.

—Parece que ha recuperado el ánimo. —Se levantó de su sitio junto a la manta del perro delante de la chimenea y sonrió a Amanda Archer, que estaba sentada muy cerca en una butaca—. Pronto volverá a estar en forma.

—¿Está segura? —La anciana no parecía creérselo, pues seguía mirándolo con preocupación.

Kate lo entendía. *Toby* estaba en un estado deplorable cuando ella había llegado unas horas antes. Enseguida vio que tenía todos los síntomas de una intoxicación y tuvo que tratarlo rápido para salvarlo. Por suerte, la terapia le había sentado muy bien y era obvio que lo peor ya había pasado.

—Sí, estoy segura —confirmó, y se inclinó de nuevo para acariciar la piel rizada del terrier, tumbado de nuevo en la manta—. ¿Verdad, bonito? Te vas a poner bien.

El gran perro movió la cola levemente e intentó lamer la mano de Kate, que lo consideró otra buena señal. Amanda pareció creerse por fin que el perro se había recuperado. Aunque solo por un momento. Luego volvieron los reproches hacia sí misma.

—No debería haber comprado ese nuevo fertilizante —dijo, y se remetió el cabello con destellos grises detrás de la oreja en un gesto maquinal—. ¡Pero quién iba a pensar que hoy en día hasta las virutas de cuerno están envenenadas con productos químicos!

—No podía saberlo —la tranquilizó Kate mientras guardaba sus instrumentos y los medicamentos en la bolsa—. Ya está recuperado.

—¡Gracias a usted! —dijo la anciana, muy seria—. Si no hubiera venido tan rápido... —Se le humedecieron los ojos, y Kate le apretó la mano para consolarla.

—Eso es lo mínimo.

—No, no es verdad —insistió Amanda—. Hoy es sábado, pero aun así usted ha venido; nunca lo olvidaré. Es una bendición su vuelta a Salter's End. Sabía que *Toby* saldría de esta si lo trataba usted. Usted nunca se rinde.

Kate se alegró del cumplido, pero no pensaba que hubiera hecho nada extraordinario. Al fin y al cabo, precisamente por eso era veterinaria. No le había resultado fácil porque hizo la carrera contra la voluntad expresa de su tía, y sin ninguna ayuda económica. Pero en días como ese sabía que el esfuerzo había merecido la pena.

En cuanto a su regreso, nunca le había sido tan fácil tomar una decisión. Aunque no todos los recuerdos vinculados a aquel lugar fueran buenos, seguía teniendo la sensación de pertenecer allí. Tenía cariño a esas tierras y sus gentes, y le daban seguridad. Por eso se había ido de mala gana a estudiar y había aceptado sin vacilar cuando el viejo veterinario del pueblo le ofreció entrar en su consulta.

Amanda aún tenía lágrimas en los ojos.

—No sabe cuánto significa para mí —dijo con voz quebrada—. Solo me queda *Toby*.

No añadió más, pero Kate leyó en su rostro lo

mucho que le había afectado la muerte de su marido. John Archer, que había trabajado durante muchos años como guardabosques en Daringham Hall, había fallecido a principios del año anterior de forma súbita de un infarto. Desde entonces Amanda vivía sola en aquella casa que ya no utilizaba el nuevo guardabosques, pues este prefería vivir más cerca del pueblo. Hasta entonces Kate nunca se había detenido a pensar cuánto tiempo podría estar bien allí, en el bosque, la vieja señora. A sus setenta y pocos años aún estaba ágil, pero sufría de artritis en las rodillas, y eso a veces le dificultaba caminar. Tarde o temprano iba a necesitar ayuda.

—¿Su hija no puede venir a ayudarla un poco?

Amanda se encogió de hombros.

—Kent está muy lejos. Pero viene de visita con mi nieta siempre que puede. —Sonrió—. No me mire así, Kate. Aún no soy una vieja desvalida. De verdad —aseguró, y Kate asintió.

Entendía el deseo de Amanda de quedarse en la casa donde había vivido tantos años con su marido. Seguro que estaba llena de recuerdos a los que no quería renunciar. Y si llegaba el día en que no podía más, se mudaría a una casa en el pueblo. Muchas de ellas pertenecían a los Camden, y seguro que no dejarían en la estacada a la viuda de su viejo guardabosques.

—De acuerdo, entonces volveré a ver a *Toby* mañana a primera hora —dijo Amanda—. Solo por si acaso...

Un relámpago iluminó la ventana, seguido de un fuerte trueno que hizo vibrar toda la casa y provocó un estremecimiento en ambas mujeres.

—No debería salir ahí fuera ahora mismo —dijo Amanda casi sin aliento—. Puede quedarse aquí hasta que pase la tormenta.

Kate miró el reloj.

—Es usted muy amable, pero no puedo. Aún tengo que pasar por Daringham Hall. —Incluso era urgente, pues la yegua de Anna, la sobrina de Ralph Camden, estaba a punto de parir, y Kate tendría que haber ido a verla ya por la tarde. No lo había hecho debido a *Toby*, pero seguro que ya la estaban esperando—. La ayudaré en un momento a cerrar los postigos.

—No tiene por qué hacerlo. Siempre los dejo abiertos —repuso Amanda, y Kate frunció el entrecejo, no era una buena idea.

—Pero es más seguro —insistió, y no se refería solo al tiempo. Últimamente había habido en la zona una serie de robos en que las casas y viviendas resultaban bastante destrozadas. La policía suponía que el o los autores eran muy agresivos. Hasta entonces los dueños nunca habían estado en casa durante los asaltos, pero nunca se sabe.

Como si quisiera confirmar sus temores, de

pronto *Toby* alzó de nuevo la cabeza y gruñó, esta vez con más insistencia, antes de volver a desplomarse sobre su cojín y cerrar los ojos. Kate estaba segura de que habría ido corriendo a la puerta de no haberse sentido tan flojo, y eso reforzó su decisión de asegurar la casa lo mejor posible antes de irse. El perro aún tardaría un rato en servir como guardián.

Salió al pasillo, se puso los zapatos y la chaqueta y se plantó en la puerta antes de que Amanda pudiera detenerla.

Fuera llovía y la tormenta era tan fuerte que Kate tuvo que afianzarse bien contra el viento para conseguir cerrar los postigos, viejos y desgastados. Cuando acabó con el último, oyó aliviada que Amanda echaba el cerrojo.

Presurosa, dobló la esquina de la casa y se quedó paralizada al ver una silueta oscura que entraba en la casa a hurtadillas, agazapada, a la luz de un relámpago palpitante.

A Ben le costó volver a abrir los ojos. Debió de quedarse inconsciente un momento, pues cuando se incorporó gimiendo comprobó que se encontraba entre los arbustos del margen de la carretera. Y solo. No había ni rastro de las chicas, y su coche también había desaparecido, igual que el Jaguar.

Tomó conciencia muy despacio de lo ocurrido. No podía creer la sangre fría y la brutalidad con que aquellas chicas le habían atacado. De pronto empezaron a caerle golpes y patadas incesantes de las cinco a la vez. Aún había tenido suerte de que uno de los golpes le diera con fuerza en la cabeza y lo derribara. Quién sabe si habrían parado de no haberse desplomado. No tenía ni idea de qué las había empujado a actuar así, pero él estaba bastante maltrecho.

Se rozó con cuidado los labios ensangrentados y soltó un gemido, pues aquel movimiento le provocó una punzada en las costillas. Seguramente recibió la mayoría de los golpes en el torso, por eso le costaba un poco respirar cuando se levantó. La pierna izquierda tampoco estaba del todo bien, algo le pasaba en la rodilla.

Se quedó allí parado, mirando a través de la intensa lluvia los campos y el bosque que lo rodeaban. Luego soltó una maldición para desahogar su frustración. Estaba en medio de una tormenta de verano, extremadamente incómoda, en una maldita carretera rural inglesa y sin coche. Y ese no era el mayor de sus problemas. En el Jaguar estaban todas sus cosas: la maleta, el móvil, el dinero, la documentación... y las copias de los documentos que quería enseñarles a los Camden. Todo había desaparecido.

¿Y ahora qué? Furioso consigo mismo por haber sido tan arrogante y haber calculado tan mal el peligro, miró alrededor al resplandor de los relámpagos que se sucedían iluminando el entorno. Odiaba sentirse impotente. Tenía que encontrar el siguiente pueblo o por lo menos una granja para poder llamar a la policía. Las chicas no podían haber ido muy lejos con su llamativo coche de alquiler, por lo menos eso era un consuelo.

Pero ahí solo había campos a la derecha de la carretera y un bosque a la izquierda. ¿O...?

Aguzó la mirada y escudriñó la oscuridad, que entre los relámpagos parecía casi negra por un momento. En la parte del bosque más espesa creyó ver una luz. Con un poco de suerte serían las ventanas iluminadas de una casa, y no podía estar muy lejos.

Abandonó la carretera y se internó en el bosque. Con el movimiento comprobó lo magullado que estaba, pues cada paso le dolía y tenía que ir un poco inclinado hacia delante para aguantar. El tiempo no ayudaba, bajo la bóveda de hojas llovía con menos intensidad, pero los árboles gemían con las fuertes ráfagas de viento y a Ben le costaba esquivar las ramitas que iban cayendo al suelo.

Se apresuró todo lo que pudo. Cuanto más se acercaba a la luz, más optimista se sentía de estar llegando a una casa. En algún momento la reconoció: una granja pequeña de dos plantas, rodeada de varios cobertizos, situada en medio de un claro. La luz que salía de la ventana se veía más débil que antes, alguien había cerrado los postigos, pero aún podía distinguir el contorno. En los últimos metros topó con un camino asfaltado que le facilitó su avance.

A pesar de no entender cómo alguien vivía en aquella soledad, nada le había parecido nunca más acogedor. Pasó cojeando junto al Land Rover que había aparcado delante de la casa y se detuvo en la puerta. Unos pasos más y podría reposar. Por lo visto, la suerte no lo había abandonado del todo...

—¡Quieto ahí! —gritó de pronto una voz.

Sorprendido, Ben se volvió y se irguió. En la penumbra de la tormenta y la lluvia, que en el claro le caía encima de nuevo implacable, no distinguió del todo la figura que estaba a su derecha. Dio un paso hacia ella y, demasiado tarde, vio que tenía un brazo levantado en actitud amenazadora.

—Eh, ¿qué...?

Algo duro le dio en un lado de la cabeza, y todo a su alrededor quedó sumido en la oscuridad.

3

—¡Dios mío! —Kate, asustada, dejó caer el leño de la mano y se quedó mirando al hombre al que acababa de derribar. Estaba delante de la puerta, que Amanda abrió en ese momento, probablemente porque había oído el estrépito que había provocado al caer.

—Kate, ¿va todo...? ¡Vaya! —Miró asombrada al hombre inconsciente a sus pies, y aquello sacó a Kate de su aturdimiento.

Se agachó presurosa junto al hombre y le tomó el pulso. Estaba vivo. Gracias a Dios.

—Oiga. ¿Me oye? —Lo sacudió con cautela por los hombros, pero el hombre no reaccionaba, seguía inconsciente. No era de extrañar, pues le había dado con bastante fuerza. Le goteaba sangre por el cabello rubio, y Kate sintió pánico.

—¿Quién es? —preguntó Amanda, visiblemente impresionada. Kate miró a la anciana.

—Pensé que era un ladrón —soltó, compungida, pues ahora que la luz del pasillo caía sobre los peldaños comprendió que estaba equivocada. El hombre no iba armado y no tenía pinta de asaltante de casas. Tenía la camisa empapada, los pantalones oscuros muy sucios y no llevaba chaqueta. No llevaba nada encima salvo lo puesto, y tenía la mitad de la cara hinchada debajo del ojo y en el mentón, como si le hubieran dado puñetazos. Además tenía los labios magullados y le sangraban. Eso solo podía significar una cosa: no había acudido allí para hacer daño, sino para pedir ayuda. Por eso iba tan agazapado, porque estaba herido, no porque pretendiese ser sigiloso.

Kate se mordió el labio, desesperada. ¡Pero cómo iba a saberlo ella! Le había dicho que se quedara quieto y él se había acercado. Golpearle había sido un acto reflejo, una reacción instintiva ante una supuesta amenaza. Solo quería proteger a Amanda, y en cambio había herido de gravedad a un inocente. Podría tener un derrame cerebral. O una fractura de cráneo. Tal vez estaba muerto...

Por un momento temió derrumbarse, pero recobró la compostura y se dijo que no era momento de reprocharse nada. Tanteó rápido el bolsillo en busca del móvil y soltó un bufido al recordar que estaba en el Land Rover.

—Llame a Emergencias —le indicó a Amanda, y siguió a la anciana hasta la casa para coger su maletín de veterinaria.

Luego regresó junto al hombre y lo examinó con detenimiento. El pulso era constante, la respiración normal y las pupilas reaccionaban a la luz, algo que básicamente era una buena señal. Pero seguía inconsciente y no reaccionaba cuando le hablaban, y eso la preocupaba de verdad.

—¡Ahora mismo no pueden venir! —Amanda estaba de nuevo en la puerta, visiblemente consternada—. Hay muchas carreteras de acceso cortadas por el mal tiempo, y los servicios de emergencias están desbordados. Intentarán venir lo antes posible.

De nuevo rugió sobre sus cabezas un fuerte trueno, y Kate comprendió que había subestimado la situación. Aquella no era una inofensiva tormenta de verano, sino una tempestad. Los helicópteros de salvamento no podían volar por el tiempo, y, aunque pudieran hacerlo, en el bosque no había lugar para aterrizar. Así que tendrían que esperar a que enviaran una ambulancia, y en circunstancias normales tardaba desde King's Lynn como mínimo media hora. Aún tardaría un rato en llegar ayuda, así que solo le quedaba una opción.

—Tenemos que llevarlo adentro. —Sabía que

mover a un paciente con heridas en la cabeza implicaba un riesgo. Pero ¿qué alternativa tenía? El hombre no podía quedarse ahí fuera bajo la lluvia hasta que llegaran los sanitarios—. Ayúdeme —pidió a Amanda, y le explicó cómo sujetar la cabeza del hombre para que no hiciera ningún movimiento brusco. Lo volvieron con cuidado, pero cuando ya estaba boca arriba, Amanda le lanzó una mirada escéptica.

—¿Cómo lo vamos a meter en la casa?

Buena pregunta, pues no iba a ser fácil. Era un hombre corpulento y Kate calculó que medía un metro noventa. Además tenía espaldas anchas, y debajo de la camisa empapada se apreciaba un torso musculado. No era precisamente una persona que alguien delgado pudiera levantar sin problemas. Pero no servía de nada lamentarse, tenía que intentarlo.

—Lo llevaré yo —dijo para darse ánimos. A fin de cuentas, las vacas y los caballos que trataba pesaban mucho más que aquel hombre. Decidida, pasó las manos por debajo de las axilas del hombre y entrelazó los dedos sobre el pecho. Luego respiró hondo y tiró de él.

Pesaba mucho, más de lo que pensaba, pero el miedo le dio fuerzas y de algún modo consiguió arrastrarlo hasta el pasillo de la casa.

—¿Dónde podemos colocarlo? —Pensó en el

sofá del salón, pero Amanda tenía una propuesta mejor.

—Llevémoslo a la habitación de mi nieta. La pequeña pasó aquí las últimas vacaciones y le preparé el viejo despacho. Allí hay una cama.

Kate no lo dudó y siguió a Amanda con su pesada carga hasta la habitación del fondo del pasillo, muy propia de una niña, con sus cortinas floreadas y una colcha en tonos rosas y blancos. Las fuerzas empezaron a flaquearle y la espalda protestaba dolorosamente, pero consiguió llevar al hombre hasta la cama. Colocarlo allí era otro reto, pero lo logró dejándose caer con él sobre el colchón y rodando luego con cuidado debajo de él y apartándole los pies.

Agotada, lo puso en la posición correcta y luego comprobó de nuevo sus constantes vitales, que seguían normales. «Pero tal vez estoy pasando algo por alto», pensó acongojada, e intentó mantener la calma mientras revisaba con más detenimiento las heridas de la cabeza. Los chichones que se le habían formado se notaban con claridad, pero por suerte la herida no era profunda. Ya empezaba a formarse la costra, y Kate la limpió con cuidado y prefirió no ponerle una venda.

—Hay que quitarle la ropa mojada —afirmó, y se puso a desabrocharle la camisa. Pero cuando le vio el costado, se quedó estupefacta.

El hombre tenía en el torso numerosos hematomas. O lo habían atropellado en algún sitio o le habían dado una buena paliza. A Kate le parecía más probable la segunda opción, y notó otra vez esa sensación de culpabilidad. Dios mío, ¿por qué le había pegado sin más, en vez de preguntarle qué quería? Pero como apareció de forma tan repentina, parecía peligroso. Simplemente le había dado miedo que Amanda y ella no pudieran con él.

Con cuidado de provocarle el mínimo dolor, le quitó la camisa empapada. Con los pantalones le fue más difícil pero lo consiguió, y también le quitó los zapatos y calcetines. Le dejó puestos los calzoncillos porque no estaban especialmente mojados, y además no se atrevió. Ya se sentía lo bastante rara desvistiendo a un desconocido, todo tenía un límite. Rápido y un poco conmovida lo arropó con la manta que le dio Amanda.

Como no podía hacer nada más de momento, se sentó en el borde de la cama y entonces se percató de que le temblaban las manos. Se le formó un nudo en la garganta y contuvo el llanto. No podía derrumbarse, más que nada por Amanda.

—Me quedaré hasta que llegue la ambulancia —dijo, sin poder apartar la mirada de los rasgos inertes del desconocido. Lo observó con detenimiento por primera vez.

Aparentaba cuarenta y pocos años, era atractivo, incluso en aquel lamentable estado. Pero tenía el rostro un tanto duro, tal vez porque era muy anguloso, de mentón prominente y pómulos elevados. El cabello rubio oscuro era espeso y un poco largo, y como acababa de verlo prácticamente desnudo, sabía que entrenaba y tenía buenos músculos. Sin embargo, no creía que estuviera haciendo ejercicio, la camisa y los pantalones eran de vestir. Kate supuso que era un hombre de negocios que practicaba deporte con regularidad y se mantenía en forma. En realidad no parecía una persona que se dejara dar una paliza, pensó mientras le colocaba bien la manta.

—¿Conoce a este hombre? —preguntó Amanda de pronto, y Kate salió de sus pensamientos. Sacudió la cabeza. Había algo en él que le resultaba vagamente familiar, pero estaba segura de que no lo conocía—. Yo tampoco. No creo que sea de la zona —opinó la anciana, y luego reflexionó un instante—. ¿Puedo hacer algo más?

—No. —Kate suspiró—. Solo resta esperar a la ambulancia.

La tormenta parecía arreciar y seguía rugiendo desatada, por eso no cabía esperar que llegaran pronto. Agarró de nuevo la mano del hombre para tomarle el pulso. Se sentía mejor haciendo algo, igual que Amanda.

—Entonces prepararé una taza de té para nosotras —anunció, y fue a la cocina.

Kate suspiró y soltó la muñeca del hombre después de comprobar que el corazón seguía latiendo con regularidad. Luego se inclinó hacia delante y le acarició distraída el cabello húmedo... hasta que se dio cuenta de lo que estaba haciendo y retiró la mano asustada. Había sido una reacción inconsciente, lo había hecho sin pensar, al fin y al cabo también calmaba a sus pacientes de cuatro patas con caricias.

Pero él no era un perro, recordó, y esbozó una media sonrisa. Tal vez la vida como veterinaria solitaria influía en sus habilidades sociales. Su amiga Ivy siempre se lo decía, que prefería tratar con animales que con personas. En parte era cierto, pues su casita en Salter's End se había convertido en una especie de hogar de animales local. Todo aquel que encontraba a un vagabundo —daba igual que fuera un perro o un gato, o animales salvajes heridos— se lo llevaba a Kate porque ella no sabía decir que no cuando un animal necesitaba ayuda. Le gustaba ocuparse de los enfermos, a los que a menudo tenía que encontrarles un nuevo hogar, y eso significaba tiempo que no tenía para otras cosas. No le importaba, pero el hecho de haber sentido la necesidad de acariciar a un desconocido daba que pensar. Imaginaba perfectamente qué diría Ivy cuando se lo contara.

Por otra parte... Kate ladeó un poco la cabeza. Probablemente tampoco le haría ningún daño que el hombre notara que había alguien con él. Tal vez le ayudara a recuperar la conciencia. Tendió de nuevo la mano y le retiró el pelo de la frente, le acarició las mejillas, un poco ásperas al tacto.

—Seas quien seas, tienes que despertar, ¿me oyes? —musitó, y siguió acariciándolo con suavidad mientras se preguntaba adónde se dirigía antes de acabar en casa de Amanda. La idea de que tal vez ahí fuera alguien le estuviera esperando preocupado por su ausencia hizo que volviera a sentirse culpable. Pero no servía de nada, podrían explicárselo todo cuando volviera en sí.

4

—¿Benedict Sterling? —Sorprendido, David Camden apartó la mirada de la carta del bufete de abogados de Nueva York que su padre Ralph le había entregado unos minutos antes sin mediar palabra. Aún no la entendía bien—. ¿Quién es? ¿Y cómo se le ocurre hacer esas reclamaciones?

Su padre estaba de espaldas a él, junto a la ventana, y no contestó. David miró a Timothy, que estaba apoyado en la repisa de la chimenea. Su tío también guardó silencio, a la espera de que el hermano mayor tomara la palabra. Por fin se volvió hacia ellos.

—Es una larga historia —explicó Ralph, y David se asustó al verlo tan alterado—. Pero podría ser cierto.

—¡No! ¡Es absurdo! —intervino lady Eliza. El

salón azul donde se encontraban era algo parecido a su salón privado, y estaba sentada como siempre en el pequeño sofá, delante de la chimenea. Tenía la espalda encorvada y el cabello blanco como la nieve recogido en el cuello en un moño prieto; esos dos elementos le daban un aire muy severo, tal como era ella. Los habitantes de Daringham Hall temían a lady Eliza, y con razón—. Ese tipo es un impostor. Un don nadie. Simplemente no vamos a hacer caso de ese documento. Aún tiene que llegar el día en que la familia Camden tenga que justificarse ante un americano cualquiera.

Elevó el mentón arrugado y apareció en su rostro esa expresión arrogante y condescendiente que David conocía tan bien. Quería a su abuela, pero la arrogancia de la que hacía gala a menudo por sus orígenes nobles le ponía de los nervios, le parecía bastante anticuada y totalmente gratuita.

—Pero está el nombre —repuso Ralph—. Si realmente es el hijo de Jane Sterling, entonces...

—Miente, Ralph. ¿Por qué iba a ser mejor que su madre? ¿Es que te has olvidado de lo que te hizo? —le dijo la altiva anciana, lo que lo hizo palidecer aún más.

Se volvió con brusquedad hacia la ventana y se quedó mirando hacia fuera, a la tormenta que hacía estragos alrededor de la casa.

—Aun así, tenemos que ocuparnos del tema

—rompió el silencio Timothy—. Ese tipo puede perjudicarnos, todavía más si es un impostor. Los rumores se propagan rápido, todos lo sabemos. Así que me ocuparé yo y reuniré los papeles correspondientes. —Suspiró hondo—. ¡Como si no tuviera nada más importante que hacer ahora mismo! Lewis Barton nos ha demandado de nuevo. Ese viejo cabezota no se rinde.

—¿Nuestro vecino enfermo y conflictivo es más importante que esto? —David le pasó la carta a su tío, atónito. Aún no se lo creía, y el intento de Timothy de despachar todo aquello como si careciera de importancia le ponía furioso—. ¿Qué haremos si es verdad?

—Pero no es verdad —insistió lady Eliza, y se volvió de nuevo hacia Timothy—. A esa gente hay que castigarla con el desprecio, no darles una tribuna donde hacer sus absurdas afirmaciones. —Su tono no admitía réplica, y se quedó mirando enfadada a sus dos hijos mayores.

Definirla como una mujer estricta a menudo se quedaba corto, y como tenía mala fama por sus cambios de humor, sus hijos y nietos casi siempre intentaban no provocar su ira. Pero esta vez Timothy se mantuvo duro, sin levantar la mirada.

—Solo me da miedo que ese Sterling busque otra tribuna, queramos o no. Ya lo has leído, nos amenaza con emprender acciones legales. Llegado el caso, debemos estar preparados. Al fin y al cabo, es una situación delicada.

La anciana sacudió la cabeza.

—Por lo menos espera a que haya vuelto tu padre. Rupert se ocupará del asunto —replicó. Dio por hecho que su marido, que aquel fin de semana participaba en una cacería en Cambridgeshire, estaría de su parte cuando volviera.

Sin embargo, David estaba seguro de que su abuelo tampoco se quedaría de manos cruzadas. No con algo así en juego. Tenían que afrontarlo, eso era evidente.

—Timothy tiene razón, abuela. —Se colocó al lado de su tío y su padre y lanzó una mirada suplicante a la viaje dama—. No podemos dejarlo como está.

A veces conseguía hacerla cambiar de opinión o calmarla cuando se alteraba. Sabía manejarla, a diferencia de sus tres primas, y cuando defendía determinada posición en una discusión, ella casi siempre estaba de su parte. Sin embargo, ahora no sirvió de nada su privilegio como único nieto varón, pues su abuela lo fulminó con la mirada igual que a sus dos hijos.

Su padre se acercó a David y le puso una mano en el hombro.

—Tampoco haremos eso. Seguro que todo se aclarará —dijo Ralph, y por primera vez desde que David había intervenido en la conversación apareció una sonrisa en su rostro, aunque demasiado débil para eliminar la sombra que teñía su rostro.

«No se lo cree», pensó David. Y tampoco Timothy. Ambos estaban preocupados de verdad, y eso lo inquietaba aún más. Hasta unos minutos antes su mundo seguía en orden, por lo menos todo lo que podía estarlo mientras fuera campaba aquella terrible tormenta. Pero ahora...

El móvil de David sonó en el bolsillo y rompió el tenso silencio de la sala. Cuando vio quién era, contestó enseguida.

—¿David? —La voz de Anna sonaba alterada y también un poco angustiada—. ¿Puedes volver? ¡Creo que está empezando!

—Enseguida estoy ahí —le aseguró, y lo decía en serio.

Había acudido de mala gana cuando su padre lo llamó en la cuadra y le pidió que se presentara en el salón azul. La yegua de su prima iba a tener su primer potro esa noche, y Anna estaba muy nerviosa. Le había prometido estar ahí, y aunque le rondaran mil preguntas por la cabeza ahora tenía que ir con ella. Era más importante—. *Lola* va a tener el potro —anunció a los demás, y se encaminó hacia la puerta.

—Te mantendré al corriente —le dijo Timothy,

y David asintió antes de abandonar la sala y atravesar la gran sala de música, que de vez en cuando también hacía las veces de salón de fiesta, y el comedor para regresar al gran vestíbulo.

Sus pasos resonaban en la sala alta con la preciosa escalinata tallada y los cristales afiligranados de las ventanas, pero esta vez no tenía ojos para la belleza arquitectónica de aquella casa señorial que tanto apreciaba. Solo quería salir de allí, ir al establo y distraerse.

Su padre aún tenía que explicarle muchas cosas, pero una cosa quedaba clara: todo se iba a complicar mucho si era cierto lo que ese tal Benedict Sterling afirmaba. Entonces ya nada sería como antes, y la idea era... demasiado angustiante para admitirla en aquel momento.

David abrió la pesada puerta de la entrada y caminó bajo la intensa lluvia hasta el todoterreno que solo conducía el caballerizo. Los establos estaban un poco alejados, en el otro extremo de la zona ajardinada, y normalmente recorría a pie esa distancia. Pero aquel día el tiempo era realmente malo y Greg había insistido en que cogiera el coche. Tampoco le resultó fácil conducir, pues el viento azotaba con fuerza el vehículo, y tampoco lo salvó de mucho, ya que David estaba empapado cuando al poco llegó al box donde la preciosa yegua de Anna, *Lola*, daba vueltas inquieta. El pelaje brillaba húmedo, era obvio que sudaba mucho, y no paraba de mover la cola.

Anna, que estaba junto a la puerta del box y hablaba a *Lola* intentando calmarla, se volvió hacia él cuando le oyó entrar.

—¡Por fin estás aquí! Greg dice que ya no puede tardar mucho. ¡El líquido amniótico ya ha salido, y si se acuesta empezará!

Sonrió con valentía, pero David vio la tensión en su rostro. En circunstancias normales ya era más bien pálida, como la mayoría de los pelirrojos, pero ahora sus numerosas pecas destacaban en su piel por lo demás macilenta.

—Todo saldrá bien —prometió él, pues comprendía su preocupación.

Anna era cuatro años menor que él, pero era la única de sus tres primas que compartía su amor ilimitado por la equitación, además de su interés por la Historia. Por eso de niños solían andar juntos, y aún hoy era el primero en quien Anna confiaba cuando algo la atormentaba. Por eso sabía lo mucho que todavía sentía la muerte de su caballo capón *Gentry*, fallecido un año antes de forma repentina de un cólico. Sería horrible para ella que le ocurriera algo a *Lola* o al potro, y David rogaba que sus palabras se cumplieran.

Anna apoyó la cabeza en su hombro y suspiró.

—Eso espero —dijo ella, luego se incorporó y

le lanzó una mirada inquisitiva, casi como si notara que a él también le preocupaba algo—. ¿Y tú, todo va bien? ¿Qué querían Ralph y Timothy que fuera tan urgente?

—Nada importante —mintió David, y le retiró el cabello mojado de la frente. Bastaba con que él estuviera inquieto, Anna ahora tenía otras preocupaciones.

Ella no se dio por satisfecha con esa respuesta, pero como en ese momento *Lola* se tumbó con un bufido sobre la paja fresca de su box, David se ahorró las preguntas.

—¡Greg, se ha tumbado! —exclamó Anna, y el caballerizo, que había ido corriendo al box, esbozó una amplia sonrisa.

—Eso es bueno. Ahora como máximo tardará media hora más y ya tendremos al potro.

—Bueno, entonces llego justo a tiempo —exclamó una voz tras ellos.

David se dio la vuelta y vio que Ivy se acercaba. Su chaqueta azul brillaba empapada de lluvia, igual que el pelo corto, del mismo tono rojizo que el de su hermana pequeña, y David se alegró de verla. Era la mayor de sus tres primas, y no conocía a nadie más alegre y pragmático que ella. A su lado, uno tenía la sensación de que nada podía salir mal, y ahora eso les sentaría muy bien a todos.

Sin embargo, Ivy no sonreía como de costumbre, sino que buscaba algo con la mirada en el establo.

—¿Kate todavía no ha llegado? Pensaba que quería examinar a *Lola*.

—Es verdad —confirmó Anna—. Pero no sé nada de ella. Tampoco contesta al teléfono, ya lo he intentado.

—Probablemente no vendrá —dijo Greg—. El tiempo es muy malo. La lluvia hace que crezcan los arroyos y la tormenta ha derribado varios árboles. —Sacudió la cabeza—. Espero que no arruine toda la cosecha.

Eso también preocupaba a David. Sería un desastre, sobre todo para la vid, que el otoño pasado habían podido vendimiar por segunda vez. Si ahora les pasaba algo a las vides, podía dejarlas maltrechas durante años.

Sin embargo, Anna solo podía pensar en *Lola*.

—¿Entonces llamamos a Sandhurst?

El viejo veterinario, en cuya consulta trabajaba Kate desde hacía dos años, había reducido drásticamente sus horas de trabajo por motivos de salud. Pero como se había ocupado durante años del ganado de Daringham Hall y tenía un vínculo de amistad con la familia Camden, David supuso que les ayudaría si se lo pedían. No obstante, con aquella tormenta no le hacía ninguna gracia molestarle.

—Solo en caso de emergencia —contestó—. Seguro que *Lola* podrá hacerlo sola.

—Pero ¿qué pasa con Kate? —Ivy frunció el entrecejo—. No es propio de ella no dar señales de vida. —Soltó un suspiro—. Espero que no le haya pasado nada.

5

Un fuerte estruendo, probablemente un trueno, hizo que Kate despertara sobresaltada. Debía de haber echado una cabezada en su silla junto a la cama.

Cogió al hombre de la muñeca para tomarle el pulso de nuevo, que seguía estable. Luego miró el reloj. Ya era casi medianoche y la tormenta no parecía remitir, a juzgar por el tamborileo de la lluvia y el aullido del viento. Por tanto, cabía suponer que nadie había acudido en su ayuda.

No hacía falta que volviera a llamar a Emergencias, ya lo había hecho tres veces y siempre le daban la misma respuesta: que los servicios de rescate hacían todo lo humanamente posible, pero que estaban muy limitados por el mal tiempo. La última vez la telefonista había añadido que Kate no era la única que necesitaba ayuda, probablemente porque ya estaba un poco harta de su insistencia.

Pero a Kate le volvía loca no poder hacer nada. Incluso se había planteado llamar a su tío Bill, sargento de policía en King's Lynn. Pero aunque sus sospechas de que aquel desconocido había sido atropellado fueran ciertas, ¿qué podían hacer Bill y sus colegas? ¿Tomar declaración a un hombre inconsciente? Seguro que ya tenían suficiente trabajo con el caos que reinaba en esos momentos en medio Norfolk.

Kate suspiró al tiempo que miraba al hombre. La espera la estaba desmoralizando poco a poco, y después de un día tan largo estaba extenuada. Pero no se atrevía a pedirle a Amanda que la liberara un rato de su labor de vigilante. La anciana había sido muy amable, había insistido en quedarse con Kate a vigilarlo. Pero en algún momento se había quedado dormida en las dos butacas que Kate había juntado para ella, y no quería despertarla, aunque eso significara tener que pasar toda la noche en vela.

Para combatir su propio cansancio, se levantó y dio unos pasos dentro de la habitación. Le apetecía una taza de té, pero no se atrevía a dejar al hombre tanto rato solo. ¿Y si se despertaba cuando ella no estaba, o sufría una convulsión? Esa era su mayor preocupación y prefería no quitarle ojo de encima.

Sin embargo, ansiosa por hacer algo, se acercó al pequeño tendedero plegable donde Amanda había colgado las cosas del hombre y comprobó si ya estaban secas. La parte interior aún estaba húmeda. Kate le dio la vuelta a las dos prendas y notó un pequeño bulto en un bolsillo de los pantalones. Intrigada, rebuscó y sacó un pequeño papel arrugado. Era un pósit amarillo, como los que se suelen usar en los despachos, y tenía una nota escrita.

Ben, tienes que llamar a Stanford. Nueva extensión: 53285. ¿Y dónde está Sienna cuando la necesitas? P.

Kate se quedó mirando aquellas palabras, que parecían importantes. Si el hombre era el destinatario de esa nota —y lo daba por supuesto, ¿por qué iba a llevarla encima si no?—, por lo menos ahora sabía su nombre. Y que había una mujer en su vida que se llamaba Sienna.

Se acercó a la cama y se sentó en el borde.

—¿Ben? —llamó en voz baja, y lo repitió un poco más fuerte—. ¿Ben?

El hombre no se movió y Kate resopló. Su cansancio de pronto se volvió tan potente que se dejó caer sobre la cama, que era de plaza y media y dejaba espacio junto al hombre. Le sentó increíblemente bien poder estirarse. ¿Y si cerraba los ojos un momento? Al principio no se atrevió, pero los párpados empezaron a pesarle cada vez más y tuvo que reprimir unos bostezos. «Si estoy tan cerca de él, seguro que lo noto cuando se despierte», pensó, y para asegurarse puso una mano sobre el pecho del hombre. Solo un momento, se dijo adormilada, mientras oía la respiración regular del hombre, tranquilizadora. Solo un momento de nada...

6

Tuvo la sensación de emerger de un gran abismo. No quería, pues los rodeaba una oscuridad agradable. Pero simplemente ocurrió, despacio y de forma inevitable, y finalmente abrió con esfuerzo los ojos y parpadeó ante la luz mortecina que iluminaba la estancia. Necesitó un rato hasta que logró ver con nitidez, y al principio no estuvo seguro de ver bien. Pero luego vio que la luz realmente caía a rayas sobre la cama. Y sobre la mujer que tenía al lado.

Era joven, tal vez en mitad de la veintena, y estaba tumbada de costado junto a él. Tenía un brazo apoyado en él, su mano le cogía de la cadera, como si quisiera sujetarlo.

Lento, pues su cerebro aún trabajaba despacio, observó cada detalle en ella. Los rizos castaños que le enmarcaban el rostro, la frente alta, las pestañas largas y arqueadas y la nariz pequeña y recta un poco respingona. Tenía las mejillas ligeramente sonrojadas, y los labios carnosos entreabiertos.

Intentó recordar quién era, en vano. Tenía un extraño vacío en la cabeza, como si estuviera ofuscado por algo. ¿Es que estaba soñando? Para asegurarse, quiso levantar la mano que tenía cerca de la cara de la mujer y tocarle las mejillas, tan blandas y rosadas. Pero cuando se movió lo atravesó un potente dolor inesperado que le hizo soltar un gemido, y despertó a la mujer.

Ella abrió los ojos y él vio que eran castaño oscuro. Intentó de nuevo mover el brazo y volvió a gemir del dolor. Quiso decir algo, pero tampoco lo consiguió porque tenía la boca reseca.

—¡Dios mío! —Ella se sobresaltó y se lo quedó mirando con los ojos desencajados—. ¡Está despierto! ¡Amanda, está despierto!

Con aquel movimiento brusco la cama se balanceó y el dolor se agudizó, y de pronto se extendió por todos los rincones de su cuerpo hasta quitarle la respiración. Sentía un zumbido en la cabeza, y la sensación relajada que acababa de invadirle se convirtió en un frío impacto.

No reconocía nada, absolutamente nada de aquella habitación de flores rosas. ¿Qué hacía allí?

¿Y quién era aquella anciana que se frotaba los ojos, somnolienta? No la conocía, igual que a la mujer joven de rizos. ¿O sí?

—¿Cómo se siente? ¿Se encuentra bien? —le preguntó la joven. La voz sonaba amable, pero el acento le pareció un poco raro. Peculiar. Ahora estaba de cuclillas a su lado, le puso la mano fría sobre la frente, lo que habría sido agradable si no sintiera ese martilleo despiadado en las sienes. Entonces se dio cuenta de que estaba desnudo, por lo menos de cintura para arriba. Le dolía el tórax, la barbilla, todo, y le costaba pensar con claridad.

—He tenido mejores momentos —balbuceó con voz ronca, e intentó incorporarse, pero fracasó porque tenía la sensación de que le iba a explotar la cabeza en cuando la levantara.

—Quédese tumbado, está herido —dijo la joven, lo que lo confundió aún más.

—¿Qué... qué ha pasado?

—Alguien debe de haberle golpeado, o tal vez lo atropellaron. Y luego... —dudó un momento— luego yo le pegué con un leño cuando se acercó a casa de Amanda. Pensé que era un ladrón.

—¿Qué? —Todo aquello no tenía sentido, y su cabeza no lograba ubicarse en aquella pesadilla en que había despertado.

—Lo siento, de verdad, no quería hacerlo —continuó la mujer, y de pronto supo que no era un sueño. Las manos frías de aquella mujer, ahora sobre su cuerpo, eran demasiado reales, era obvio que quería impedir que se volviera a incorporar. Ella era real, y él ya no entendía nada.

—¿Ustedes... me han pegado? —No parecía una loca, pero estaba claro que algo no encajaba.

Ella asintió compungida.

—Y hace horas que hemos llamado a una ambulancia, pero no han venido por la tormenta.

—¿La tormenta? —Él entornó los ojos y desvió la mirada hacia la ventana. Justo acababa de amanecer, pues la luz que se colaba por los postigos cerrados era mortecina y tenue. Pero ahí fuera empezaba sin duda una mañana apacible, lo que significaba que seguramente sí estaba tratando con una demente—. ¿De qué demonios habla?

Ella lo miró atónita.

—La terrible tormenta de anoche, ¿ya no se acuerda?

Habría sacudido la cabeza si no le doliera tanto, pero por lo visto ella leyó la respuesta en su mirada.

—¿Entonces de qué se acuerda? ¿Sabe cómo llegó hasta aquí?

Buena pregunta, pero cuando intentó buscar la respuesta, topó con una pared blanca. No había nada, absolutamente nada. «Piensa», se ordenó, pero aquello solo empeoraba el martilleo de la cabeza.

—No —admitió, luchando contra la sensación de impotencia que se iba adueñando de él como una ola fría—. No tengo ni idea.

A la joven no parecía preocuparle.

—Seguro que solo es una impresión. Tiene que descansar, seguro que luego lo recordará.

—No, usted no lo entiende...

Se oyó un gong lejano, el timbre de una puerta, y un perro soltó un breve ladrido.

—Debe de ser la ambulancia. ¡Por fin!

—Voy a ver —dijo la anciana, que entretanto se había puesto de pie, y desapareció con una sonrisa vacilante por la puerta.

—Ahora lo llevarán al hospital de King's Lynn —le explicó la joven—. Tienen que hacerle una radiografía enseguida. ¿Quiere que avise a alguien? Seguro que su familia está preocupada... ¡Ay! —Lo miró asustada porque él la había agarrado de la muñeca.

—No lo sé, ¿vale? —dijo en tono más firme, que era lo que pretendía—. No me acuerdo. —Al decirlo comprendió hasta qué punto no recordaba, su cerebro se había transformado en un vacío. Volvió la cabeza hacia la ventana.

Su miedo tuvo eco en la voz de la mujer, que finalmente lo había entendido.

—¿Quiere decir que no recuerda nada? ¿Tampoco su nombre?

Buscó de nuevo en su interior, pero ahí seguía el vacío. Ni siquiera rememoraba su nombre, y eso lo asustó más. Miró a la joven.

—¿Usted lo sabe?

—¡Dios mío! —Kate se tapó la boca con la mano—. ¡Todo esto es culpa mía! No debería haberlo hecho, no debería...

—¿Sabe cómo me llamo? —repitió él, que consideraba más importante aquella pregunta.

La joven sacudió la cabeza.

—No llevaba ningún documento encima, ni nada —contestó ella, pero entonces se le iluminó la cara—. No, espere un momento. He encontrado una nota en sus pantalones. —Se inclinó y sacó un papelito de la mesita de noche junto a la cama—. Mire.

Él leyó la nota arrugada, pero la letra no le era familiar.

—¿Ben? —Tampoco le decía nada ese nombre—. ¿Así me llamo?

—Eso creo —dijo la mujer, que sonrió por primera vez con timidez y se volvió, pues en ese momento entraron varios hombres vestidos con chalecos reflectantes amarillos, seguidos por la anciana, que señalaba nerviosa la cama.

—Es él —explicó innecesariamente.

El primer sanitario llevaba una maleta metálica cuadrada que dejó junto a la cama. Era mayor y barbudo, y abrió con movimientos rutinarios los cierres.

—Nos lo llevamos —le dijo a la mujer joven, que asintió y se apartó de la cama para dejar sitio.

Los hombres lo rodearon. De pronto tenía un manguito en el brazo y una pinza en el dedo, y mientras dos sanitarios le aplicaban instrumentos de medición, el barbudo dirigió una linterna al ojo y lo palpó, luego le enseñó diferentes números de dedos y él tenía que decir cuántos. Ben contestaba mecánicamente, sin dejar de pensar en el papel y su contenido. Intentaba desesperadamente relacionarlo con algo, pues cada vez tenía más la sensación de haber caído a un abismo mudo. Ya no sentía el suelo bajo los pies, nada a lo que aferrarse, con lo que poder orientarse.

—¿Cómo se llama, señor?

Le costaba respirar y sintió la sangre en los oídos al ver que no podía responder. Ya no sabía nada.

—Se llama Ben —terció la joven. Estaba junto a la ventana con los brazos cogidos por los codos, como si tuviera frío. Pero su voz sonaba firme, y cuando cruzaron las miradas Ben notó que se calmaba de nuevo, incluso cuando añadió—: Probablemente.

«Ben», pensó, mientras seguía mirando los cálidos ojos de la mujer. Ben era un principio.

El sanitario al mando parecía preocupado por el hecho de que no recordara nada, pues decidió el inmediato transporte a la clínica y ordenó a los otros que le ayudaran con la camilla que habían introducido en la habitación. El plástico fino en que lo envolvieron le proporcionó un calor agradable, y cerró los ojos, extenuado. Cuando los abrió de nuevo, ya estaban fuera de la casa, que para su sorpresa se encontraba en medio de un bosque, y lo colocaron en la parte trasera de la ambulancia.

—¿Puedo acompañarles? —La mujer joven estaba delante de la ambulancia, mirando al sanitario barbudo, que parecía indeciso.

—No es una familiar.

—No, pero... —Suspiró—. Me siento responsable de él.

El barbudo hizo un gesto compasivo, estaba a punto de decir algo, seguramente quería explicarle que no era motivo suficiente. Ben lo interrumpió:

—Deje que venga, por favor.

Tal vez era culpa suya que se encontrara tan mal, pero sus manos lo tranquilizaban. La necesitaba, aunque aquella sensación le resultara extraña y algo en su interior se rebelara instintivamente contra ella. La necesitaba para no perderse del todo. Por eso respiró aliviado cuando el sanitario asintió y dejó que la mujer subiera. Esperó hasta que se abrochó el cinturón en el asiento junto a la camilla y la ambulancia se puso en movimiento. Entonces el cansancio que hacía que le pesaran los párpados lo sumió en la oscuridad casi al instante.

7

Peter apartó la mirada de la pantalla y torció el gesto al ver entrar a Sienna Walker. Había llamado antes a la puerta, como se le había ordenado, pero nunca esperaba respuesta, entraba sin más, a pesar de que sabía cuánto odiaba él que lo molestaran cuando estaba trabajando.

—¿Qué ocurre? —preguntó con brusquedad, e intentó fulminar con la mirada a la espigada rubia para, al menos, hacerla sentir culpable por su intrusión en su sanctasanctórum.

Pero ella hizo caso omiso, como siempre, y él la maldijo mentalmente por ser lo bastante lista para descubrir su truco del mal humor. A los demás conseguía echarlos con ese método, pero a ella no. Y en realidad tampoco tenía motivo de queja: la capacidad organizativa de Sienna y su determinación le facilitaban mucho la vida. Si no pudiera tener esa confianza ciega en ella tendría que resolver muchas más cosas él mismo, y no estaba dispuesto. Aun así, tampoco fue capaz de forzar una sonrisa porque imaginaba el motivo de su visita.

—Ha llegado el momento —dijo ella, y señaló el montón de documentos que traía bajo el brazo—. La gente de Stanford llegará en unos minutos.

Peter sacudió la cabeza, seguía resistiéndose a la idea.

—No puedo, Sienna. Ya te lo he dicho. Tienes que hacerlo tú; lo harás mucho mejor que yo.
—Aborrecía esa clase de reuniones, y más a Herb Stanford, ese fanfarrón engreído.

Pero Sienna se mantuvo firme.

—No puede ser, y lo sabes. Stanford espera a uno de los directores en la negociación, no a la asistenta.

No cedería, Peter lo veía en su gesto obstinado. Era extremadamente ambiciosa y los retos no la intimidaban, sin duda llegaría muy lejos en su carrera, y en esta ocasión tenía toda la razón: él había utilizado el mismo argumento cuando habló con Ben dos días antes. De nuevo se enfureció al pensarlo. Ese maldito canalla le había dejado colgado de verdad, aduciendo algún ridículo asunto privado en Inglaterra.

—¿Ha llamado Ben? —inquirió.

Sienna sacudió la cabeza y arrugó el ceño.

—También quería hablar de eso contigo. Estoy preocupada. Llevo toda la mañana intentando hablar con él, pero siempre salta el contestador del móvil. Además, el sábado se fue del hotel de Londres, lo he comprobado. ¿Dónde puede estar y por qué no llama? No es nada propio de él.

«No lo conoces», pensó Peter. No de verdad. No como él conocía a Ben Sterling, que podía ser cerrado como una maldita ostra. Le gustaba ir a lo suyo, era mejor dejarlo tranquilo. Por eso hizo un gesto despreocupado.

—Ya aparecerá —masculló. Por más que le disgustara en ese momento, había aprendido a aceptar las peculiaridades de Ben, y al pensar en qué diría su amigo si denunciaran su desaparición porque no contestaba al móvil, Peter sonrió para sus adentros.

Sin embargo, Sienna no se dio por satisfecha con su respuesta.

—Pero ¿y si le ha pasado algo? Podría ser.

Peter resopló.

—Ya nos habríamos enterado. Tenía que solucionar algo en Inglaterra, y no sabía cuánto tardaría. Si no da señales de vida tendrá sus motivos, créeme.

Sienna le sostuvo la mirada y Peter vio que no se quedaba tranquila con aquella respuesta, ni mucho menos. Pero cedió.

—De acuerdo —dijo, y dejó los documentos que cargaba delante de él, sobre la mesa—. Entonces vamos a la reunión, jefe, a Stanford no le gusta esperar.

A regañadientes, Peter se quedó mirando la carpeta de encima y por enésima vez maldijo el escaqueo de Ben. Luego se levantó, recogió los papeles y siguió a Sienna hasta la sala de conferencias.

8

—No ha desaparecido ningún Ben, Kate, en toda East Anglia. Tampoco nadie que corresponda a la descripción de ese hombre. Está claro que no es de por aquí.

La voz grave de Bill Adler sonaba afligida por teléfono, pero no inquieta, y eso molestaba un poco a Kate. Esperaba que se esmerara más en aquel asunto.

Pero así era su tío: que no perturbaran su calma. Se lo imaginó sentado en su escritorio desbordado de la comisaría de King's Lynn, con el auricular en la mano y el bocadillo que le había preparado la tía Nancy delante, envuelto en papel film para su segundo desayuno, mientras ella estaba nerviosa en la entrada del hospital a la espera de novedades. Quería aportar algo en su visita a Ben, así le llamaba basándose en aquella nota y porque consideraba que necesitaba un nombre.

—Ya te he dicho que tiene un leve acento americano. A lo mejor ni siquiera es inglés. Deberíais ampliar la búsqueda e implicar a la prensa. —Sacudió la cabeza—. Ocurrió la noche del sábado, y hoy es viernes. Son cinco días enteros, alguien tiene que haberle echado en falta.

—Todo sigue su curso, créeme —le aseguró Bill—. Pero la maquinaria de la burocracia va despacio, y si no es británico, tardará más. Por lo menos no aparece en ninguna de nuestras listas de búsqueda y captura, ni en los ficheros de antecedentes penales. Eso ya lo he comprobado.

Kate frunció el entrecejo.

—¿Crees que es un delincuente?

—Podría ser —dijo Bill en su tono de policía engreído que tan poco le gustaba—. No sabemos nada de él, Kate, no lo olvides, y el hecho de que recibiera una paliza no tiene por qué significar que sea una pobre víctima. Tal vez hizo algo malo y luego se peleó con sus cómplices. Esas cosas pasan. Incluso podría pertenecer a la banda de asaltantes que no hemos podido atrapar. —Se oía el ruido que hacía al masticar a través del teléfono, luego se aclaró la garganta—. A lo mejor hiciste bien en derribarlo.

Kate apretó más el auricular y torció el gesto.

Sabía que su tío solo quería consolarla, pero era típico de él recordarle que el hombre que se encontraba hospitalizado no recordaba quién era por culpa de ella.

—Por cierto —continuó su tío, antes de que pudiera contestar—, también he vuelto a hablar con la fiscal. Me ha dicho que es evidente que fue en legítima defensa, así que no tienes nada que temer. Puede que nuestro amigo quisiera denunciarte, aunque no lo creo, por cómo lo defiendes contra viento y marea. No tienes por qué hacerlo, espero que lo sepas.

Kate no respondió al comentario. Por supuesto que sabía que legalmente no tenía nada que temer. Pero no se trataba de eso. Tenía que ayudar a aquel hombre, se sentía en la obligación de hacerlo. A fin de cuentas, no tenía a nadie más que a ella, por lo menos de momento.

—Kate, no es uno de tus perros callejeros —le recordó Bill, que interpretó correctamente su silencio—. Ya has hecho por él mucho más de lo que cabía esperar. Déjalo.

Pero no podía. Ella sabía lo que era sentirse perdido, solo, sin nada de lo que antes te resultaba conocido. Eso le había pasado cuando, con ocho años, se vio ante la tumba de sus padres, fallecidos en accidente de tráfico. Bill, hermano de su madre, la acogió y ella se había criado con su familia, pero nunca fue la suya. De eso se ocupó su tía Nancy, que además de sus gemelas tenía que educar a la niña de otro. Kate siempre había sido simplemente tolerada en su casa, y los extensos horarios de trabajo de Bill y su gran necesidad de armonía habían impedido que lo entendiera de verdad. Más adelante, cuando Kate conoció a Ivy y sus hermanas y por fin encontró en Daringham Hall algo parecido a un hogar, todo fue mejor. Pero esa sensación de no saber adónde se pertenece la conocía muy bien. Por eso se había quedado largas horas junto a Ben la mañana en que lo ingresaron en el hospital. Y por eso lo visitaba asiduamente e intentaba ayudarlo a recuperar la memoria.

—Estará bien cuando recuerde de nuevo —le explicó a su tío—. Y para eso necesita información sobre su identidad.

Él resopló.

—En unos días seguro que sabremos más. Para entonces Ben tal vez ya sepa quién es.

Kate también se aferraba a esa esperanza, aunque hasta entonces los médicos habían sido muy imprecisos en cuanto a la duración de la amnesia. Por lo visto, esas lagunas en la memoria eran imprevisibles en una conmoción cerebral. Ni siquiera tenían nada que ver con la gravedad de la herida, y nadie podía saber cuándo recuperaría la memoria.

A menudo eran solo horas o días, pero también podían pasar semanas o meses, y en casos raros los daños eran incluso irreversibles. Kate prefería no pensar en esa posibilidad.

Le dio las gracias a Bill y le hizo prometer que la llamaría si surgían novedades, colgó y entró en el vestíbulo del hospital.

Ya eran casi las cuatro, pese a que quería haber llegado mucho antes. Pero en la consulta, que los viernes solo estaba abierta hasta el mediodía, había habido mucho ajetreo, así que había tenido que trabajar más tiempo y luego pasar por Daringham Hall para ver al potro de *Lola*. Era un pequeño semental que había nacido sin ningún tipo de complicación y que una Anna exultante había bautizado como *Lionheart*. Era fuerte y evolucionaba bien, y la visita solo se había prolongado por la discusión que inició Ivy sobre el nombre, que consideraba demasiado largo y complicado. La visita también había dado sus frutos en cuanto a Ben, pues Ivy se había ofrecido a ayudarla en lo que pudiese. Tal vez la necesitaría si la amnesia se prolongaba en el tiempo.

Como siempre que llegaba delante de su puerta, Kate tenía la esperanza de que la recibiera radiante por haber recuperado la memoria. Pero hasta entonces siempre lo había encontrado serio y ensimismado en la cama.

Kate no sabía cómo se tomaba que lo visitara justamente la mujer responsable del estado en que se encontraba. Nunca decía nada sobre el tema, ni le hacía reproches, tal vez porque se sentía demasiado confuso.

Durante los primeros días había dormido mucho, pero desde que se encontraba mejor se debatía contra su pérdida de memoria. Kate tenía que explicarle una y otra vez cómo había ocurrido todo, también hojeaban los periódicos que ella le llevaba, sobre todo americanos porque estaba segura de que no era inglés. De momento todo aquello no le había despertado ningún recuerdo, y cuando se desesperaba ella lo distraía contándole su día a día en la consulta o cotilleos del pueblo. No era de gran ayuda, pero por lo menos así pensaba en otra cosa. «Ojalá la policía obtenga de una vez alguna pista», pensaba ella, frustrada. Ben le preguntaría, y ella podría darle ánimos, en vez de decepcionarlo de nuevo. Respiró hondo y se preparó, abrió la puerta y entró en la habitación.

Para su sorpresa, Ben no estaba en la cama, sino de pie junto a la ventana, mirando hacia fuera. Y vestido con su camisa y sus pantalones, que Kate había lavado y dejado en el pequeño armario del cuarto.

Cuando la oyó entrar se volvió y Kate tragó saliva. Era consciente de que era alto, pero hasta entonces solo lo había visto tumbado, y la impresionó verlo de pie. Antes ya lo encontraba atractivo, porque lo era, incluso con barba de tres días y una bata verde de hospital. Vestido y recién afeitado (así que había usado los utensilios para afeitarse que ella le había llevado) parecía haber perdido aquel aire de triste impotencia. Ahora parecía más seguro, pero también en cierto modo más enigmático que antes. Más atractivo. Kate notó que el corazón le daba un pequeño vuelco, pero se recuperó y se acercó a él con una sonrisa.

—Hola, Ben —dijo, y fijó la mirada en sus ojos grises, que la observaban como siempre con seriedad. Cuando se detuvo delante de él esbozó una leve sonrisa.

—Usted siempre al pie del cañón —dijo—. ¿No está harta de mis lamentos?

Kate siguió sonriendo, aunque sin entender del todo su comentario. ¿Quería deshacerse de ella? ¿O se alegraba de que ella siguiese yendo? Lo último le pareció más probable, pues creyó ver algo parecido al alivio en su mirada.

—Estoy acostumbrada a los pacientes que sueltan aullidos —repuso mientras se encogía de hombros para disimular lo nerviosa que se había puesto de repente—. ¿Por qué no está en la cama? ¿Ya puede levantarse?

Él adoptó de nuevo una expresión adusta.

—Puedo irme cuando quiera —repuso con sequedad—. El doctor Stevens ha estado aquí esta mañana y me ha comunicado que la conmoción cerebral ha remitido. No pueden hacer más por mí, así que me van a dar el alta. Lo malo es que no sé adónde se supone que debo ir. ¿O su tío ha descubierto algo sobre mí?

Kate sacudió la cabeza.

—Todavía no, pero van a ampliar la búsqueda. Cree que en unos días sabrá más.

—Ahora mismo eso no me sirve de nada. —Ben se dio la vuelta de forma abrupta y cruzó la habitación. Levantó los brazos, desvalido—. ¡Ojalá recordara por lo menos algo! Pero no sé nada, absolutamente nada, e ignoro qué debo hacer.

Kate lo observó con los hombros encogidos y de pronto sintió un nudo en la garganta. Parecía más tenso de lo normal, y le recordó al perro asilvestrado que había cuidado en unas prácticas en la perrera cuando estudiaba. No paraba de dar vueltas en su cobertizo, sin cesar, porque no soportaba estar encerrado. Cuando se le presentó la ocasión escapó, y jamás lo volvieron a encontrar. Saltaba a la vista que a Ben le ocurría algo muy parecido, pero él no podía largarse sin más.

«Tiene que salir de aquí o se volverá loco», pensó Kate. Pero ¿qué hacían las autoridades con una persona que no tenía papeles ni dinero? Probablemente lo meterían en una residencia o una pensión, donde estaría solo de nuevo dándole vueltas a la cabeza, si es que le ofrecían una solución provisional tan rápido. Por eso solo había una solución.

—Puede venir a mi casa si quiere.

—¿A su casa? —Pareció tan desconcertado que Kate casi lo encontró ofensivo.

—Tengo una casita en Salter's End, justo detrás de la consulta. Hay una habitación de invitados que podría ocupar el tiempo que fuera necesario.

Había sido una idea espontánea, y no esperaba que se le lanzara al cuello agradecido. Pero tampoco que no tuviera nada que decir y se la quedara mirando.

—Pero yo no tengo nada —dijo finalmente—. No tengo cosas ni dinero.

Era obvio que le resultaba desagradable depender de alguien, y eso Kate lo entendía muy bien. Pero de momento no tenía elección.

—Apuesto a que tiene muchas cosas —repuso ella con una sonrisa—. Pero ahora no sabe en qué armario. Y a juzgar por sus pantalones y camisa, tampoco me preocuparía mucho por el dinero.

—Las dos prendas estaban un poco gastadas pero no eran baratas, desde luego no era un mendigo—. Si eso lo hace sentirse mejor, puede compensarme más tarde. Y en cuanto al grave problema de vestimenta, ya lo he solucionado. Amigos míos le prestarán ropa.

Sus argumentos tampoco parecían convencer a Ben, que seguía dudando.

—No tiene por qué sentirse obligada conmigo. Ya me las arreglaré.

Kate sacudió la cabeza.

—No, no es verdad.

Él se la quedó mirando.

—No —rezongó, se dirigió a la cama, se tumbó y se quedó mirando el techo.

Kate se preguntó si tal vez había sido grosera. A lo mejor no quería vivir con la mujer responsable de su lamentable situación.

Pero cuando él alzó la vista no había rastro de reproche en su mirada, ni de rechazo. Parecía más bien... asombrado.

—Podría ser un asesino, Kate.

Parecía preocuparle de verdad, y ella recordó las palabras de Bill. Era cierto que no sabía nada de él, y había algo duro en su mirada, algo más profundo que no tenía que ver con la amnesia, sino con su carácter. Pero eso no asustaba a Kate, más bien le resultaba atractivo, de un modo inquietante. Seguramente sería mejor mantener las distancias, pero él estaba en esa situación por su culpa, y daba igual lo que al final descubriera de él: quería ayudarlo.

—Si lo es, lo ha olvidado —repuso encogiéndose de hombros, y por primera vez desde que lo conocía, Ben soltó una carcajada.

Fue solo una risa breve, pero le cambió la cara, le hizo parecer más joven y relajado y le brillaron los ojos. Debería reírse más, pensó Kate con el corazón acelerado. O... mejor que no.

—¿Entonces? —preguntó antes de perder el hilo del todo—. ¿Quiere venir a mi casa?

Ben no sabía qué responder. Pero ¿qué sabía en ese momento? Kate lo llamaba Ben, y poco a poco se iba acostumbrando a ese nombre que tal vez fuera el suyo, y a la sensación de ser un hombre sin historia.

Ella era la responsable de que lo hubiera olvidado todo, pero no podía odiarla por ello. Al contrario, pensó, y suspiró. Se había acostumbrado a ella, pues sus visitas eran lo único que lo distraía de sus deprimentes cavilaciones.

Notaba que había algo que dormitaba en su cabeza, a la espera de ser despertado. Pero no podía extraerlo, por mucho que lo intentara, y a veces pensaba que se estaba volviendo loco. Solo salía de ese círculo vicioso cuando estaba con Kate. Su sonrisa y su convicción de que recuperaría la memoria lo ayudaban a aguantar y mantener la esperanza.

Tal vez debería decírselo, pero no podía. Era

como si algo le impidiera mostrarse débil y admitir que necesitaba a alguien. Y precisamente por eso se mostraba reticente a ir a su casa. No le gustaba depender de nadie. Solo estaba mejor, solo se sentía bien. Estaba acostumbrado, aunque ignoraba por qué.

—¿Ben? —insistió Kate, y él suspiró para sus adentros.

¿Tenía elección? Kate llevaba razón, de momento no se las arreglaba solo, al menos no del todo. Necesitaba apoyo, quisiera o no. Y ella podía ofrecérselo, al fin y al cabo estaba en deuda con él por haberle borrado la memoria con aquel leño. Además, a veces lo ayudaba mirar sus cálidos ojos castaños cuando el agujero negro de su cabeza amenazaba con engullirlo. ¿De verdad quería renunciar a eso?

—No —dijo, y al ver la cara de Kate comprendió que había sido la respuesta incorrecta—. Sí, quiero decir que sí. Iré con mucho gusto.

—Ah, bien. —La expresión vacilante de Kate contradecía sus palabras, y por un momento se miraron en silencio.

Tal vez ya se arrepentía de su ofrecimiento. Pero Ben no iba a permitir que ahora diera marcha atrás porque de pronto sintió que tenía que salir de aquella habitación. Ya mismo.

—Entonces ¿vamos? —preguntó en tono de

ruego, y la miró con una media sonrisa—. Ya he recogido mis cosas.

Aquel comentario provocó una sonrisa en Kate, algo que por algún motivo a él le suscitó un gran alivio.

—Sí, vamos.

9

—Es aquí —anunció Kate cuando giró con su todoterreno en el patio que había detrás de la consulta veterinaria, y miró a Ben, que iba en el asiento del pasajero, un tanto cohibido.

Había considerado correcto ofrecerle la habitación de invitados, pero cuando se detuvo delante de su casita, que limitaba con la consulta por detrás, se preguntó si realmente había sido buena idea. En la casa había espacio suficiente para ella y sus animales, pero la idea de compartirla con un hombre al que apenas conocía de pronto era un tanto rara. «No será por mucho tiempo», se consoló, y le sonrió de nuevo antes de bajar del coche.

Durante el trayecto él había permanecido callado y en parte dormido, y Kate no lo había despertado, tampoco cuando pasaron por Daringham

Hall, que le habría gustado enseñarle. El doctor Stevens había insistido explícitamente en que Ben aún necesitaba mucha tranquilidad, y en su casa tal vez no la tuviera siempre. La causa se hizo evidente con los sonoros ladridos que se oyeron detrás de la puerta a la que se acercaban. Aquello suscitó en Kate una pregunta que aún no le había hecho a Ben, y era delicada.

—¿Le dan miedo los perros?

Él se encogió de hombros.

—Ni idea —dijo, y sonrió cuando la joven hizo un gesto culpable.

Dudó por un momento, pero no había otra salida si iba a vivir con ella. Abrió la puerta de la casa y salió una jauría multicolor entre jadeos y ladridos. En aquel momento eran cuatro perros: un spaniel pequeño muy vivaracho llamado *Ginny*, una hembra de labrador que respondía al nombre de *Lossie*, un viejo collie macho al que le faltaba un ojo y que había sido bautizado por Kate como *Blackbeard*, y el terrier *Archie*, al que sus tres patas no impedían dar grandes saltos. Los cuatro se pusieron a corretear exaltados alrededor de Kate y Ben, y saludaron a ambos con gran ímpetu y emoción.

—¿Todo bien? —preguntó Kate, y lo miró mientras acariciaba a los perros.

Ben esbozó una leve sonrisa.

—Depende —dijo—. ¿Cuántos nos esperan dentro?

—Solo dos gatos, pero son tan esquivos que apenas se dejan ver —contestó Kate, antes de entender que le estaba tomando el pelo. A él no parecía preocuparle que la casa fuera más una pensión para animales, se lo veía relajado. De hecho Kate tampoco se lo esperaba. Ben no era una persona miedosa, sino más bien alguien que afrontaba las cosas e intentaba arreglarlas. Pero tampoco estaba acostumbrado a tratar con perros, se le notaba en su actitud reservada. «Seguramente no tiene mascota, por lo menos no un perro», pensó mientras se adentraban en la casa.

Justo detrás de la puerta estaba la habitación más grande, que Kate utilizaba a la vez de salón, comedor y despacho. Miró alrededor inquieta porque no recordaba exactamente en qué estado la había dejado por la mañana. Por suerte, estaba presentable. No había ni libros ni revistas sobre los dos sofás azules, ya un poco desgastados, delante de la chimenea abierta; en la pequeña mesa que había junto a la ventana solo estaba su taza de café, pues lo demás lo había llevado a la cocina, y también su pequeño escritorio del rincón parecía más ordenado que de costumbre. En realidad se debía a que el ordenador, con el que llevaba la contabilidad y en su escaso tiempo libre redactaba su tesis doctoral, en ese momento estaba paralizado por un maldito virus. Por eso no había el caos de papeles que normalmente reinaba en el escritorio.

Aliviada por la impresión que daba su casa de ser relativamente habitable, Kate se volvió y casi chocó contra el pecho de Ben. Se había colocado detrás de ella sin que se diera cuenta, y cuando alzó la vista y se topó con su mirada tragó saliva.

«Demasiado cerca», pensó asustada, y retrocedió un paso sin dejar de sonreír.

—Yo... la habitación de invitados está ahí delante —dijo, y señaló una de las dos puertas que daban al salón. Se encaminó hacia allí casi de forma precipitada, contenta de que Ben no le viera las mejillas encendidas.

Dios mío, la ponía nerviosa, todo el tiempo. Si no conseguía controlarlo, podría convertirse en un verdadero problema.

No es que no tuviera experiencia con los hombres. Mientras estudiaba en Cambridge no había vivido como una monja, aunque nunca había conocido al hombre «adecuado», pero no la cohibía el contacto con el otro sexo y le gustaba coquetear si se daba la ocasión.

Pero Ben no era un hombre con el que se pudiera coquetear. Pronto regresaría a su vida, y ahí entraba, a juzgar por la nota que llevaba en el bolsillo, como mínimo una mujer. Podía estar casado aunque no llevara anillo, tal vez hasta tenía niños. Así que mejor olvidarse de que lo encontraba bastante atractivo.

Pero no era tan sencillo, pues la habitación de invitados en la parte trasera de la casa era bastante pequeña, solo había sitio para una cama y un armario, y bastante justos de espacio.

—Es esta —dijo para disimular los nervios, embelesada con sus ojos grises.

—Qué bonita —contestó él, y Kate se quedó sin respiración por un instante cuando él clavó su mirada en ella y no en la habitación.

«No —pensó—. No me mires así...»

Los perros se pusieron a ladrar y fuera se oyó una voz femenina que Kate conocía muy bien.

—¿Kate?

—¡Voy! —gritó, y pasó con una sonrisa de disculpa junto a Ben, aliviada de poder huir del cuarto, que de pronto le parecía más pequeño de lo que ya era.

—¡Ivy! ¿Qué haces aquí? —saludó asombrada a su amiga, pues se habían visto unas horas antes en Daringham Hall. Al ver la bolsa de plástico negra que había junto a la puerta lo entendió—. ¿Ya has conseguido las cosas?

Ivy asintió y le dio un abrazo.

—Le he preguntado a Kirkby y me ha preparado esta bolsa enorme, seguramente cosas que tenía en el armario y no necesitaba con urgencia. Ya sabes cómo es. —Sonrió—. Y como tenía que ir al pueblo igualmente, he pensado en traértela.

—Qué bien, pues lo necesitaré antes de lo que creía. —Kate sonrió a desgana, pensando en cómo contarle a Ivy los nuevos acontecimientos, cuando ella abrió los ojos de par en par al ver a Ben que regresaba al salón—. Ivy, este es Ben, ya te he hablado de él. Hoy le han dado el alta y de momento se quedará en mi casa. Ben, mi amiga Ivy Carter-Andrews —los presentó.

—Encantada. —Ivy le dio la mano a Ben y luego miró a su amiga—. No tengo mucho tiempo y aún quedan cosas en el coche que tengo que enseñarte. ¿Sales un momento conmigo?

Kate asintió y la siguió hasta el patio. Pensó que solo era una excusa para hablar a solas, y de hecho Ivy se volvió con cara de enojo en cuanto llegaron al Mini rojo.

—¿Vas a dejar que viva contigo? ¿Has perdido la cabeza, Kate? ¡Ese tipo podría ser un asesino! —susurró furiosa.

Kate no pudo reprimir una sonrisa.

—Eso ha dicho él.

—Sí, y no es broma —insistió Ivy—. Es un desconocido, a lo mejor es peligroso.

Irritada por el hecho de que fuera la segunda persona que le suponía a Ben una carrera de delincuente, Kate frunció el entrecejo. ¿Es que ya no valía el beneficio de la duda?

—Está bastante desorientado —defendió a Ben—. Y encima por mi culpa. No podía dejarlo en la estacada.

Ivy siguió seria un momento, y Kate vio que su rostro reflejaba una preocupación sincera. Pero luego se impuso su esencia amable y optimista y sacudió la cabeza, divertida.

—Tú y tus vagabundos, Kate. ¿Cuándo acabará? Aunque, bien pensado, podría decirse que es un avance que esta vez hayas acogido a un hombre. —Su mirada se volvió severa de nuevo—. Pero sigue sin gustarme, por lo menos mientras no sepamos quién es.

Kate suspiró.

—Solo serán unos días.

—Eso dijiste con *Blackbeard* y *Archie* —le recordó Ivy, y Kate torció el gesto al pensar en sus dos invitados permanentes a los que no encontró otro sitio y por eso tuvo que quedárselos.

—A Ben seguro que no me lo quedo, Ivy.

Su amiga sonrió y le dio un empujoncito en el brazo.

—¡Dios te oiga! —Abrió la puerta del coche—. Tengo que seguir organizando cosas para la fiesta del estío. Mi lista de recados pendientes es de por lo menos dos kilómetros.

Kate se imaginaba el trajín que debía de haber en la casa señorial. La fiesta del estío era una tradición en Daringham Hall y un momento álgido para toda la región pues todos los años atraía a mucha gente. Pero como esta vez se había aprovechado para hacer publicidad del nuevo vino de Daringham, era aún más importante que todo fuera sobre ruedas. Por eso todos se esmeraban en la organización del evento.

—Avísame si necesitas ayuda.

Ivy asintió.

—Lo haré, descuida. Y dile a ese asesino en serie que no le quitaré ojo de encima. —Se señaló con el índice y el corazón los ojos, y luego a Kate.

—Me las arreglaré —contestó Kate entre risas, y le guiñó un ojo.

Luego volvió a la casa.

Ben seguía en el salón y parecía indeciso, inseguro respecto a qué hacer. Algo similar le ocurría a Kate.

Ella se aclaró la garganta.

—Creo que voy a preparar un té. Puede echarle un vistazo si quiere —anunció, y señaló la bolsa de plástico. Así los dos estarían ocupados, y el resto seguro que saldría por sí solo.

Antes de llegar a la puerta de la cocina se oyó de nuevo el Mini y Kate vio por la ventana que Ivy se acercaba de nuevo al patio. Al cabo de un momento asomaba la cabeza por la puerta y lanzó una mirada de disculpa a Kate.

—Se me ha olvidado decirte que antes he estado con Tilly en el Three Crowns. También se le ha estropeado el ordenador y le ha pedido ayuda a su sobrino, que por lo visto es bastante entendido en informática. Vendrá el lunes de Norwich y puede echarle un vistazo también al tuyo si quieres.

—¡Genial, gracias! —exclamó Kate. Eso sí que eran buenas noticias.

Ivy se había vuelto hacia Ben y lo escudriñó de nuevo.

—Hasta luego —dijo, y solo quien la conocía podía notar que su sonrisa no era tan radiante como siempre.

Él hizo un gesto con la cabeza.

—Y gracias por las cosas.

—De nada. Espero que pronto se encuentre mejor —contestó ella, y se marchó de nuevo.

Ben miró el pequeño escritorio del rincón.

—¿Qué le pasa a su ordenador?

—Un virus, creo. —Kate suspiró—. Se puede iniciar, pero luego se queda colgado.

—¿Puedo echarle un vistazo? —Ben se acercó al escritorio como atraído por una fuerza magnética, se sentó en la silla y encendió el aparato antes de que ella pudiera decir nada.

—¿Sabe de estas cosas? —preguntó Kate, sorprendida.

Él frunció el entrecejo mientras esperaba que apareciera la pantalla de inicio y colocó los dedos sobre el teclado con naturalidad.

—Creo que sí. —Tecleó una combinación que hizo que la pantalla se volviera negra. Apareció toda una columna de combinaciones de letras en blanco que a Kate no le decían nada. Sin embargo, saltaba a la vista que a él sí, pues se puso a introducir una complicada serie de órdenes a una velocidad sorprendente.

Kate se lo quedó mirando asombrada. De pronto parecía muy seguro y en su elemento, así que debía de tener relación con la informática. Con un poco de suerte tal vez podrían averiguar algo de él por esa vía. Como mínimo era un principio, pensó satisfecha, y se dirigió a la cocina a preparar el té.

10

David giró su viejo Rover Sport Cabrio en la entrada de Daringham Hall y condujo con ímpetu por el camino que atravesaba el vasto parque salpicado de arboledas. La gran explanada frente a la casa señorial estaba cubierta de grava, había espacio para varios coches y los autocares que durante el verano llevaban turistas cada dos jueves para realizar visitas guiadas. Iban muchos, pues con la fachada bicolor, los capiteles arqueados y la estructura simétrica, Daringham Hall era un maravilloso ejemplo de una casa de campo inglesa de la época de Jacobo I.

Pero para David era más que eso, mucho más. Conocía cada piedra, cada marco de las ventanas y cada pilar, y no solo porque viviera allí. El pasado siempre le había fascinado y conocía todos los detalles de la cambiante historia de la mansión, construida en 1623 y que uno de sus antepasados adquirió a mediados del siglo XVIII de manos del rey Jorge III. Se había criado con la conciencia de que un día sería su responsabilidad conservarla para las futuras generaciones.

La pregunta era si aún era cierto.

David apretó los dientes y la grava chirrió bajo las ruedas cuando al cabo de un instante detuvo el vehículo delante de la casa. No obstante, en vez de apearse y entrar, se quedó sentado tras el volante. Desearía no haber ido a ver a su tío a la notaría para enterarse de cómo iban las pesquisas de Timothy sobre el asunto de Benedict Sterling. Y ojalá no tuviese que informar a su padre.

—¡David!

Aquel grito hizo que mirara por el retrovisor y sonrió al ver a Anna, que se acercaba por el patio. Por fin un rayo de esperanza, pensó, bajó del coche y se encaminó hacia ella con paso ligero. El sol, que volvía a brillar desde hacía unos días, como si aquella terrible tormenta nunca hubiera existido, también brillaba aquel día de cielo despejado. Anna se hizo visera con la mano. Tenía una sonrisa amplia y una mirada curiosa.

—¿Cómo ha ido en Londres?

—Bien —contestó David lacónico, no quería hablar de eso. Pasó a otra pregunta—: ¿Quieres ir al establo?

Anna asintió.

—Sí, voy a llevar a *Lola* y *Lionheart* una hora a la dehesa. ¿Me acompañas?

David era consciente de que su padre estaba esperando su regreso, pero asintió y siguió a Anna por el patio. Las noticias que debía comunicar no eran buenas, así que podían esperar un poco.

—¿Qué, has podido hacer ya hoy tu ración de tareas para la fiesta de la vendimia? —inquirió para pensar en otra cosa.

Anna hizo un gesto de cansancio.

—¡No lo llames así! Papá entrará en crisis si lo oye. Para él es y sigue siendo la fiesta del estío, y no quiere saber nada de cambios.

David no pudo evitar sonreír, pese a que en el fondo no era gracioso que James, el padre de Anna, se resistiera a todo lo que tenía que ver con la viticultura en Daringham Hall.

Para él, Inglaterra no era una tierra clásica de vinos, y no era el único que compartía esa opinión. Sin embargo, el clima en West Anglia era lo bastante cálido, y además en la región ya había algunos viticultores exitosos que habían demostrado que era factible. Aun así, James no le daba ningún valor, como tampoco al argumento de que con ese nuevo campo de negocio la casa podría disponer de otro pilar importante. Lo consideraba una idea descabellada en el más estricto sentido de la palabra, además de un grave error, y así lo decía siempre que tenía ocasión. No habría supuesto ningún problema si no desempeñara un papel tan importante en la estructura de la casa señorial. El padre de David, Ralph, dirigía oficialmente la finca, supervisaba las cuentas y tomaba las decisiones más importantes, pero sin su cuñado seguramente se habría dado un buen batacazo. James era un experto en asuntos agrícolas y se ocupaba de todo, desde la siembra hasta la cosecha. La viticultura la practicaba con poco entusiasmo porque simplemente no la apoyaba.

—Ya lo convenceremos —comentó David con una sonrisa conspiradora. Pero cuando recordó que la fiesta del estío era en ese momento el menor de sus problemas, se puso serio de nuevo y clavó la mirada al frente mientras caminaban.

Justo cuando llegaron a la entrada del jardín, pues el camino que salía por detrás era la manera más rápida de llegar a los establos a pie, de pronto Anna se detuvo y lo miró fijamente con sus ojos azul claro.

—Muy bien, dispara. ¿Qué pasa?

—Nada —se defendió David, sorprendido.

Ella sacudió la cabeza.

—David, te conozco desde que tengo uso de razón. Sé cuándo algo te preocupa. Llevas unos días muy raro, desde la tormenta. Empiezo a preocuparme de verdad, así que desembucha: ¿qué ocurre?

David cerró los ojos un instante, casi aliviado por el hecho de que su prima supiera interpretarlo tan bien. De pronto tuvo la necesidad, casi la urgencia, de explicárselo todo, tenía que desahogarse, aunque su abuela les hubiera suplicado varias veces que no dijeran nada a nadie. No obstante, pronto todos lo sabrían, así que podía confiárselo ahora a Anna.

—¿Tiene que ver con tus estudios? —insistió la joven—. ¿Por eso has estado en Londres?

Él sacudió la cabeza y volvió la mirada hacia la mansión, cuya fachada brillaba rojiza al sol.

—No; he estado en el despacho de Timothy —contestó.

—¿Y?

David suspiró. Contarlo era más difícil de lo que pensaba.

—Hemos recibido una carta de un hombre de Nueva York. Se llama Benedict Sterling, y, según lo que Timothy ha averiguado desde entonces, podría ser... mi hermanastro.

—¿Qué? —Lo miró atónita—. Pero ¿cómo es posible?

David se encogió de hombros.

—Papá estuvo casado por muy poco tiempo con una tal Jane Sterling. Por aquel entonces no tenía ni veinte años, y el matrimonio fue anulado al cabo de pocas semanas. O por lo menos eso creía papá. Entonces todo se tramitó a través de Charles Brewster.

—¿El amigo de la abuela con cuyo despacho se quedó Timothy? —preguntó Anna.

David asintió.

—Aseguró en varias ocasiones a papá y la abuela que todo estaba en orden, pero Timothy no ha encontrado el acta de anulación del matrimonio, y por lo visto el trámite tampoco está registrado en ningún sitio. Seguirá investigando, pero si no se puede demostrar lo contrario, el matrimonio tendría validez. —Suspiró. Ya no podían consultar al antiguo abogado de la familia porque había fallecido unos años antes. Lástima, pues David estaba intrigado por saber cómo podía habérsele pasado semejante error a un profesional tan experimentado—. Así que papá ha estado todo este tiempo casado con esa mujer.

Anna abrió los ojos como platos.

—Eso significa... ¿que el matrimonio entre tu madre y tu padre no es válido?

—No. Jane Sterling se fue a Estados Unidos poco después de la separación, y murió allí antes de cumplir los veintiún años. Eso dice la carta, y Timothy lo ha comprobado. Por tanto, llevaba ya un año muerta cuando se casaron mis padres. Pero... —Hizo una pausa—. Aquella mujer tenía un hijo, ese Benedict Sterling.

Anna comprendió por fin.

—Y... ¿el tío Ralph es su padre?

—Eso solo lo podría demostrar definitivamente una prueba de paternidad, pero según los cálculos podría ser. —David le dio una patada a la grava del camino e hizo saltar piedrecitas—. Y es mayor que yo.

—Pero eso significaría... —Anna palideció, y él asintió con gesto de rabia.

—Después de nuestro abuelo y de mi padre, sería el siguiente baronet. —«Y no yo», pensó, y sacudió la cabeza al notar un nudo en la garganta. Continuó hablando a duras penas—: No sé qué va a pasar, Anna. Ese tipo es un desconocido, y no tenemos ni idea de qué va a hacer. Solo podemos esperar a que vuelva a ponerse en contacto, y esperar que esté dispuesto a llegar a algún acuerdo con nosotros.

Anna se quedó callada, intentando asimilarlo todo.

—A lo mejor es buena persona —dijo finalmente.

David soltó un bufido.

—A juzgar por su carta, seguro que no. Amenazaba con llevarnos a juicio si no reconocíamos su derecho. Piensa las consecuencias. Solo las habladurías serían terribles. Y si realmente tiene derecho al título, ¿entonces qué? A lo mejor aparece aquí con más exigencias o se inmiscuye en nuestros asuntos. Todo eso puede resultarnos muy desagradable.

Anna lo miró, pero no parecía tan impresionada como David esperaba. Por lo visto, la mansión y la familia no eran tan importantes, solo le preocupaba él.

—¿Y tú cómo lo llevas? —preguntó en voz baja.

David suspiró y sacudió la cabeza, pues no quería tratar precisamente ese tema. Era más cómodo valorar la situación en conjunto y no las consecuencias personales que podría acarrearle. Pero ya no podía negarlo: existía una posibilidad muy concreta de quedarse sin su sitio en el mundo, que durante toda su vida había dado por hecho. Y eso le creaba inseguridad.

—Ni idea. De hecho lo cambia todo. —Se encogió de hombros y tragó saliva mientras Anna le acariciaba el brazo en gesto de consuelo.

—No, eso no pasará. De momento no cambia nada —repuso ella—. Si ese Sterling realmente aparece por aquí, primero tendrá que demostrar que es quien dice ser. Y aunque sea cierto, no puede ocupar tu lugar sin más. Tú eres irreemplazable, David. Todos confían en ti.

Sonaba convencida, y David quiso creerla. Se sintió un poco mejor y le devolvió la sonrisa. Luego ambos se volvieron cuando otro coche entró en el patio interior de Daringham Hall y aparcó junto al viejo Rover de David.

David supo que era su madre quien conducía el Mercedes plateado, y reprimió un gemido. «Lo que me faltaba», pensó. Pero era imposible huir, Olivia los vio al bajar del vehículo y se acercó a ellos haciendo aspavientos.

—¡David! ¡Me alegro de verte! ¡Tengo una invitación para ti!

David intercambió una mirada con Anna, que enarcó las cejas con elocuencia y sonrió, pero se contuvo cuando llegó Olivia.

—Aquí tienes, cariño. —Le dio a David un sobre blanco y, con una sonrisa radiante, se puso bien el chal que llevaba sobre el vestido de verano floreado—. Muchos recuerdos de lord Welling y su mujer. La semana que viene celebran sus bodas de plata y quieren que asistamos.

David esbozó una sonrisa un tanto forzada.

—Supongo que Emily también irá, ¿verdad?

—Sí, por supuesto —le confirmó su madre—. Es una chica encantadora. En verano empezará sus estudios en Cambridge, también en el King's College, igual que tú, ¿no es casualidad? —Al ver que David seguía sin mostrar entusiasmo, adoptó un gesto adusto—. Esta vez vas a ir conmigo, ¿me oyes? Sería de muy mala educación rechazar de nuevo la invitación de lord Welling.

No esperó la respuesta de David, se limitó a sonreír de nuevo un instante, dio media vuelta y se dirigió a la entrada, mientras David y Anna la seguían con la mirada.

—Ya no te escapas del numerito —comentó Anna, y David ya no se esforzó en reprimir un resoplido.

—Me temo que no. —Quería a su madre, pero su empeño en encontrarle una pareja adecuada entre las hijas de las otras familias nobles le ponía de los nervios. Parecía tenerle pavor a que se enamorara de una chica «normal», así que no paraba de presentarle candidatas aptas que a él no le interesaban en absoluto. Él se buscaría una pareja y, si le gustaba, sus orígenes no le importaban. Al fin y al cabo, el príncipe Guillermo había hecho lo mismo, y ni siquiera la reina había puesto objeciones a que la esposa del futuro monarca fuera una ciudadana de a pie. Por eso David no entendía los motivos de su madre.

Pero tal vez no había nada que entender. A lo mejor esa búsqueda no era más que un pretexto para asistir a más fiestas y celebraciones. Hacía tiempo que albergaba la sospecha de que su madre se aburría. No estaba hecha para la vida en el campo, y ya hacía años que había renunciado a toda ambición de hacer como si llevara la gran casa de Daringham Hall con su pléyade de empleados. Lo hacía desde siempre Claire, la madre de Anna, y era mejor de lo que su cuñada jamás habría llegado a ser.

Sacó la invitación del sobre, leyó las letras doradas y torció el gesto. Anna se echó a reír.

—No pongas cara de que el mundo se acaba. Seguro que tampoco está tan mal.

—Pues acompáñame y lo comprobarás —replicó él—. Así tendría un motivo para dar una negativa a Emily.

Anna sonrió.

—No creo que la tía Olivia tenga esa intención.

—No, pero yo sí.

Se sonrieron, y David imaginó qué ocurriría si Anna lo acompañara a esa celebración. En realidad no era mala idea, pensó. Así podría comparar directamente, pues estaba bastante seguro de que solo podría ocupar su corazón una mujer tan sencilla y divertida como ella, que tuviera la misma sintonía con él. Pero de momento no había encontrado a nadie así.

Dobló el sobre y se lo metió en el bolsillo de la camisa.

—No te preocupes, no te voy a hacer eso —la tranquilizó—. ¿Vamos a ver a *Lola*?

Anna sacudió la cabeza.

—Creo que tu padre te está esperando. Seguro que quiere saber qué ha dicho Timothy.

La sonrisa de David se desvaneció al pensar de nuevo en Ben Sterling.

—Tienes razón. —Tenía que acabar con aquello, aunque habría preferido quedarse con Anna—. ¿Nos vemos luego?

Ella sonrió y le acarició el brazo con una mano.

—Ya sabes dónde encontrarme.

Anna siguió con la mirada a David, que se dirigía presuroso al portal de entrada de la casa señorial, con el corazón en un puño. Sus andares eran desgarbados y en cierto modo aún juveniles, y con el cabello oscuro casi negro que había heredado de su madre era muy distinto físicamente de su abuelo y su padre. Pero siempre había tenido algo, un aire recto y seguro que lo convertía en la persona perfecta para asumir las obligaciones de futuro baronet de Daringham Hall. Por eso la idea de que pronto hubiera alguien que pudiese disputarle esa posición era... horrible.

Daringham Hall necesitaba a David. Había sido educado para hacerse cargo un día del título y de la finca, y ya invertía todas sus energías en esa tarea. Había estudiado administración de empresas en Cambridge, y trabajaba en estrecha colaboración con Ralph y James, el padre de Anna, cuando estaba allí durante las vacaciones para aprenderlo todo detalladamente. En cuanto a los tesoros artísticos que albergaba la mansión, nadie superaba sus conocimientos. Sabía tanto sobre el tema que podría dar conferencias, y había contagiado a Anna su entusiasmo desde que eran niños. Y dado que todo el mundo percibía su entrega, era muy querido. Todo el mundo estaba tranquilo sabiendo que un día asumiría la gestión de Daringham Hall, porque sabían que estaría en buenas manos. Pero aquel intruso podía ponerlo todo patas arriba, y si el asunto ya confundía y atribulaba a David, Anna no quería ni pensar en qué ocurriría cuando el tal Sterling recalara allí.

Dio media vuelta con brusquedad y se encaminó al establo, aún sumida en sus cavilaciones. Otra tormenta se cernía sobre Daringham Hall, y causaría daños más graves que la última, pensó congojada mientras abría la puerta del establo.

11

—¿Qué tal la convivencia con un hombre? —Tilly se inclinó y le sirvió un vaso de agua mineral a Kate en la barra—. ¿Ya te has acostumbrado?

Kate bebió un sorbo con prisas porque fuera hacía mucho calor y tenía sed, pero también porque la pregunta la incomodaba. Tendría que haber contado con que su amiga le preguntaría por Ben. Por lo visto, el pueblo entero no hablaba de otra cosa que del hombre sin memoria que se había instalado precisamente en su casa. Era lógico que Tilly sintiera una gran curiosidad. Pero ¿qué se suponía que debía decir? ¿Se había acostumbrado a él?

En cierto sentido, sí. Ya había pasado una semana, y Ben y ella habían dado con una especie de rutina, si es que podía decirse así en su situación. Él se esforzaba por echar una mano en las tareas diarias. Se ocupaba de los perros, que lo habían aceptado con una rapidez pasmosa, y ayudaba en la casa cuando ella se iba a trabajar. Ya había arreglado casi todo lo que necesitaba una reparación, incluido el tejado. No era un manitas de formación, se notaba, pero tenía buena mano con las herramientas y era muy testarudo, lo intentaba hasta que encontraba una solución. Kate le dejaba hacer, no solo porque agradeciera que alguien se ocupara de esas cosas que ella nunca hacía por falta de tiempo. Ben lo necesitaba, tenía que estar ocupado con algo, de lo contrario pensaba demasiado. Así pues, ambos sacaban algo de su acuerdo, y Kate podría llegar a acostumbrarse sin problemas a tener tanta ayuda.

El único problema era que la seguía poniendo nerviosa. Era ridículo, pero se le aceleraba el corazón cuando le daba algo o sus dedos se rozaban por casualidad. O cuando sus miradas se encontraban por un largo instante en la mesa del comedor. Kate no quería sentirse atraída por él, pero no podía remediarlo, por mucho que entendiera que esos sentimientos eran absurdos. Absurdos y bastante peligrosos para su paz interior.

No tenía ni idea de si a Ben le pasaba lo mismo. Nunca daba ninguna pista en ese sentido. Por eso Kate tenía la esperanza de que fuera cosa suya, que no controlaba sus hormonas.

De todos modos, Tilly no podía saberlo bajo ningún concepto, así que Kate esbozó una sonrisa vaga cuando volvió a dejar el vaso.

—No tengo por qué acostumbrarme a Ben —dijo—. No se quedará mucho tiempo.

Tilly enarcó las cejas como si lo pusiera en duda.

Era bastante mayor que Kate, más de veinte años, se acercaba a los cincuenta, pero para Kate era una confidente muy importante.

Tilly había trabajado de niñera para los Camden, y para que las tres niñas no estuvieran tan solas y tuvieran compañeros de juegos, solía ir al pueblo y las dejaba jugar allí con los demás niños. Así se conocieron Kate e Ivy y se hicieron amigas, hasta que llegó un momento en que Kate pasaba más tiempo en Daringham Hall que en casa de su tía.

Así Tilly se convirtió en una suerte de amiga maternal. Hacía tiempo que había dejado el trabajo de niñera y ahora llevaba el Three Crowns, el más grande de los tres pubs de Salter's End. Pero su estrecha relación con Kate no había cambiado en nada, así que no se dejó engañar y se limitó a sonreír.

—Vamos, acéptalo. Te gusta —dijo con un deje burlón, y Kate notó que se le sonrojaban las mejillas, algo que hacía bastante tiempo que no le pasaba.

—Tal vez —reconoció en voz baja para que Ben, que estaba ocupado en la trastienda con el ordenador de Tilly, no la oyera—. Pero por eso no tendré nada con él. En cuanto recupere la memoria se irá. —Tenía que repetírselo constantemente para que no se le olvidara.

Tilly se puso seria de nuevo.

—¿Ya ha recordado algo sobre sí mismo?

Kate sacudió la cabeza.

—La médica de King's Lynn opina que probablemente se desbloqueará cuando vea algo conocido. Pero no parece que haya nada conocido aquí, lo que confirma mi hipótesis de que no es inglés. Solo hay que escucharlo para comprobarlo. —Bebió otro sorbo de agua—. También creo que profesionalmente está relacionado con la informática. Sabe mucho de programación, y apuesto a que también resucitará el tuyo. —Suspiró—. Por desgracia no es una pista que le sirva a la policía. No avanzan en la búsqueda de su identidad y...

Enmudeció al ver que en ese momento se abría la puerta de la trastienda y Ben regresaba a la taberna. Llevaba una camiseta y unos tejanos que le había comprado ella en King's Lynn mientras él estaba en la revisión del hospital. Algunas prendas que Kirkby le había dejado le iban bien, pero le quedaban un poco raras. Por eso Kate le había comprado algo que le encajaba más. Pese a las protestas iniciales, él prefería esa ropa y solo utilizaba la otra cuando trabajaba en casa. El único inconveniente era que Kate aún lo encontraba más atractivo que antes.

—Listo —anunció, y se sentó en el taburete junto a Kate—. No ha sido muy complicado. Creo que ahora funcionará.

—¡Gracias! ¡Es usted un genio! —exclamó Tilly, y le sirvió también un vaso de agua mineral—. ¿O prefiere otra cosa? ¿Una cerveza o un vino? Tengo una botella de la primera añada de Daringham Hall.

Ben lo rechazó con una sonrisa.

—No, el agua es perfecta con este calor.

—Entonces por lo menos coma algo, invita la casa. Puedo hacerle un bocadillo en un momento. Y a ti también, Kate.

—Eso estaría bien —aceptó Kate al ver que Ben asentía con la cabeza, y Tilly fue a la cocina dejándolos solos en la taberna.

Kate constató que él parecía muy satisfecho. Le sentaba bien afirmarse, pensó, y se alegró de haberle pedido que le echara un vistazo al ordenador de Tilly después de que su sobrino fracasara en el intento.

—Creo que si corre la voz de que es usted un as de la informática, tendrá mucha demanda —comentó—. En toda la zona no hay nadie que sepa de verdad de estas cosas.

Ben enarcó las cejas.

—¿Quiere decir que podría dedicarme a eso si

no vuelvo a recordar nunca quién soy? —Su sonrisa tenía un deje amargo, y Kate se arrepintió de haberlo dicho. Le tocó la mano en un acto reflejo.

—Pronto podrá recordar, seguro —dijo, y tragó saliva al pensar de pronto si anhelaba que llegara ese momento o le daba miedo. No podía pensar con claridad cuando él la miraba fijamente como ahora, y tampoco era buena idea tocarle, así que retiró la mano.

Tilly, que en ese momento volvía de la cocina con dos platos, lo vio e hizo un gesto con las cejas. Kate se sonrojó de nuevo.

Deseaba que llegara ese momento, sin duda. Ben tenía que recuperar la memoria y marcharse, antes de que el caos sentimental que se estaba desatando en su interior se le fuera de las manos.

—Aquí tenéis los bocadillos —dijo Tilly, algo que Kate agradeció. Una distracción era justo lo que necesitaba—. ¿Qué haréis el resto del día, guapos? —preguntó con una sonrisa pícara que a Kate no la ayudó mucho.

—Luego tengo que ir a ver al sabueso de Layla Barton —explicó—. Tiene otra vez problemas de digestión, y por lo visto no pueden esperar a la siguiente visita del lunes.

Hizo un gesto de hartazgo al pensar en la hija mimada de Lewis Barton, que se había puesto histérica por teléfono. Seguro que a eso se debía el estado del perro, a que su dueña, como era habitual, le había dado el alimento equivocado. Y Kate tendría que pasar la tarde libre del sábado explicándoselo todo de nuevo. Torció el gesto.

—Por lo menos he insistido en que vaya a la consulta y no tener que ir yo...

Se interrumpió porque le sonó el móvil, que estaba sobre la barra al alcance de la mano. Contestó y escuchó a un ansioso interlocutor.

—Iré en cuanto pueda —prometió, y puso fin a la llamada reprimiendo una maldición. Luego se bajó del taburete—. Bueno, pues Layla tendrá que tener paciencia. Una urgencia en Daringham Hall.

Ben dejó el bocadillo antes de darle un bocado, pero Tilly intervino con una pregunta.

—¿Qué ha pasado?

—Una vaca con problemas de parto —explicó Kate, y lanzó una mirada lastimera a su plato—. ¿Puedes envolverme el bocadillo, Tilly?

—Claro, cariño —sonrió su amiga, y cuando iba a volver a la cocina con el plato, Ben también le dio el suyo.

—Los dos, por favor —dijo con resolución, y miró a Kate—. Voy contigo.

Ella frunció el entrecejo. Necesitaba acostumbrarse a ese tono autoritario que a veces empleaba. Él ni siquiera se daba cuenta, como si estuviera acostumbrado a dar órdenes inapelables. Eso también formaba parte de su carácter, no pedía permiso antes de hacer algo, y Kate se imaginaba que no debía de ser un contrincante fácil. En ese caso no tenía tiempo ni ganas de discutir con él.

—Por mí, bien —dijo, pero cuando Tilly les hubo dado los bocadillos y ya estaba de camino a la puerta, le advirtió—: pero hay que tener nervios de acero.

Ben soltó un bufido mientras abría la puerta, era obvio que le parecía absurdo que no fuera lo bastante fuerte para una experiencia así.

—No me desmayaré.

—No sería el primero —repuso ella—. Hace muchas generaciones que los Camden dirigen Daringham Hall, así que cabría pensar que llevan en la sangre todo lo que tiene que ver con la agricultura y la ganadería. Pero Ralph, el tío de Ivy, en su primer parto de un ternero...

Ben agarró a Kate del brazo y la obligó a pararse.

—¿Cómo ha dicho que se llama esa gente? —preguntó, y sus ojos grises parecían perforarla.

—Camden —repitió Kate, sorprendida—. ¿Por qué? ¿Eso le dice algo?

Ben la miró fijamente e intentó retener la sensación que le había invadido por un momento. Pero había sido una breve chispa, un destello demasiado vago para formarse una idea. De nuevo no había nada más que una pared blanca que no le dejaba penetrar en su mente por mucho que lo intentara.

—No —contestó, frustrado, intentando reprimir la ira que amenazaba con adueñarse de él—. Eso pensaba, pero... no hay nada. —En ese momento vio que seguía sujetando a Kate del brazo, y la soltó asustado—. Lo siento —murmuró, pues seguramente le había hecho daño. Pero ella solo lo miraba.

—¿Lo ve? Seguro que es buena señal. Probablemente irán regresando los recuerdos poco a poco.

—Eso espero —contestó con sequedad, y la presión que sentía en el pecho remitió un poco.

Kate le sonrió de nuevo para animarlo y salieron del pub. Ben hizo lo que en ese momento siempre hacía: seguirla. En la calle contempló el lugar adonde había ido a parar.

Salter's End no era muy grande, y las casas más bien bajas parecían todas muy cuidadas pese a su antigüedad. En las fachadas se habían empleado a menudo guijarros grandes, lo que confería a los edificios un aspecto inconfundible. Según Kate, era típico de Norfolk, igual que la vieja iglesia de piedra gris que constituía el núcleo de la población. Alrededor de la plaza del Mercado, alargada y ovalada, que se encontraba justo enfrente y en la que estaban en ese momento, había numerosas tiendecitas y *boutiques* cuyos productos consumían los turistas además de los lugareños. Ben entendía perfectamente por qué atraía tantos visitantes. El mar estaba tan cerca que en el aire había un aroma a salitre refrescante, y desde la noche de la fuerte tormenta había brillado el sol sin excepción. Era bonito. Idílico y tranquilo, algo desconocido para él.

No tenía ni idea de cómo lo sabía, y por supuesto podía deberse a su amnesia que le diera esa impresión. Pero su instinto le decía que aquel no era su mundo. No pertenecía allí, se sentía como un extraño, aunque los pobladores se esforzaban por no dejarlo traslucir. Eran amables con él, pero estaba seguro de que era solo por no disgustar a Kate. Ella era querida en Salter's End, casi todo el mundo la conocía, y todos la saludaban con cariño cuando se la encontraban.

«Por otro lado cuesta no cogerle cariño», pensó Ben, y la miró de soslayo mientras se acercaban al todoterreno. Tenía un carácter compasivo, se ocupaba de la gente y la escuchaba cuando le contaban sus problemas, igual que había hecho con él durante su estancia en el hospital. Trabajaba mucho, se empleaba a fondo con sus pacientes cuadrúpedos y ayudaba a la gente en lo que podía, él era el mejor ejemplo.

Pero eso era solo un aspecto de ella, el que mostraba al exterior. Si uno la observaba con atención, y él había tenido muchas ocasiones para hacerlo durante los últimos días, siempre se veía algo triste en sus ojos, una sombra que la acompañaba y le confería a su mirada esa profundidad que tanto le gustaba desde el principio. Despertaba algo en él, algo que reconocía sin saber por qué.

Posiblemente por eso se sentía tan atraído hacia ella. O tal vez era que pasaban demasiado tiempo juntos. En todo caso, últimamente pensaba en lo sexy que estaba Kate Huckley con sus tejanos. Y en cómo sería abrazarla y besarle esos labios carnosos de los que a veces no podía apartar la mirada. Era un dura prueba para su autodominio y si seguía mirándolo como lo hacía a menudo, como si le pasaran por la cabeza cosas parecidas, ya no respondería de sus actos. Además, ¡ni siquiera sabía si ella era su tipo!

Ben sacudió la cabeza, se acomodó en el asiento del pasajero y cerró la portezuela de un golpe.

Kate, que estaba encendiendo el motor, lo miró sorprendida.

—¿Va todo bien?

Él asintió, aunque era mentira, y forzó una sonrisa que tampoco le salió muy bien.

—Cuénteme algo de los Camden —le pidió para distraerse, además de que realmente le interesaba—. ¿Qué tipo de gente son?

12

—Oiga, hay algo que no cuadra. —La rabia de Peter crecía mientras clavaba la mirada en aquella agente de policía. Cielo santo, ya llevaba ahí casi un cuarto de hora, pero por lo visto no entendía la situación—. Mi socio tal vez no sea una persona que nos informe de cada paso que da, pero tampoco desaparece sin más. Por lo menos, no tanto tiempo. Además, su asistenta, quiero decir nuestra asistenta, ha encontrado hoy una factura en el correo, una reclamación de una empresa de alquiler de coches de Londres. Por lo visto, el coche que Ben alquiló no se devolvió a la hora acordada.

Aquello inquietaba bastante a Peter, igual que el hecho de que hubieran pasado casi dos semanas sin tener noticias de Ben.

—¿Y no puede ser que se lo haya quedado sin más y esté haciendo un viaje por Europa? —La agente, una mujer atlética que rondaba la cuarentena con unos pechos muy voluminosos que ceñían la camisa del uniforme, parecía aburrida. Como si ya hubiera oído cien veces la historia del socio desaparecido—. Lo digo porque acaba de mencionar que su amigo no da demasiada información sobre dónde está y por cuánto tiempo.

—Yo no he dicho eso —protestó Peter—. Además, el coche ha aparecido en las afueras de Londres, con el depósito vacío y dañado. —Sienna lo había averiguado tras hablar con la agencia de alquiler de coches cuando encontraron la carta, y para ella fue la prueba definitiva de que a Ben tenía que haberle pasado algo. Ya desde aquel lunes dos semanas antes, cuando Ben no regresó como habían quedado, Sienna imaginaba todo tipo de escenarios horribles. Al principio él no se lo tomó en serio, pero ahora tenía que admitir que probablemente no era el peculiar carácter de Ben lo que le impedía comunicarse con ellos—. Le ha pasado algo, de lo contrario habría devuelto el coche.

La mujer tecleó algo en el ordenador, no parecía escucharle. Era difícil con el barullo que había a esa hora en la comisaría 13 del centro de Manhattan. En casi todas las mesas había alguien que discutía con un oficial de policía, y el extremo calor de agosto colaboraba a la hora de caldear los ánimos. Aun así, Peter no estaba seguro de si la mujer era tan descarada en no hacerle caso por otros motivos, así que se inclinó hacia delante y clavó su mirada en ella.

—¿Puedo rellenar la denuncia de desaparición?

La sargento Bale, según leyó en la placa del uniforme, suspiró y alzó la vista de su ordenador.

—Por supuesto que sí. De todos modos, estoy viendo que su amigo tiene un historial. Los expedientes juveniles están bloqueados, no puedo verlos, pero no parece una hoja vacía.

Le lanzó una mirada elocuente y Peter notó que su enfado iba en aumento.

—¿Y eso qué significa?

—Que hay más motivos para de pronto no encontrar a un adulto —replicó ella—. Tal vez debería investigar si con su socio también ha desaparecido dinero de sus cuentas.

Peter la miró atónito y de pronto recordó por qué prefería no tener trato con la gente.

—Y usted debería investigar si realmente entra dentro de sus obligaciones elaborar teorías absurdas. O si no sería mejor que aceptara la denuncia de desaparición antes de que solicite hablar con su capitán.

La amenaza pareció surtir efecto, pues ella recogió los formularios que él acabó de rellenar.

—Muy bien. Solo es lo que me dicta la experiencia —se justificó. Sin hacer más comentarios, le hizo algunas preguntas sobre Ben en un marcado tono de objetividad e introdujo la información en los papeles.

Peter se marchó al cabo de veinte minutos. Tal vez simplemente había dado con una funcionaria en extremo desmotivada, pero solo con pensar en los ojos cansados de la sargento Bale y la aglomeración de gente en la comisaría, decidió que sería mejor tomar las riendas de la búsqueda. Sin embargo, la organización no era su fuerte, por lo menos no cuando se trataba de algo ajeno a los programas informáticos. ¿Y por dónde empezaba? Londres era grande e Inglaterra más, sin un indicio era como buscar una aguja en un pajar.

«Da igual», pensó, y se dirigió hacia el despacho con decisión, a tres manzanas de allí. Ya se le ocurriría algo. Ben tenía que estar en algún sitio, y con la ayuda de Sienna lo encontraría. Le preocupaba su amigo, y sentía que le faltaba algo muy importante. Necesitaba a Ben. Como escudo y conexión con un mundo que en realidad nunca había comprendido, a diferencia de Ben, que siempre sabía exactamente qué tenía que hacer y se ocupaba de todo. Sin él, Peter estaba cada día un poco más perdido, y no era una sensación agradable. En realidad se sentía fatal. No quería ni pensar en que le hubiera pasado algo a Ben. No, iba a encontrar a su amigo, aunque para ello tuviera que remover hasta la última piedra de Inglaterra.

13

—El ternero está mal colocado. Por eso no avanza. —Kate sacudió la cabeza, mientras acariciaba la ijada temblorosa de la vaca. El animal estaba agotado, pero si intervenía tal vez aún no fuera demasiado tarde para el ternero. En realidad era una rutina, de haber estado ahí el caballerizo lo habría solucionado sin problema. Pero Greg estaba con James, el padre de Ivy, de visita en un mercado de ganado cerca de Norwich, y era obvio que el mozo de cuadra había interpretado mal la situación. Kate le lanzó una mirada de reproche—. Tendrías que haber llamado antes, Kevin. Ha sido una negligencia por tu parte.

El joven, que no hacía mucho que trabajaba en Daringham Hall, bajó la cabeza compungido.

—Ya lo sé, pero... todo parecía normal, y pensé que aún tardaría un poco más.

Estaba pálido, y Kate se arrepintió de haberle hablado con tanta dureza. Había sido su inexperiencia lo que le había hecho cometer el error. Seguro que ya se llevaría una buena reprimenda si salía mal.

—Muy bien. Creo que lo conseguiremos, pero necesitaré ayuda. —Observó a Kevin. Estaba acostumbrado al trabajo físico, pero era más bien delgaducho, sobre todo comparado con Ben, que estaba apoyado en la reja y lo superaba no solo en altura, sino también en complexión. Le sería más útil. Así que le dijo—: Allí arriba hay un mandil para el parto. Póngaselo y acérquese.

Ben, aunque sorprendido, lo hizo. Kate suspiró aliviada. Ahora tenían que ser rápidos. Con movimientos hábiles enlazó con una cuerda las patas delanteras del ternero, que ya salía de la vaca, y le ató un palo que les serviría para estirar. Se lo entregó a Ben, que llevaba puesta ya una bata larga como ella.

—Cuando se lo diga, tire del palo. Yo intentaré poner al ternero en la posición correcta.

Él asintió y se preparó mientras Kate se ponía un guante de plástico largo en el brazo derecho y luego metía con cuidado la mano en el canal de parto para palpar la posición de la cría.

—Ahora —avisó a Ben al notar las contracciones del útero, y él tiró mientras ella intentaba colocar la cabeza del ternero en la posición buena. No sirvió de nada—. ¡Maldita sea!

Kate sabía que el tiempo corría en su contra. Era demasiado tarde para otra intervención, tenían que sacar al ternero de inmediato si querían salvarlo. Siguió trabajando con obstinación e indicó a Ben cuándo tirar. Fue progresando. Centímetro a centímetro las piernas iban saliendo del canal de parto, y finalmente se le vio el morro, luego media cabeza.

—Tiene que salir ahora —dijo Kate, y se colocó junto a Ben para agarrar también el palo—. Vamos, juntos.

Respiró hondo y estuvo atenta a la siguiente contracción, luego tiró del palo junto con Ben y le indicó que ahora tenían que tirar hacia abajo en vez de recto. Era un esfuerzo enorme, pero por fin los hombros del ternero pasaron por el canal y salió tan de repente que Kate y Ben perdieron el equilibrio y acabaron sobre la paja del suelo del box.

Kate se incorporó ágilmente y se acercó al ternero y lo frotó con paja para estimular la respiración.

—¡Está vivo! ¡Lo hemos conseguido! —exclamó, y notó un alivio que la sumió en una especie de embriaguez.

Se volvió con una sonrisa de felicidad hacia Ben, que estaba justo detrás de ella de rodillas.

También estaba sin aliento, pero le devolvió la sonrisa, y por un momento solo estaban ellos y el ternero, al que se alegraban de haber salvado.

De pronto fue como si el mundo se detuviera, y Kate ya no pudo apartar la mirada, sumergida en los ojos grises de Ben. El brillo que desprendían la hechizaba, y cuando él levantó la mano y le apartó con ternura un mechón de la cara, ya no era el esfuerzo lo que le cortaba la respiración.

—No; lo has conseguido tú —dijo casi en un susurro, y su voz trasmitía admiración y algo más que le provocó un cosquilleo en la espalda. Él seguía rozándole la mejilla con la punta de los dedos, y Kate estaba como paralizada, solo lo miraba, y vio que los ojos de Ben se desviaban hacia sus labios, tan cerca de los suyos...

—¡Gracias, señorita Huckley! ¡Ha sido impresionante!

Kevin se había acuclillado a su lado para frotar al ternero con paja porque Kate había dejado de hacerlo. Aquello la devolvió a la realidad. Con las mejillas encendidas, reanudó su trabajo, examinó y alimentó primero al ternero y después a la vaca, que estaba tumbada en el box y debía recuperarse de las fatigas del parto.

—Aún está muy débil. Tienes vigilarla —le avisó a Kevin cuando terminó y se quitó el guante largo y la bata sucia. Se esmeró en parecer tranquila y que no se notara lo alterada que estaba, pero no ayudaba que Ben estuviera a su lado con la mirada posada en ella.

Dios mío, había estado a punto de besarlo. O de dejarse besar, pues seguro que Ben lo habría hecho si hubieran estado solos. Aún sentía un hormigueo en el lugar donde le había rozado con los dedos, y la idea de notar sus labios besándola le hacía temblar las rodillas. Para mayor seguridad, huyó al lavabo al otro lado del pasillo del establo. Se lavó las manos, se las frotó bien como si quisiera eliminar también lo que de pronto no podía quitarse de la cabeza. Pero la sensación que le provocaba el temblor no desaparecía, y empeoró cuando Ben apareció a su lado.

Se apartó un poco para dejarle sitio en el lavamanos y se secó las manos mientras él se lavaba.

—Gracias —dijo cuando él le alcanzó la toalla, y le miró el pecho para no mirarlo a los ojos—. Sin tu ayuda no lo habríamos conseguido.

Él no contestó y ella levantó la cabeza... y se quedó sin respiración cuando sus miradas se encontraron.

—Kate...

Se oyeron unos pasos delante de la puerta del establo, y al cabo de un instante James y Greg entraban. Sus semblantes serios revelaban que ya sabían lo que había sucedido.

—Hemos venido en cuanto hemos podido —comentó James, y miró a Kate con una mezcla de esperanza y preocupación—. ¿Ha ido bien?

Kate asintió y le informó de la dificultad del parto mientras volvían al box para que James viera al ternero.

—Es un macho fuerte. Habría sido una lástima —dijo, y lanzó una mirada severa a Kevin, que seguía bastante pálido. Sin embargo, Kate estaba convencida de que el joven no sería reprendido. James podía parecer irascible con su llamativo pelo rojo y su voz grave, casi como un rugido, pero en realidad era un buenazo, igual que su hija Ivy, muy parecida a él en ese aspecto. Si le hubiera pasado algo al ternero, probablemente habría sido distinto, pero todo había ido bien y a James se le iluminó el rostro. Dio una palmada de satisfacción—. Entonces vamos a entrar en la casa a ver a Claire y brindar por esta preciosidad —anunció con una amplia sonrisa—. Necesitamos algo más fuerte que un té, ¿verdad?

La invitación se extendía a Kevin y Greg, pero era obvio que el mozo de cuadras quería enmendar su error e insistió en quedarse a vigilar la vaca y el ternero. Greg también rehusó con la excusa de que tras la excursión a Norwich aún tenía muchas cosas que hacer.

—¡Pero vosotros dos venís conmigo! —James

no aceptaría un no de Kate y Ben, y poco después atravesaron el prado hacia la casa señorial.

James aún no había conocido a Ben en persona, pero por supuesto sabía la historia de cómo había acabado en casa de Kate, así que no le hizo preguntas personales. Además, para James el mero hecho de que hubiera ayudado en el parto de la vaca bastaba para considerarlo un amigo y tratarlo como tal. Y como Ben se interesaba por el funcionamiento de la finca y le planteaba preguntas, enseguida entablaron una animada conversación.

Kate caminaba en silencio a su lado, intentando no pensar en el deseo que reflejaban los ojos de Ben en el establo antes de que James y Greg los interrumpieran. O en qué ocurriría la próxima vez que estuviera a solas con él. «Contente —se reprendió—. Ben no. Ni se te ocurra.»

Cuando rodearon la gran arboleda que habían plantado para ocultar detrás los establos y los graneros y apareció ante ellos la mansión en todo su esplendor, Ben ralentizó el paso. Una expresión de asombro surgió en su rostro, y Kate no pudo reprimir una sonrisa. A ella le había ocurrido lo mismo la primera vez. Enmarcada por setos simétricos y bancales, la imagen de Daringham Hall era impresionante.

No era tan grande como la cercana Sandringham u otras majestuosas casas nobles, pero era igual de bonita, sobre todo en aquel momento, cuando el sol bajo del atardecer hacía que la piedra roja de la fachada refulgiera como el fuego. Kate se enamoró de aquella casa desde el primer momento, y nunca olvidaría la sensación de ser recibida con los brazos abiertos en sus preciosos salones.

Atravesaron la terraza hacia la casa y llegaron a la gran cocina del servicio que también servía de comedor diario. Claire, la madre de Ivy, los recibió con una cálida sonrisa. De corto pelo rubio oscuro, como sus dos hermanos Ralph y Timothy, su atuendo deportivo le daba un aire juvenil y enérgico. No parecía que tuviera casi cincuenta años y tres hijas adultas.

—¡Kate! ¡Qué sorpresa tan agradable! —exclamó, y vaciló un momento cuando posó la mirada en el invitado de Kate—. Y usted debe de ser Ben, ¿verdad? Me alegro de conocerle, soy Claire. —Le estrechó la mano y luego señaló la gran mesa de madera antigua que era el corazón de la cocina—. Pero sentaos, iba a prepararos un té.

—Necesitamos algo más fuerte, cariño. Tenemos algo que celebrar —le explicó James, que ya se había instalado en la cabecera y le contaba a su mujer lo que había pasado.

—Ah, tengo algo perfecto para la ocasión —afirmó Claire, y sacó de la despensa contigua una botella de champán. Después de hacer que se la descorcharan, llenó cuatro copas altas—. Nuestra primera añada, ¿qué mejor para brindar por nuestro nuevo ternero? —Alzó la copa con una sonrisa de felicidad y Kate y Ben la imitaron. Solo James torció el gesto.

—Mejor un whisky —dijo con sequedad, y se levantó bajo la mirada de desaprobación de su esposa para servirse de la botella de whisky puro de malta que había en el aparador del rincón. Luego brindó también con ellos.

—Por la mejor veterinaria del mundo y su ayudante. —Se bebió el licor de un trago y le guiñó el ojo a Kate—. Creo que deberíamos llamarle *Ben*.

Kate miró a Ben, pues no estaba segura de qué le parecería la propuesta. A fin de cuentas, tampoco sabían con certeza que fuera su nombre. Pero, por lo visto, lo entendió como un gesto de amabilidad, pues sonrió.

—¿Dónde se ha metido Megan? —preguntó James.

Kate acababa de preguntarse lo mismo, pues normalmente la cocinera siempre estaba allí a esas horas. Se dedicaba en cuerpo y alma a su trabajo, se ocupaba de todas las comidas, no solo para la familia, también para los empleados. Y justo en ese momento estaba muy ocupada procesando los frutos cosechados en la finca. Pero Claire estaba sola, y le lanzó a su marido una mirada de reproche.

—Está preparando con Kirkby la mesa para la cata de vino. En realidad tendrías que hacerlo tú.

James frunció el ceño.

—Lo habría hecho.

Claire lo ponía en duda.

—¿Cuándo? Solo queda una semana para la fiesta y tendríamos que ir acabando los preparativos.

—Los acabaremos —gruñó James, y su expresión antes alegre se había evaporado—. También esa historia del vino. —Este comentario, acompañado de un gesto de desprecio, fue pronunciado con tono de irritación.

Kate estaba convencida de que a Claire le habría gustado decirle a su marido cuatro cosas sobre su actitud hacia el proyecto vinícola en Daringham Hall, pero era evidente que no quería hacerlo delante de Ben, así que no insistió y se limitó a sonreír a sus invitados.

—¿Té? —preguntó, y asintió satisfecha al ver que Ben y Kate aceptaban.

Los ánimos se relajaron de nuevo y hablaron de temas neutros como la casa, sobre cuya historia Ben hacía preguntas que Claire y James contestaban encantados. A Kate le costaba concentrarse en la conversación porque era consciente de lo cerca de ella que estaba sentado Ben. Se le aceleró el corazón cuando él le rozó la pierna con la suya bajo la mesa, y evitó su mirada, pues era demasiado peligroso mirarlo a los ojos.

Todo iba bien mientras pensaba que él no tenía interés en ella. Pero de pronto parecía que algo se hubiera desatado entre ellos con aquel momento de intimidad en el establo y ya no pudieran controlarlo.

—Kate, ¿por qué no le enseñas la casa a Ben antes de que os vayáis? La conoces muy bien —propuso Claire cuando finalmente se levantaron todos.

La joven tragó saliva. Tendría que haber pensado que se lo pedirían, y no podía poner ninguna excusa, aparte del hecho de que sus sentimientos por su huésped estaban desbocados. Pero por desgracia no podía alegarlo como excusa, así que asintió.

—Con mucho gusto. Si tú quieres...

Ben quiso, así que se despidieron de James y Claire antes de pasar al gran vestíbulo. Aquel espacio alto y amplio estaba dominado por una escalinata en la que destacaban especialmente las filigranas talladas en la madera de la barandilla.

—Antes la escalera se encontraba en el ala norte. A mediados del siglo XVIII se colocó aquí y se amplió —explicó Kate, refugiándose en la actitud de guía turística—. Y eso de ahí... —señaló la gran vidriera encima del rellano, formada por ocho pequeños segmentos que representaban motivos religiosos— es originario de Alemania. Se construyó en el siglo XVII en un monasterio de la zona de Eifel, y a principios del XIX llegó a Daringham.

Ben no decía nada, pero su mirada no iba dirigida ni a la barandilla de la escalera ni a los cristales de colores atravesados por el sol, sino a Kate. Ella pasó presurosa a la sala que quedaba a la izquierda del vestíbulo. Era el llamado salón chino, y por suerte Kate también sabía algo de aquella estancia, una de las más antiguas de Daringham Hall. Se sentía mejor cuando le explicaba algo. Así no sentía la tentación de hacer otra cosa con él.

Cuanto más avanzaban, más rápido caminaba ella y menos se le ocurría qué decir sobre las estancias. Solo pensaba en que nunca se había sentido tan atraída por un hombre como por Ben en ese momento. Y al parecer él lo sabía, se palpaba la tensión entre ellos. No obstante, o precisamente por eso, ella se esforzaba por continuar con sus explicaciones, esta vez sobre la biblioteca, a la que acababan de entrar.

—Este es mi sitio favorito —dijo, al tiempo que señalaba la suntuosa decoración de las estanterías llenas de viejos volúmenes encuadernados en piel que cubrían las paredes—. Antes aquí Ivy y yo...

Ben la agarró de la muñeca y la atrajo hacia sí con un movimiento rápido, y ella se quedó sin aliento. No le sorprendía, al contrario, era como si llevara todo el tiempo esperando ese momento, por lo menos su cuerpo, que cedió con naturalidad. Pero su mente se resistía, así que intentó oponerse a lo que sentía.

—Ben, no...

La sonrisa de él era una mezcla irresistible de resolución y regocijo.

—¿Por qué no?

—Porque... —No continuó porque los labios de Ben rozaron los suyos, y aquel roce la electrizó, le borró los pensamientos que tanto sentido tenían un instante antes. Dios mío, tenía que besarlo. Ya. Tenía que hacerlo...

Alguien se aclaró la garganta detrás de Ben y sacó a Kate del trance en que la caricia embriagadora de Ben la había sumido. Asustada, miró hacia la puerta y se quedó atónita. Conocía muy bien a la vieja dama de cabellos canos que estaba en el vano, igual que la censura que reflejaba su rostro.

—¡Lady Eliza! —Kate quiso que se la tragara la tierra. En circunstancias normales ya le resultaba desagradable encontrarse con la esposa de sir Rupert, que jamás había ocultado lo poco que le gustaban las frecuentes visitas de Kate. Que precisamente ella la viera en brazos de un hombre fue como una explosión—. Yo... no la hemos oído llegar —balbuceó—. Espero que no seamos una molestia. Solo queríamos ver un poco la casa. Estábamos en el establo y James nos invitó a pasar. Y luego Claire ha dicho que...

Se interrumpió al ver que lady Eliza no la escuchaba. Tenía los ojos clavados en Ben, que se había vuelto hacia ella, y por su expresión de pavor parecía estar viendo un fantasma.

14

—¿Quién es usted? —La vieja dama no podía apartar la vista de Ben, y se le quebró levemente la voz, siempre tan fría y controlada.

—Es Ben —lo presentó Kate. El nombre debería decirle algo, pues ella estaba presente cuando Kate le contó a Claire lo ocurrido la noche de la tormenta—. Temporalmente se aloja en mi casa —añadió, y se mordió el labio al pensar que estaría besándolo apasionadamente si ella no les hubiera interrumpido. ¿Cómo podía haberse dejado llevar de esa manera?

Sin embargo, saltaba a la vista que no era eso lo que alteraba tanto a lady Eliza. Seguía sin prestar atención a Kate, concentrada en Ben. Repitió su nombre a media voz, y su rostro ya pálido se volvió aún más lívido.

—¿Lady Eliza? —Kate empezaba a preocuparse. Estaba acostumbrada a ser castigada por las miradas y los comentarios agrios de la vieja dama, pero nunca había visto a la abuela de Ivy tan extrañamente ausente—. ¿Se encuentra bien?

Lady Eliza, sobresaltada por las palabras de Kate, la miró y por fin se recobró. Pero en su rostro permaneció un rastro de la impresión.

—¿Este es el hombre que vive con usted? ¿El hombre que...?

Kate asintió.

—Claire me ha pedido que le enseñe la casa —le explicó, pero lady Eliza seguía sin relajar el gesto, que se volvió aún más adusto. Atemorizado—. Pero podemos hacerlo en otra ocasión —añadió, al ver que la vieja bruja permanecía callada. ¿Es que sufría los primeros síntomas de la demencia senil? Kate miró a Ben, sorprendido también por la peculiar reacción de la anciana, y señaló la puerta con la barbilla—. Será mejor que nos vayamos.

Ben la siguió, y lady Eliza retrocedió ante él.

—Sí, váyase, váyase —le oyó murmurar Kate.

Cuando Kate se volvió por última vez, ella seguía delante de la biblioteca, mirándolos con gesto hostil, casi como si quisiera asegurarse de que realmente se marchaban de Daringham Hall.

—Tiene que desaparecer, Rupert. —A lady Eliza le temblaba la voz mientras contemplaba el jardín por la ventana de la biblioteca.

—¿Abuela?

David, que se había colocado detrás de la anciana, miró por encima del hombro y vio a Kate, que caminaba con un hombre alto y rubio a su lado por el sendero a los establos. David no lo conocía, pero debía de ser el de la amnesia que vivía en casa de Kate. ¿Se refería a él su abuela? ¿Lo conocía?

David escudriñó con el entrecejo fruncido a la vieja dama, que murmuraba algo incomprensible.

—¿Va todo bien, abuela? —preguntó, al tiempo que le ponía una mano en el hombro.

Había pasado por delante de la biblioteca y había oído hablar a su abuela, pero no había nadie con ella. Estaba un poco rara cuando la observó mejor, parecía que no lo veía.

—Échalo —dijo ella sin darse la vuelta—. No puede estar aquí.

David la agarró con más fuerza del hombro y la obligó a volverse.

—¿Abuela? Soy yo, David.

Lady Eliza lo miró y parpadeó varias veces, sorprendida. Entonces lo reconoció y se le iluminó el rostro.

—¡David!

Él le devolvió la sonrisa aliviado y miró de nuevo hacia el jardín. Pero ya no veía a Kate ni a aquel hombre.

—¿Qué pasa, abuela?

Ella sacudió la cabeza.

—Nada —contestó, y de nuevo adoptó un gesto alerta y controlado, como David la conocía. Se dio media vuelta y se alejó de la ventana—. ¿Puedes decirle a Megan que sirva una taza de té en el salón azul?

—Por supuesto. —David la siguió cuando salió de la biblioteca, pero de camino a la cocina pensó que nunca había visto a su abuela así. Se lo contaría a su padre y a su tía Claire lo antes posible. Sin duda tendrían que estar atentos.

15

Ya atardecía cuando Kate cerró la consulta y regresó a casa por el patio. Había luz en la sala, así que Ben estaba en casa, aunque no lo veía a través de la ventana iluminada. Por supuesto que estaba, ¿adónde iba a ir?, pensó, al tiempo que hacía un gesto de desesperación ante su absurda reflexión, probablemente atribuible a los nervios.

Respiró hondo e intentó no hacer caso del cosquilleo que le rondaba el estómago. No había motivo para alterarse, se dijo mientras se acercaba a la puerta. Solo iba a hablar con él para decirle que lo ocurrido en la biblioteca no debía repetirse.

Hasta entonces apenas había tenido tiempo para pensar en eso. Al regresar de Daringham Hall, Layla Barton había vuelto a llamar por su perro. Kate le había dado hora en la consulta y había conseguido ducharse y cambiarse antes de que Layla llegara con su chucho obeso. Era un poco más joven que Kate, se mostraba testaruda y exigente y hablaba con cierta arrogancia, como solían las personas muy mimadas y desmedidas. Con ella no se podía hablar con sensatez y siempre discutían, por desgracia siempre en vano, sobre la correcta alimentación de los perros. Kate estaba harta de tratar con dueños tan obstinados como ella, pero esta vez incluso le habría gustado discutir más rato con Layla, para retrasar un poco las cavilaciones sobre Ben.

Ojalá supiera cómo lo veía él. Durante el trayecto de regreso no había hablado mucho, ni hecho amago de acercarse a ella. ¿Era una señal de que había recuperado el sentido común?

Kate resopló. Eso esperaba, porque si un beso breve de él ya la desconcertaba de esa manera, seguramente lo mejor era no dejar que se acercara demasiado. La situación ya era lo bastante complicada.

Los perros se pusieron a ladrar y corretear alrededor de las piernas cuando abrió la puerta y entró en la sala. Miró alrededor sorprendida.

Todo parecía más ordenado de lo que lo había dejado por la mañana. Y la mesa estaba puesta, pero no como siempre, sino con servilletas, copas de vino y una vela encendida en el candelabro de plata del alféizar, lo que daba al conjunto un aire muy íntimo. En la cocina se oían ruidos: Ben estaba ocupado con los preparativos de la cena.

Dejó el bolso con el corazón acelerado. ¿Había cocinado para ella? Eso no se lo esperaba, y sintió una especie de dicha. Pero la palabrota que sonó al cabo de un instante y el olor a algo ligeramente chamuscado que le llegó a la nariz la sacaron del embrujo. Se dirigió presurosa a la cocina.

—¿Ben?

Estaba inclinado sobre el horno abierto, sacando con ayuda del agarrador un gran molde para horno cuyo contenido ennegrecido no parecía muy apetecible. Le había caído un mechón sobre la frente y parecía desconcertado, sin saber qué hacer.

—Sácalo fuera —le indicó Kate, y abrió la puerta que daba al jardín—. Y échale un poco de agua.

Ben dejó el molde en la pequeña terraza y ella le alcanzó la regadera para que pudiera enfriar el interior carbonizado. Luego examinó el desastre.

Por lo visto, pretendía ser un gratinado de patata, pero había acabado en una masa apelotonada y quemada. Miró a Ben y casi se echó a reír al ver su expresión cariacontecida y perpleja. No conseguir algo le resultaba una sensación extraña. Le devolvió la mirada compungido.

—Lo siento. Pensaba que lo conseguiría si me ceñía a la receta. —Se encogió de hombros y sonrió con tristeza—. Está claro que no soy un experto en ciertos ámbitos.

Le enfadaba su fracaso, pero podía aceptarlo y tomárselo con humor, una cualidad que a Kate le resultó muy simpática. Cuanto más estaba con él, más cosas descubría que le gustaban, y eso se estaba convirtiendo en un auténtico problema.

—Seguramente no tienes costumbre de cocinar —comentó, y le devolvió la sonrisa.

—¿Y ahora qué comemos?

—Huevos revueltos con jamón y alubias. Es rápido —propuso Kate, pragmática, y volvió a la cocina, donde abrió la ventana de par en par y se puso a cocinar.

Le ponía nerviosa que Ben anduviera cerca intentando ayudarla. Era uno de sus platos más habituales, así que no tardaron mucho en sentarse a la mesa a cenar.

Sin embargo, el escenario no era el habitual, pues la vela que ardía entre ellos los envolvía en una tenue luz romántica, y eso hacía que a Kate le costara recuperar el ambiente desenfadado que solía haber entre ellos en la mesa. Aun así lo intentó, le habló de Layla Barton y su beagle, que por desgracia distaba mucho de ser el ágil perro de caza que podría ser. Pero no podía dejar de pensar en cómo se había alterado cuando los labios de Ben habían rozado los suyos por un instante, y tenía que concentrarse en sus palabras para no perder el hilo.

Su única ancla era la copa de vino, por lo menos el alcohol la relajaba un poco. Eso tenía sus inconvenientes, pues aletargaba sus mecanismos de defensa y la hacía apreciar el cabello de Ben, que brillaba dorado a la luz de la vela, y que sus ojos le parecieran más oscuros que de costumbre. Más atractivos, si es que eso era posible.

—Estaba delicioso —dijo él cuando terminaron de comer, y se reclinó en el respaldo. De nuevo hizo un gesto contrito—. Seguro que mucho mejor que mi gratinado.

—Le puede pasar a cualquiera —lo consoló ella—. Lo que cuenta es la intención.

Ben bebió un sorbo de vino, luego se inclinó hacia delante y cogió la mano de Kate.

—La intención era impresionarte. —Buscó su mirada mientras deslizaba el pulgar por sus dedos—. Pero es bastante difícil, ¿no?

«En tu caso no», pensó ella, y tragó saliva. Había perdido de vista el mundo e iba en caída libre, a juzgar por el retortijón que sentía en el estómago. Así que bajó la cabeza y retiró la mano.

—No necesitas impresionarme —dijo con frialdad, y empezó a recoger los platos. Luego se levantó y llevó presurosa la vajilla a la cocina, para distanciarse de él urgentemente. Le temblaban tanto las rodillas que se agarró a la encimera y respiró hondo para calmarse. Pero no sirvió de nada porque Ben fue tras ella. La agarró de los hombros y la hizo volverse.

—Kate... —Su voz grave sonaba seductora, suplicante, y de pronto ella ya no tuvo fuerzas para seguir resistiéndose y se dejó llevar.

Él posó sus labios sobre los de Kate, que sintió que el deseo la invadía como una llama y la abrasaba de los pies a la cabeza. Tenía que besarlo, de pronto lo necesitaba como el aire que respiraba. Cedió con gusto a su lengua indagadora, lo saboreó, sintió su cuerpo, sus manos en el pelo y la espalda, hasta que se abandonó del todo y ya no le quedó espacio para nada más. Se aferró a él como embriagada, quiso olvidar que sería mejor no estar haciendo eso. Pero cuando él liberó su boca por un instante, su mente volvió a conectarse.

—No, por favor... —Solo fue capaz de susurrar su protesta, pues él siguió el rastro de sus besos ligeros por el cuello—. ¡Ben, esto no está bien!

Él alzó la vista con expresión sombría. Y esbozó esa sonrisa tan sensual que hacía que a Kate le temblaran las rodillas.

—¿No?

Ella sacudió la cabeza desesperada.

—¿Y si recuperas la memoria? Tal vez... alguien te está esperando.

La sonrisa de Ben se desvaneció.

—Pero no me acuerdo —dijo con aspereza, y la escudriñó con la mirada, como si quisiera grabarse todos los detalles—. Ni siquiera sé si alguna vez deseé tanto a una mujer como a ti. Solo sé que es así. Te deseo, Kate. —Le tocó la mejilla y deslizó los pulgares por sus labios—. Pero pararé si tú no quieres. Aunque me cueste horrores controlarme.

Su sinceridad era cautivadora, igual que sus caricias, el roce del pulgar, que le hizo sentir un escalofrío. Dios, ella también lo deseaba. Nunca había sentido algo así, esa mezcla imparable de deseo acuciante y pasión ardiente, esa sensación de desaparecer si él la soltaba.

Sabía que era una insensatez. Una imprudencia. Algo que normalmente ella no hacía. Pero no soportaría privarse de ese placer, así que respiró hondo.

—No quiero...

Un músculo se tensó en la mejilla de Ben, que dejó caer la mano. Antes de que se volviera, Kate se puso de puntillas y le rodeó el cuello con los brazos.

Lo miró con una sonrisa temblorosa.

—No quiero que te controles.

16

Ben necesitó un momento para comprender lo que ella había dicho. Luego sonrió lentamente y, cuando se acercó de nuevo a ella, Kate notó que se le encogía el pecho al soltar el aire.

—Eres un bicho —susurró Ben.

Ella sonrió antes de abrir de nuevo la boca. Todo parecía increíblemente natural, como si llevara toda la vida esperando ese momento, ese beso, con ese hombre al que tal vez ni siquiera debería besar. Pero no quería pensar en eso, ya no quería pensar más. Le bastaba con sentir. Se apretó contra él y lo besó con más pasión hasta que Ben se separó con un gemido.

—Había soñado con esto —dijo con voz ardiente, y en sus ojos apareció un brillo de satisfacción y triunfo. Metió una mano bajo la blusa de

Kate, la deslizó por la espalda y le provocó un escalofrío de placer.

—Yo también —confesó sin aliento, y le desabrochó la camisa, ansiosa por recorrer también su piel con las manos.

Ben soltó una risita pícara.

—¿De veras?

Ella asintió, le abrió la camisa y le acarició el pecho.

Sabía cómo era porque aquella noche de tormenta ya lo había visto con el torso desnudo. Entonces ya le había parecido atractivo, pero lo que sintió ahora fue más intenso, la hizo flaquear. Se inclinó con un suspiro y lo besó en el sitio del corazón, inspiró su aroma viril y acre que habría reconocido en cualquier sitio sin siquiera mirarlo.

Le brillaban los ojos grises.

—¿Qué hacía en tus sueños?

—Me desnudabas —dijo ella, y de nuevo recibió como recompensa esa sonrisa de la que le gustaba sentirse única dueña.

—Ah, eso. En mi sueño también pasaba.

Se inclinó y la besó con ternura mientras le quitaba la blusa con destreza. Al cabo de un instante le abrió el sujetador y le cogió los pechos desnudos, le acarició los pezones erectos, provocándole una ola de deseo embriagador. Ella gimió con avidez, volvió a rodearle el cuello con los brazos y lo atrajo hacia sí.

—¿Quieres saber qué pasaba después? —susurró, y le mordisqueó el lóbulo de la oreja y sonrió feliz al ver que él se estremecía de placer.

—Creo que ya lo sé —repuso con voz ronca. La levantó y la besó mientras la llevaba por el pasillo al dormitorio. Delante de la cama la dejó de nuevo en el suelo.

Kate sonrió.

—Sí, algo así —bromeó mientras él encendía la lámpara de la mesita de noche. El brillo cálido arrojó sombras sobre su rostro y dejó una parte a oscuras cuando volvió a estrecharla entre sus brazos.

Kate le cogió las mejillas y recorrió aquel perfil tan conocido y a la vez tan desconocido: las líneas angulosas del mentón, los pómulos elevados, la nariz recta y unos labios gruesos que besaban de maravilla. Era excitante y el corazón le palpitó cuando él le dedicó una sonrisa provocativa.

—En mi sueño estabas desnudo cuando me llevabas al dormitorio —explicó.

Él se inclinó y degustó de nuevo sus labios.

—Entonces ayúdame a corregirlo —susurró, pero Kate ya lo había hecho apartándole la camisa de los hombros. Ya no aguantaba más, quería verlo entero; le acarició el estómago prieto y le abrió la pretina de los pantalones. No le costó desvestirlo, y tampoco se detuvo en los calzoncillos; le ayudó a quitárselos hasta que quedó desnudo frente a ella.

«Qué maravilla», pensó ella sin aliento, y notó una nueva ola ardiente de deseo. Deslizó una mirada voraz por todo su cuerpo, absorbiendo hasta el último detalle. Quería seguir tocándolo e investigando, pero él la atrajo hacia sí y en un instante estuvieron tumbados en la cama, donde él la besó con urgencia y pasión. Cuando la liberó de nuevo, sus labios ya no esbozaban una sonrisa.

—Dios mío, Kate, te deseo tanto... —gimió, y el brillo de sus ojos cautivó a Kate. Nunca en su vida se había sentido tan deseada, tan viva. Temblaba de deseo y por algo más que no sabía expresar con palabras.

«Yo también te deseo», quería decir, pero sus labios solo formaron una «o» muda cuando Ben empezó a recorrerle el cuerpo con la boca. La besó en el cuello y avanzó hacia las colinas de sus pechos, cerró los labios alrededor de un pezón, luego del otro, los succionó hasta que ella sintió un fuego abrasador en el vientre.

—Ben... —jadeó y sumergió las manos en el pelo.

Él continuó las líneas de los besos sobre su estómago. Le abrió los tejanos y se los quitó, lo mismo que la ropa interior, y luego siguió con la boca por la parte inferior de los muslos hacia arriba. Kate abrió las piernas, clavó las manos en la sábana y sacudió la cabeza, mientras la tensión aumentaba cada vez más. El aliento de Ben rozó su zona íntima y un temblor le azotó el cuerpo, presagio del violento torbellino que se desató en su interior cuando él la tocó. Pero no quería experimentarlo sola. Ben tenía que sumergirse con ella en esa sensación. Volvió a atraerlo hacia sí, arriba.

Él no necesitó más indicaciones, la estrechó entre sus brazos y la besó con avidez, mientras se preparaba para penetrarla. Siguió explorándola con las manos, como si no tuviera suficiente con su piel y su sabor. A Kate le ocurría lo mismo. No quería soltarlo jamás, cautiva de sus besos, y le correspondía apasionadamente. Pero no le bastaba, necesitaba más y se encorvaba, y él presionó el turgente miembro contra su entrepierna.

—Por favor... —susurró en sus labios, más que preparada para él. Pero Ben dudaba, y su rostro adoptó un gesto de preocupación.

—No tenemos preservativo —boqueó él.

Entonces Kate también recordó que no podía hacerlo así, sin más. Se quedó perpleja de su descuido, nunca se tomaba a la ligera el tema de la protección. Por otra parte, era una señal de lo loca que la volvía Ben, y al ver que a él le ocurría lo mismo esbozó una sonrisa.

—No tenías muy bien planeado lo de seducirme, ¿verdad?

Él suspiró y apoyó la frente en la de ella.

—No lo tenía planeado, no. Solo lo había soñado —repuso él, y esbozó una sonrisa de arrepentimiento que derritió a Kate.

Lo besó, luego lo apartó un poco y se inclinó para buscar la caja de preservativos en el cajón de la mesilla, tenía que estar allí. Estaba. Sacó uno y se lo dio, y sonrió al verle la cara de alivio.

Le temblaron ligeramente los dedos al ponérselo, luego se sentó y se puso a Kate en el regazo. Encajaron con toda naturalidad, y ella sintió un escalofrío de placer al sentirlo plenamente en su seno.

Por un instante se quedaron así sentados, mirándose a los ojos, luego Kate ya no aguantó más y empezó a moverse, extasiada de sentirlo tan profundamente.

Él inclinó el torso hacia atrás y luego le succionó de nuevo los pezones, esta vez con más deseo mientras el pulgar encontraba el punto más sensible y lo excitaba.

Kate ardió y soltó un fuerte gemido, notó que todo se contraía en su interior, a punto del estallido sensorial que la catapultaría al cielo.

Entonces llegó el momento. Unos relámpagos ardientes de deseo le recorrieron el vientre, y su interior se unió alrededor de él rítmicamente, mientras ella alcanzaba la cumbre del éxtasis, dichosa, gimiendo de placer con las ondas expansivas.

Ben notó que ella llegaba al orgasmo y le dio la vuelta, la tomó con movimientos firmes y rápidos que prolongaron su dulce liberación hasta alcanzar el último rincón de su cuerpo. Cuando sintió los últimos estremecimientos, él la siguió entre gemidos, y siguió estremeciéndose mientras ella lo sujetaba.

Sin embargo, cuando por fin ambos respiraban con calma, Kate tampoco lo soltó. No quería que se moviera, disfrutó de su peso y de la sensación de estar unidos. Soltó un suspiro de protesta cuando finalmente él se separó y se colocó a un lado de manera que la cabeza de Kate quedó sobre su pecho. Ella escuchaba sus latidos acelerados con los ojos cerrados, interrumpidos entre el dichoso estado en suspenso en que se encontraba aún su cuerpo, y el hecho de saber que ya nada sería como antes.

—Ha sido mucho mejor que en mi sueño —dijo él, aún jadeante.

—Sabes hacerlo mucho mejor que cocinar —contestó ella con apatía, y oyó el estallido de la risa en su pecho.

Él le besó el pelo antes de soltarla y ponerse en pie. De camino al lavabo se volvió de nuevo, y al ver su sonrisa relajada a Kate se le encogió el corazón.

No, ya no sería como antes. Pero eso tampoco cambiaba nada. Tal vez aún había motivos por los que no podían estar juntos. Motivos que ahora le harían mucho daño.

«Sabías dónde te metías», se dijo, pero el vacío que sentía en el vientre seguía ahí y solo se desvaneció un poco cuando Ben volvió a la cama y se pudo arrimar a él.

De momento estaba a su lado y ella era feliz, así que no iba a pensar en cuánto podía durar esa dicha, decidió con un bostezo, y no se dio cuenta de que se quedaba dormida.

Ben la abrazaba y miraba al techo. Ella estaba tan cerca de él que percibía el aroma de sus cabellos y su respiración regular. Él no podía dormir, estaba demasiado alterado.

Kate tenía razón, no era un inexperto en la cama, sabía lo que hacía y cómo dar placer a una mujer. Pero no recordaba con quién había adquirido esas habilidades, no veía otro rostro que no fuera el de Kate. Kate y solo Kate.

Solo estaba ella, no podía comparar, pero en ese momento le habría parecido normal no acostarse nunca más con otra mujer. De hecho notó que el deseo lo embargaba de nuevo, a pesar de que estaba agotado.

No tenía nada de malo volverlo a hacer, ¿no? Kate no tenía pareja, y él ignoraba si la tenía y si alguna vez lo recordaría. ¿Por qué no podía disfrutarlo mientras durara? De todos modos no podía pensar más allá, en su situación no tenía sentido hacer planes. Ni pensar en qué significaba Kate para él.

—¿Ben?

Kate se movió en sueños, parecía buscarlo, y Ben aprovechó la ocasión para darse la vuelta, de manera que la cara de ella quedaba pegada a la suya, igual que aquella primera mañana en que despertó sin memoria. Tenía el pelo un poco desmelenado, las mejillas encendidas y los labios entreabiertos: estaba igual de seductora que entonces. Con la diferencia de que ahora él sabía que tenía ojos castaños. Y qué se sentía al perderse en ella. Solo renunciaría a eso por razones de fuerza mayor.

—Estoy aquí, Kate. —La besó y sonrió cuando ella le rodeó el cuello con el brazo con un suspiro y se acercó más a él. Era obvio que ella tampoco tenía nada en contra de repetir la experiencia. Por eso aumentó la intensidad del beso hasta que la pasión eliminó cualquier otro pensamiento.

17

Sienna colgó el teléfono con tanta fuerza que Peter lo oyó desde su despacho, igual que el ruido amortiguado que hubo luego de un improperio. Era algo insólito en aquella rubia alta que siempre lo tenía todo perfectamente controlado. Y no era buena señal.

—¿Sienna?

Ella se asomó tan rápido a la puerta del despacho que ya debía de estar en camino. Se la veía furibunda y ceñuda.

—¿Nada otra vez? —preguntó Peter.

Ella sacudió la cabeza.

—El director de la agencia de alquiler de coches se ha esmerado, pero no pueden asegurarnos la dirección que se introdujo por última vez en el GPS del Jaguar porque el cacharro ya no funciona.

Era otro intento de avanzar en la búsqueda del desaparecido Ben. Aparte de las llamadas regulares a la policía, que siempre terminaban con que no había novedades, también habían intentado localizar su móvil en Inglaterra, en vano. A Sienna se le había ocurrido preguntar de nuevo en la agencia de coches por el navegador.

—De acuerdo. —Por un momento Peter no supo qué más decir—. ¿Qué hacemos ahora?

Se hizo el silencio, ambos estaban pensativos, luego Sienna arrugó la frente.

—¿Y Miles Boswell? Creo que Ben tenía una cita con él antes de volar a Inglaterra. A lo mejor sabe algo.

Peter soltó un bufido y le dio cierta rabia que hubiera sido Sienna y no él quien hubiera pensado en el abogado de la empresa. Pero aun así era muy buena idea.

—Llámalo y pásamelo —ordenó, y Sienna regresó a su mesa.

Al cabo de un momento le pasó la llamada y al otro lado se oyó la voz grave de Miles.

—¡Peter! Me alegro de oírte. Hace mucho tiempo que no hablamos.

«Normal», pensó Peter con acritud. Aborrecía a los abogados y todo lo que tuviera que ver con líos jurídicos. Eso era tarea de Ben, él se mantenía al margen cuando podía.

—Miles, necesito tu ayuda. Ben no ha vuelto de su viaje a Inglaterra, y estamos preocupados. Sienna me ha dicho que antes de partir estuvo contigo. ¿Sabes qué quería hacer o dónde podría estar?

Boswell permaneció callado lo suficiente para que Peter albergara alguna esperanza. Luego se aclaró la garganta.

—Sí, estuvo conmigo, es cierto. Pero no se trataba de un asunto empresarial, sino...

—Algo privado, ya lo sé —lo interrumpió Peter, impaciente—. Pero ¿tenía relación con el viaje a Inglaterra?

Boswell calló de nuevo, lo que Peter interpretó como un sí.

—De verdad que es muy importante que sepamos de qué se trata. Eso nos permitirá buscarlo —insistió.

El abogado hizo un ruidito como si estuviera pensativo, y Peter imaginó a aquel hombre bajo, de cabello rubio claro y ralo y gafas sin montura, sentado en su amplio escritorio rumiando una respuesta. Para Peter era demasiado tranquilo, como un somnífero, pero era muy leal y eficaz en su trabajo. Por eso se dejaban aconsejar por él desde hacía años.

—¿Miles? —insistió con impaciencia—. ¿Sabes algo que nos pueda ayudar?

El letrado suspiró.

—Me veo de manos atadas. Ben me dio instrucciones explícitas de guardar silencio sobre este asunto. Se expresó... con mucha claridad.

Peter hizo un gesto de desesperación. Muy bien, resulta que la lealtad podía llegar a ser un inconveniente. ¿Por qué a Ben le gustaba tanto el secretismo?

—Pero Ben ha desaparecido —explicó con todo el énfasis que pudo sin sonar impaciente—. Y todo indica que podría haberle ocurrido algo. Por favor, solo pido una pista para empezar a buscarlo. Solo eso.

Apretó el auricular y esperó la respuesta de Boswell, que de nuevo se hizo esperar.

—Lo siento, pero he dado mi palabra —dijo finalmente. Peter iba a soltar un suspiro de frustración cuando añadió—: Aunque, dadas las circunstancias, puedo aconsejarte que centres la búsqueda en casas señoriales de East Anglia.

El abogado puso fin a la conversación antes de que Peter pudiera seguir insistiendo. Cuando colgó, Sienna ya estaba en la puerta.

—¿Y bien?

—Casas señoriales —murmuró al tiempo que sacudía la cabeza, pues aquello no tenía sentido. ¿Qué tenía que ver Ben con la vieja nobleza de Inglaterra?

—¿Peter? —Sienna seguía esperando una respuesta.

Él la miró.

—¿Dónde cae East Anglia?

—En el sudoeste de Inglaterra, por lo que sé. —Frunció el entrecejo—. ¿Ahí está Ben?

—Ni idea. —Se encogió de hombros—. Tú reserva dos billetes para el próximo vuelo a Inglaterra. Entonces lo averiguaremos.

18

—Creo que ya no puede salir nada mal. —Ivy dio una palmada de satisfacción y observó la gran carpa blanca, decorada para la celebración.

—Eso debería decirlo la gente, ¿no crees? —replicó Kate, que estaba junto a ella y también lo examinaba todo—. Bueno, en todo caso no pasa inadvertido.

—De eso se trata —sonrió Ivy.

La carpa se encontraba en medio del prado de la celebración, en un lugar prominente, rodeada de los demás puestos y atracciones instalados para la fiesta del estío. Por la tarde se llenaría de turistas y visitantes de toda la región. Había juegos para niños y todo tipo de productos regionales para comprar y admirar, una tómbola cuyos beneficios se destinarían a la iglesia y que tradicionalmente los

Camden dotaban de premios muy atractivos, y por supuesto abundante comida y bebida. A diferencia de otros años, el pabellón donde se ofrecía el vino de Daringham era el centro del acontecimiento. Ivy y Claire se habían ocupado de que la carpa fuera la más grande con diferencia. Las mesas que albergaba eran muy monas, y junto a las estanterías donde se presentaba el vino de forma decorativa había cuadros explicativos sobre la viticultura en Daringham Hall.

—¿Esas imágenes son actuales? —preguntó Kate, señalando las fotografías de los viñedos.

—¿Lo dices por los daños que causó la tormenta? —Ivy sonrió—. Por suerte no fueron tan graves como temimos en un principio. Hemos perdido algunas cepas, claro, pero eso tiene remedio. —Se inclinó y bajó la voz, con la mirada puesta en su padre, que conversaba fuera de la carpa con uno de los ayudantes del pueblo—. Pero aún no sabes lo mejor: mamá y yo hemos convencido a Ralph de que contrate a un asesor externo, un enólogo francés, que nos ayudará a perfeccionar nuestra viticultura. Se llama Jean-Pierre Marrais, y a juzgar por su fotografía es un tipo bastante guapo. —Sonrió—. Quién sabe, a lo mejor tiene más que ofrecer que buenos consejos.

Kate le devolvió la sonrisa, pero dudaba que Ivy ya estuviera preparada para una aventura. Solo hacía unos meses que se había separado de su novio Derek, un profesor universitario de Londres, y, aunque no lo dejaba traslucir, Kate sabía que aún lo estaba pasando mal. A veces incluso creía que Ivy se dedicaba con tanto fervor a la consolidación del vino de Daringham para distraerse. Lo suyo no era estar alicaída, pero el hecho de que sonriera mucho no significaba que no se sintiera mal. Kate se propuso insistir más la próxima vez que pudiera hablar con calma con su amiga.

En ese momento había demasiado ajetreo, y demasiada gente que quería hablar con ellos. Claire, por ejemplo, que la paró cuando acababan de salir de la carpa.

—¿Habéis visto a Olivia? —preguntó, y se le veía en el gesto que no le entusiasmaba tener que buscar a su cuñada en vez de ocuparse de cosas más importantes—. Quería ayudarme, pero no la encuentro por ningún sitio.

—Anna y David pueden hacerlo. Están ahí detrás y no parece que tengan nada que hacer ahora mismo. Pregúntaselo —comentó Ivy, tan pragmática como siempre. Sin embargo, su madre descartó la opción, pues sacudió la cabeza.

—Ya encontraré a Olivia —afirmó decidida, y continuó con la búsqueda, no tenía intención de liberar así como así a su cuñada de su responsabilidad.

Cuando ya no podía oírlas, Ivy hizo un gesto de resignación.

—Solo le deseo a mi tía que la búsqueda de mi madre siga siendo infructuosa. Aunque tal vez sea el momento de que alguien le diga cuatro verdades: Ralph no lo va a hacer. Y en realidad no está bien que todos hagan su aportación a los preparativos menos ella.

Kate asintió. Era un secreto a voces que Olivia estaba pasando por una especie de crisis de la mediana edad y con su conducta, a menudo muy egoísta, incordiaba a la familia. Seguramente solo era cuestión de tiempo que todo estallara.

—A propósito de los preparativos —comentó Kate—. ¿Quieres que...? —Se interrumpió al descubrir a Timothy entre la gente en el prado—. Vaya, ¿qué hace aquí ya tu tío?

Era insólito verlo a esas horas allí, normalmente no se presentaba hasta la tarde para el baile. Pero era obvio que tenía algo importante que comentar con David y Anna, pues se detuvo a su altura cuando ella lo vio cerca de la pista de baile. Por los ademanes y gestos, los tres parecían estar tratando algún asunto serio.

—Ah, tiene que ocuparse de no sé qué contratiempos —contestó Ivy, que también contemplaba la escena—. Esta mañana le ha explicado a papá algo de un pleito inminente.

—¿Otra vez Lewis Barton? —aventuró Kate. El colérico industrial que llevaba unos años viviendo con su hija Layla en la finca contigua a Shaw Abbey mantenía una especie de guerra personal contra los Camden y cada cierto tiempo los incordiaba con denuncias.

Ivy sacudió la cabeza.

—No; se trata de otra cosa. Si lo he entendido bien, hay un americano que reclama algo a la familia. Parece un asunto delicado y Timothy y Ralph se muestran bastante reservados. —Suspiró—. Solo David está informado, y supongo que también mi hermanita porque siempre están juntitos. —Cruzó los brazos con una sonrisa—. Creo que tantearé un poco a Anna en cuanto haya vuelto la calma aquí.

—¿Qué pasa, no tenéis nada que hacer? —preguntó James, que pasaba por su lado, y las miró con fingido enfado por encima del hombro. Solo estaba de broma, pero les recordó a Ivy y Kate que quedaban muchas cosas por hacer.

—Voy a ver cómo va Kirkby con las copas —anunció Ivy—. ¿Quieres repasar otra vez la lista y comprobar si ya tenemos cantidad suficiente de todo?

Kate asintió.

—Justo eso iba a proponerte —contestó, y se dispuso a llevar a cabo su tarea.

Se plantó lista en mano delante de las numerosas neveras instaladas en la carpa y estaba repasando la lista, cuando de pronto se percató de que alguien se acercaba por detrás. Antes de que se diera la vuelta dos brazos fuertes la rodearon y sintió unos labios cálidos en el cuello. Enseguida se relajó de nuevo.

—Hola. —La voz de Ben sonó ronca en su oído y un estremecimiento le recorrió el cuerpo, que ya sentía débil de deseo. Pero ese no era el lugar adecuado, así que se volvió hacia él y le apoyó las manos en el pecho.

—¿Qué haces aquí? Pensaba que estabas ayudando a James. —Tenía que sonar a reproche, pero su sonrisa de felicidad la delató.

—Bueno, de vez en cuando también se puede hacer una pausa —contestó Ben sin soltarla, y quiso besarla pero ella lo esquivó.

—¡Ben, aquí no! ¿Y si viene alguien?

Él miró alrededor y la empujó un poco detrás de la nevera más grande para que no se les viera desde la entrada de la carpa. Allí la besó hasta que venció su reticencia. Cuando la soltó, ella lo atrajo hacia sí para darle otro beso y él sonrió satisfecho. Le gustó lo rápido que Kate había olvidado su pudor de que los vieran besándose.

—¿Qué, ya no sufres por tu reputación?

Sonó divertido, pero a Kate le pareció que tenía

un leve deje de reproche, como si ella no quisiera que nadie supiera lo suyo. En realidad, a ella le habría encantado pasearse por el pueblo de la mano de Ben, pero si corría el rumor de que tenía un lío con su huésped, inevitablemente le harían preguntas y habría habladurías. Por ejemplo, sobre adónde les llevaría aquello. ¿Y qué se suponía que debía responder?

—A decir verdad me preocupa más tu reputación —replicó, y le dio un empujoncito en el pecho—. Imagina qué diría la gente si supieran que has aprovechado mi hospitalidad para seducirme.

Ben amplió la sonrisa y en sus ojos apareció un brillo pícaro.

—¿Y qué quieres que haga si mi anfitriona es tan irresistiblemente sexy? Sobre todo si lleva una ropa tan provocativa. —Deslizó la mano por el vaporoso vestido de verano que llevaba Kate en lugar de los habituales tejanos, y por un momento ella deseó que estuvieran en su casa en vez de en el prado de la celebración, tras la mansión.

Había pasado una semana desde su primera noche de pasión, y apenas soportaba pasar unas horas separada de Ben. A él le sucedía lo mismo, y hasta en público les costaba mantener las manos quietas. Por eso ahora le gustaba ponerse vestidos. Quería gustarle, y le hacía feliz que así fuera.

—Me temo que tendrás que estar preparado para eso, porque esto no es nada comparado con el vestido que me pondré esta noche. —Se separó de él, temiendo que no pudiesen parar si volvían a besarse, y salió de detrás de la nevera—. Por cierto: tienes que probarte el esmoquin que te he alquilado. Si no te va bien, tendremos que buscar rápido otro.

El comentario deshizo el hechizo y Ben frunció el entrecejo.

—¿De verdad es necesario?

Siempre que Kate gastaba dinero en él dudaba: era como un acto reflejo, no le gustaba depender de ella. Pero Kate lo sacó de dudas con un gesto decidido.

—No puedes venir en tejanos. El baile es un acontecimiento distinguido, solo para invitados ataviados para la ocasión.

Ben no parecía muy convencido.

—¿No es un poco absurdo ofrecer por la tarde una colorida fiesta popular a la que puede asistir todo el mundo, y por la noche una velada elitista?

Kate sonrió.

—Creo que fue idea de lady Eliza. Probablemente quería recordar a todos los buenos viejos tiempos, cuando aún había un «arriba y abajo». Es muy conservadora para esas cosas.

—Querrás decir esnob y arrogante —comentó Ben, sonriendo.

A Kate la conmovía ver lo relajado que estaba últimamente. Se encogió de hombros.

—Sí, eso también —contestó con aspereza, pues era una descripción bastante exacta de lady Eliza—. En todo caso es una celebración muy formal. Hasta los móviles están prohibidos. Si te ven con uno te arriesgas a no ser invitado para el año siguiente. Pero es divertido, ya lo verás.

—También me divertiría estar a solas contigo. —Ben fue a inclinarse hacia ella, pero en ese momento oyeron pasos en la entrada de la carpa y se contuvo.

—¡Ah, estás aquí, Ben! —James se asomó a la carpa—. ¿Podrías ayudarnos otra vez arriba en el granero? Hay que cambiar una cosa de sitio.

—Por supuesto. —Ben acarició furtivamente el brazo de Kate, que vio en sus ojos cómo lamentaba la interrupción—. Hasta luego —murmuró antes de seguir a James, y sonó como una promesa.

Ella siguió con la mirada desde la entrada de la carpa a los dos hombres, que conversaban animadamente de camino al granero. Entre ambos había surgido un pleno entendimiento desde el primer día, lo que en el caso de James significaba también que involucraba a Ben sin dudarlo en las tareas de la finca. Pero a Ben no le importaba, James le caía muy bien. Y el hecho de sentirse tan integrado seguro que lo ayudaba a sentirse como en casa...

—¿Qué, soñando? —Ivy volvía a estar junto a Kate, y siguió su mirada, divertida—. Déjame adivinar con quién.

Kate se ruborizó levemente. «Tanto hablar de discreción», se reprochó. Pero Ivy la conocía demasiado bien. Se limitó a no responder, y Ivy sonrió.

—Pensaba que no querías quedarte con él.

Kate tragó saliva. «Claro que quiero», pensó. Pero no lo creía posible.

—No es mi decisión —dijo, y sonó más triste de lo que pretendía. De inmediato bajó la mirada hacia la carpeta y señaló la lista—. La he repasado. Aún faltan servilletas.

Ivy la estudió con la mirada, pero notó que Kate no quería hablar de eso, así que se limitó a asentir.

—Voy a recoger unos paquetes de la cocina —dijo, y se disponía a irse cuando dudó un momento—. Será una fiesta fantástica. Así que... —acarició el brazo de Kate y le guiñó el ojo— tú disfrútala, ¿de acuerdo?

—De acuerdo. —Kate se obligó a sonreír pese al desánimo que de pronto la embargaba.

19

Tilly Fletcher se encontraba detrás de la barra del Three Crowns observando el ajetreo decreciente mientras servía otra cerveza. La tradición marcaba que la noche de la fiesta del estío en Daringham Hall la gente pasaba la tarde allí, salvo los parroquianos recalcitrantes que se quedaban hasta la hora del cierre. En ese momento todos los clientes estaban al alcance de la vista.

La joven Jazz, que también estaba detrás de la barra y enjuagaba vasos con apatía, también había registrado que el ambiente estaba más tranquilo, y en la mirada que lanzó a Tilly había una mezcla de obstinación y súplica.

—¿Puedo tomarme la noche libre?

La petición sorprendió a Tilly.

—Tu padre dijo que te quedarías hasta la hora

del cierre. —Aún había bastante que hacer, y se alegraba de no tener que hacerlo todo sola.

—Ya, pero no puedo —refunfuñó Jazz, y dejó el siguiente vaso con especial fuerza sobre la barra—. Quedé con mis amigas, y pronto se marcharán sin esperarme.

Tilly la observó. Tenía casi dieciocho años y era muy guapa si uno obviaba esa ropa barata y demasiado ceñida y el pelo, que en ese momento llevaba teñido de un llamativo tono lila, bastante horrible. Y esos eran solo los síntomas externos de la transformación operada en ella últimamente. La niña simpática y amable que era había desaparecido. Ahora siempre estaba de mal humor y mostraba una agresividad latente, apenas se podía hablar con ella. Tilly no entendía del todo por qué su padre Edgar, el dueño del Three Crowns, la obligaba a ayudar en el pub. Su cara avinagrada y sus maneras insolentes eran bastante perjudiciales para el negocio.

—Por mí ya te puedes ir. —Tilly sabía que solo conseguiría que Jazz se empecinara si intentaba retenerla—. Pero a lo mejor deberías preguntárselo antes a tu padre.

Eso provocó la ira de Jazz.

—¡Y una mierda! Me lo prohibirá de todas manera —dijo tan alto que algunos clientes se volvieron hacia ellas. Se quitó el mandil y lo tiró sobre la barra—. Ya no aguanto más, ¿vale? Haced vosotros vuestra mierda. —Y se metió en la pequeña trastienda.

—¡Jazz! —Tilly salió tras ella, pero la chica ya había agarrado su bolso y desapareció por la puerta trasera. Tilly vio cómo la cerraba de golpe.

¡Estupendo! Enfadada y un tanto confusa, volvió a la taberna. Había trabajado lo suficiente como educadora para entender que la adolescencia era difícil. Pero Jazz pronto sería mayor de edad, y su conducta cada vez se podía atribuir menos a la pubertad...

Se abrió la puerta y al ver entrar a un sesentón de barriga incipiente y media calva, Tilly suspiró para sus adentros. ¡El momento perfecto, Jazz!

—Hola, Edgar —saludó a su jefe, y se apresuró a añadir—: Si buscas a tu hija, acaba de irse.

Edgar se detuvo un momento, pero no pareció sorprendido por la información. Se dejó caer con un suspiro en uno de los taburetes de la barra.

—¡Bah, al cuerno! —dijo, y señaló el mueble bar que había detrás de Tilly—. Ponme un whisky.

Se bebió de un trago el vaso que le sirvieron y torció el gesto.

—Ya no sé qué hacer. —Resopló—. Jazz está muy rara desde que sale con esas chicas de Fakenham. No son una buena influencia para ella. Siempre está por ahí, apenas la veo. Y si la pongo en arresto domiciliario, se larga sin más.

Tilly lo compadecía. Estaba solo con Jazz porque su mujer lo había dejado seis años antes y ahora vivía con otro hombre y su nueva familia en Canadá. Además, Edgar trabajaba mucho, tenía una gran cervecería cerca de Cromer además del Three Crowns, así como dos pubs en pueblos de la zona. Tal vez por eso se percató demasiado tarde de que su hija se le estaba yendo de las manos. La evolución de Jazz era realmente inquietante, según Tilly. Poco antes, tras la terrible tormenta, Jazz pasó incluso dos días enteros fuera de casa y no quiso decir dónde había estado. Y el hecho de que aquel día hubiera ido a trabajar rayaba en el milagro.

—Solo es una etapa —lo consoló Tilly igualmente—. Seguro que pronto sentará la cabeza.

Edgar no parecía muy convencido.

—No lo sé —dijo—. Creo que le hace falta una madre.

Lo decía a menudo, y podría ser simplemente una constatación. Pero Tilly veía en su mirada lo que desde un tiempo atrás veía con creciente frecuencia, pero aquel día de nuevo lo obvió intencionadamente, ocupándose de enjuagar los vasos.

—¿No irás al baile? —preguntó para cambiar de tema—. Estás invitado.

Edgar, uno de los principales hombres de negocios de la región, siempre recibía una invitación, y Tilly también figuraba en la lista como antigua niñera. Desde que había empezado a trabajar en el Three Crowns tres años antes, no había vuelto a ir.

Edgar se encogió de hombros.

—Bah, no estoy hecho para esas cosas —dijo—. Es un ambiente demasiado distinguido. Además... —lanzó una mirada elocuente a Tilly— no tengo la compañera adecuada.

Ella no hizo caso del comentario y agradeció que Edgar Moore fuera un hombre más bien tímido con las mujeres. De lo contrario, seguramente hacía tiempo que le habría preguntado si quería salir con ella, y habría sido muy difícil dar calabazas a su jefe.

De todos modos, a la larga tendría que dejarle las cosas claras para que no se hiciera ilusiones. Siempre había sido consciente de que le gustaba, pero últimamente cada vez era más evidente su interés, casi todas las noches aparecía con una excusa para sentarse con ella en la barra. A veces Tilly incluso sospechaba que condenaba a Jazz a ayudarla para tener un motivo para pasar por allí.

Sin embargo, Tilly no se veía como mujer a su lado. Ya no quería saber nada de hombres. Cuando aún trabajaba con los Camden como niñera creía que en algún momento encontraría al hombre adecuado para formar una familia. Pero por algún motivo nunca se dio, y ahora tenía cuarenta y nueve años y ya no contaba con que su príncipe azul apareciera justamente en el Three Crowns. Eso no significaba que aceptara a Edgar Moore por pura desesperación. Se había montado su vida y estaba satisfecha, por lo menos la mayor parte del tiempo. Le divertía su trabajo, y tenía mucho éxito en los concursos de cocina en los que participaba en su tiempo libre. Y si por la noche necesitaba compañía, podía llamar a sus amigos, aunque muchas veces estaba demasiado cansada para eso.

—El baile tampoco es para mí —recalcó—. Ni siquiera tengo vestido y tampoco sé bailar.

Lo del vestido era mentira, pues tenía colgado en su armario un vestido de fiesta precioso que se había comprado una vez espontáneamente en King's Lynn, pero nunca había tenido ocasión de ponérselo. En cuanto al baile, era cierto que no era muy buena en eso. Pero a veces, cuando estaba sola, ponía música, se movía al ritmo por la cocina y se imaginaba evolucionando con un compañero por la pista de baile. Pero nunca pensaba en su jefe, por eso era mejor no alentarle.

Edgar iba a decir algo, pero en ese momento se abrió la puerta con brusquedad y entró una mujer alta y rubia. Era más joven que Tilly, de unos treinta años, y de una belleza peculiar que resaltaba con un maquillaje sofisticado. Además, un vestido azul marino y un elegante abrigo blanco proclamaban a gritos que era de la gran ciudad.

El hombre que la seguía tenía unos cuarenta y tantos. Era de estatura mediana y contrastaba con la mujer. Llevaba el cabello moreno demasiado largo y un poco desgreñado, una barba de tres días que bien podían ser cinco, y unos tejanos con una camisa abierta encima de una camiseta cuyas letras estampadas —al parecer el logo de una empresa— solo se leían a medias. Sin duda no era un tipo que cuidara su aspecto, pensó Tilly, que se lo quedó mirando fascinada. Aunque no vestía con tanta elegancia como la mujer, tenía algo moderno, muy urbano, que no encajaba en el ambiente pueblerino de Salter's End. El hombre parecía malhumorado e insatisfecho, como si prefiriera estar en cualquier sitio menos allí.

—¿Puedo ayudarles? —preguntó Tilly.

El hombre la miró con ceño.

—¿Tienen habitaciones? —preguntó, delatando su acento americano, mientras echaba un vistazo escéptico alrededor.

—Sí tenemos —contestó Tilly, lacónica, mientras la rabia aumentaba en su interior. ¿Era necesario dejar tan claro que allí nada era digno de su majestad?

El hombre la miró de verdad por primera vez, de nuevo con expresión de tasador. Por lo visto, seguía sin gustarle lo que veía, y aquello molestó a Tilly. Sabía que no era fea. Se conservaba más que bien para su edad, había ganado en curvas con los años y su silueta seguía siendo atractiva. Pero con su mirada, aquel yanqui la hizo sentir como una pueblerina sosa.

Él abrió la boca, pero antes de que pudiera decir nada la mujer rubia se colocó entre ellos y la barra y sonrió a Tilly con amabilidad.

—Nos gustaría alojarnos aquí. Necesitaríamos dos habitaciones, si puede ser.

También americana, pero por lo menos más educada, pensó Tilly, aunque su sonrisa le pareció empalagosa.

—Por supuesto —contestó, mientras pensaba quién podía ser esa gente y qué les había llevado a Salter's End.

—Voy a buscar el equipaje —gruñó el hombre, y salió de la taberna mientras la mujer, que se presentó como Sienna Walker, rellenaba el formulario de los huéspedes.

Cuando Tilly le estaba dando la llave, volvió él con dos maletas con ruedas que parecían muy caras.

—Acompáñenme, por favor —dijo Tilly, y miró a Edgar, que asintió y ocupó su lugar detrás de la barra.

Luego subió por la estrecha escalera a la primera planta, donde se hallaban los cuartos de huéspedes.

—Qué bonito —comentó Sienna Walker después de inspeccionar uno de ellos, y Tilly no supo si lo decía en serio.

—Si quieren comer algo, aún estaré abajo un rato y podría prepararles algo —dijo.

La tal Sienna asintió y le dio las gracias, pero cuando Tilly ya se iba añadió:

—Oiga, hay una casa señorial en la zona. Daringham Hall, ¿verdad?

Tilly asintió.

—¿Han venido a verla?

—No, no —intervino el hombre, que según la información de su acompañante se llamaba Peter Adams y entraba en ese momento en la habitación con las dos maletas. Por lo visto, aún estaba de peor humor después de arrastrarlas por la escalera.

«Vaya», pensó Tilly, aunque ya suponía que no eran turistas normales. De esos había muchos, aunque la mayoría ingleses o europeos, rara vez americanos. Pero, para estar de vacaciones, esos dos parecían demasiado... tensos.

Tilly enarcó las cejas y les iba a desear una estancia agradable en Salter's End cuando la rubia dijo:

—Estamos buscando a alguien —le explicó con una sonrisa que en principio quería disculpar a su maleducado acompañante—. Pero está resultando más difícil de lo que pensábamos. —Vaciló un instante, como si no estuviera segura de si valía la pena esforzarse. Luego sacó una fotografía del bolso y se la enseñó a Tilly—. Este es el hombre que...

—¡Ben! —Tilly se quedó mirando la fotografía y luego alzó la vista hacia los americanos, tan sorprendidos como ella.

—¿Entonces está aquí? —Sienna Walker miró a Peter Adams, que pasó por su lado con brusquedad y agarró a Tilly del brazo.

—¿Dónde está?

Tilly seguía tan perpleja que no contestaba. «Claro», pensó. Eso le daba un sentido a todo. Aquellos dos eran estadounidenses, como Ben. Y el nombre de Sienna aparecía en la nota de que le había hablado Kate.

—¿Dónde está? —Peter estaba perdiendo la cabeza, si es que la tenía, pues empezó a apretarle el brazo y la sacudió un poco—. ¡Dígalo!

—Vive... con nuestra veterinaria.

—¿Qué? —preguntaron ambos casi al unísono, y el hombre soltó a Tilly.

—No puede ser —rezongó—. Hemos recorrido toda la maldita isla buscándolo, ¿y él se está divirtiendo con una mujer? Si no tiene una buena explicación...

—Ha perdido la memoria —explicó Tilly, y se encogió de hombros al ver que Adams enmudecía y se quedaba mirándola boquiabierto, igual que la rubia.

—Eso... lo explica todo —dijo él, y Tilly creyó ver alivio en su rostro. Luego recuperó ese aire inquisidor en los ojos—. ¿Cómo ocurrió?

Tilly expuso en pocas palabras lo que sabía. Sienna Walker asintió.

—De acuerdo. ¿Y dónde vive la veterinaria? —Era obvio que no quería perder más tiempo.

—Kate tiene una casita justo detrás de la consulta. Pero ahora no encontrarán a nadie —añadió—. Esta noche Kate y Ben están en una celebración y seguro que vuelven muy tarde.

Esa información no interesaba al hombre.

—Entonces vamos a donde están ahora mismo —gruñó, y fulminó a Tilly con la mirada como si fuera culpa suya que no pudiera hablar con Ben enseguida.

—Me temo que es imposible. Están en el baile del estío de Daringham Hall. Solo se puede entrar con invitación. Tendrán que esperar hasta que vuelvan.

Él sonrió con sorna.

—¿Ah, sí? ¿Solo con invitación? Ya veremos. —Recogió su maleta y miró a su acompañante sin prestar atención a Tilly—. Voy a llevar mis cosas a la habitación, luego nos vamos. —Salió al pasillo y se oyó un portazo en la habitación contigua.

—Disculpe, no son maneras —dijo Sienna Walker—. Nos ha sido de gran ayuda. Ahora, si me disculpa... —Y señaló la puerta.

De camino abajo, Tilly se dio cuenta de que no había preguntado qué relación tenían con Ben. Debía de ser muy importante para ellos si lo buscaban en persona, y el hombre parecía implicado casi emocionalmente. Aun así, tampoco descartaba que la guapa rubia fuera la esposa de Ben.

Pensó en Kate con cierta angustia, que durante los últimos días parecía tan feliz y relajada. Ben significaba para ella mucho más de lo que estaba dispuesta a admitir, así que sería una sorpresa bastante fuerte para ella. Era muy distinto saber en la teoría que Ben tenía un pasado a enfrentarse a él en la figura de Sienna Walker.

«Y ni siquiera puedo avisarle», pensó Tilly al recordar la prohibición de móviles en la fiesta que había instaurado lady Eliza. Regresó a la taberna con un suspiro de tristeza y tomó el relevo de Edgar.

20

—Cuánta pompa —comentó Ben, contemplando el amplio salón donde el baile estaba en pleno apogeo. Era el salón más grande de la planta de la casa señorial, pero las habitaciones del ala sur y también las terrazas estaban abiertas para los invitados, y predominaba un alegre trajín.

—Da esa impresión por la luz —opinó Kate, y señaló las dos arañas que colgaban del techo que hacían brillar los cristales tallados que colgaban de ellas y todo lo demás: los ornamentos dorados del valioso tapiz de damasco, el pulido mobiliario y las joyas refulgentes de las damas presentes.

Un quinteto de cuerda tocaba música clásica ligera en un rincón, algunas parejas bailaban en el parquet mientras otras conversaban al margen y esperaban a que se abriera el copioso bufet que estaba preparado en el comedor contiguo.

—¿La luz? —Ben sonrió—. Más bien es por la parafernalia. —Señaló con el mentón sin que se notara a una de las sirvientas que pasaba con una bandeja llena de copas de cristal vestida con el clásico uniforme blanco y negro del servicio, incluso con una cofia de encaje almidonada—. Eso ya no se lleva hoy en día, ¿no?

Kate rio.

—No, eso también es idea de lady Eliza. Pero a la gente le gusta.

Igual que a la propia Kate. Asistía al baile desde su infancia. Por aquel entonces, a Ivy, Zoe, Anna y ella las dejaban ir durante dos horas bajo la supervisión de Tilly, y veían maravilladas cómo Daringham Hall recuperaba su antiguo esplendor por una noche. Tal vez por eso era tan mágico para ella. Le encantaba el ambiente, esa sensación de trasladarse a una época en que las damas deambulaban ataviadas con trajes de noche largos y los caballeros con esmoquin por las salas de arriba, decoradas con valiosas antigüedades. Así debía de ser antes, cuando esa clase de fiestas marcaban la vida social en el campo.

Ben, en cambio, no sabía qué pensar, lo observaba todo con una suerte de asombro distante. Kate no le quitaba ojo porque con su esmoquin prestado encajaba increíblemente bien en aquel escenario. No solo resaltaba su buena planta, también le daba a sus rasgos un aire aristocrático. Aquella noche pasaba por un perfecto caballero inglés, y las miradas de las otras invitadas demostraban que no solo Kate se había fijado en lo atractivo que estaba.

—Tienes muchas admiradoras —le susurró cuando un grupo de chicas jóvenes lo miraron de nuevo y se pusieron a cuchichear—. Tal vez habría sido mejor no alquilarte un esmoquin.

Ben sonrió y observó el vestido de chifón verde hierba, de corte refinado, que había adquirido con Ivy en su última tarde de compras en Londres.

—No hablan de mí, sino de ti. Probablemente están disgustadas porque esta noche cautivas todas las miradas.

Kate se sintió exultante ante aquel cumplido, y lo agarró del brazo, ansiosa por tocarlo.

—Mira que puedes llegar a ser encantador —le dijo, y él sonrió aún más.

—Debe de ser el traje —replicó él, y Kate se perdió en el brillo divertido de sus ojos grises.

Sabía que muy probablemente podían verlos, pero en ese momento le daba igual porque solo era capaz de pensar en lo satisfecho que parecía Ben.

Con el esmoquin, además de tener otro aspecto, se había transformado por completo. Aquella cerrazón, la desconfianza que mostraba al principio, se había desvanecido, como si hubiera aceptado que él no podía cambiar su situación a fuerza de voluntad. Y así, empezaba a adaptarse e incluso a disfrutar un poco del aquí y ahora. Eso hacía que Kate se preguntara qué sería de ellos si todo seguía así para siempre.

—¡Ah, hola, Kate! —dijo una voz un tanto afectada a su lado.

Kate se volvió y vio a Olivia Camden con una sonrisa de oreja a oreja. Eso la sorprendió, pues normalmente la madre de David no la saludaba con tanto entusiasmo. En general mantenía las distancias con ella.

Pero entonces comprendió que el entusiasmo de Olivia no era por ella, sino por Ben, al que observaba con descaro.

—Soy Olivia, Olivia Camden —se presentó, y le tendió la mano sin prestar atención a Kate—. Ya nos hemos visto esta mañana, ¿se acuerda?

—Sí, por supuesto —contestó Ben mientras le estrechaba la mano, y Kate suspiró para sus adentros. Estaba claro por qué se había producido aquel encuentro en el prado de la celebración, donde por fin se había presentado Olivia.

Olivia no ocultaba que consideraba a Ben un hombre muy atractivo, y daba por supuesto que el interés era mutuo. Y en aquel momento parecía incluso más segura de ello, pues le dedicó una sonrisa coqueta.

Kate frunció el entrecejo, pues, aunque a Olivia le quedaba muy bien su vestido de diseño de lentejuelas, muy ceñido, transmitía algo falso. Más que de costumbre. Y luego vio ese brillo artificial en los ojos de aquella mujer madura y comprendió que se había pasado con el alcohol, que por supuesto se servía en abundancia. ¿No le había comentado Ivy poco antes que últimamente su tía bebía demasiado? En ese caso, era el peor momento para hacerlo: esa noche mucha gente se daría cuenta si su conducta era inapropiada.

—¿Quiere bailar? —preguntó Olivia, y se tambaleó un poco sobre los tacones altos. Ben la sujetó cortésmente. Ella malinterpretó el gesto y esbozó una sonrisa bobalicona—. Sería una buena ocasión para conocernos un poco mejor, ¿no cree?

Ben, que no estaba nada entusiasmado con aquel peculiar cercamiento, la soltó y se encogió de hombros.

—Lo siento, pero no bailo.

A Olivia se le ensombreció el semblante y su sonrisa almibarada se torció.

—Ah —dijo, y por un momento se quedó pensando si era verdad o era un rechazo.

En realidad era ambas cosas. Ben no sabía bailar mucho, lo habían probado por la tarde en casa y, para decepción de Kate, no estaba familiarizado con ningún paso de un baile estándar. Le habría gustado enseñarle porque para ella habría sido maravilloso bailar con él esa noche. Pero ahora casi se alegraba de no haber tenido tiempo de enseñarle: verlo deslizarse con una Olivia borracha por el parquet no le habría gustado nada. Ben también parecía aliviado de poder rechazarla con la conciencia tranquila.

—Lástima. —Olivia frunció los labios en una especie de mueca que pretendía ser una sonrisa.

Acto seguido se dio la vuelta con brusquedad y se alejó unos metros hasta el siguiente grupo. Allí lo intentó con el joven lord Morsby. Esta vez tuvo suerte y el noble la llevó a la pista de baile cuando los músicos atacaron la siguiente pieza. ¿Qué opción tenía el pobre chico? Sabía bailar y era demasiado educado para dar calabazas a Olivia.

—Dios mío, mirad eso —comentó Ivy, que se había acercado a Ben y Kate con cara de desesperación cuando empezó el baile y Olivia se pegó a su pareja, algo que al joven le incomodaba a juzgar por su cara de impotencia—. Siempre se pone así cuando bebe demasiado. El pobre Luke lo está pasando fatal. —Suspiró—. A Zoe no le gustaría nada.

La hermana de Ivy y Luke Morsby llevaban juntos desde la primavera, y si Zoe hubiera estado presente sin duda habría impedido ese baile, Kate estaba segura. Pero estaba siguiendo un curso de verano en la Sorbona de París y no podía salvar a su novio de las garras de Olivia.

—¿Es que Ralph no puede ocuparse de ella? —Kate lo buscó con la mirada entre el gentío, pero Ivy sacudió la cabeza.

—Está llevando a la abuela arriba. No se encuentra bien y quiere tumbarse.

—Vaya. —Kate intentó sonar preocupada, pero en realidad sintió alivio. Lady Eliza siempre la había tratado con reserva y frialdad, pero desde su encuentro en la biblioteca mostraba auténtica hostilidad, y a Ben lo fulminaba con la mirada. Por eso le alegraba que la anciana se quedara en su habitación: ella no la echaría de menos.

Ivy apartó la mirada de Olivia y se encogió de hombros.

—Bah, no es para tanto —comentó, y su rostro recuperó la sonrisa optimista—. Cuando todos se dirijan en tromba al bufet ya nadie se fijará en ella.

Como si hubieran oído una señal, los músicos dejaron de tocar en ese momento y sir Rupert, que se había colocado en medio de la pista de baile, se aclaró la garganta.

También llevaba esmoquin, y con su impresionante estatura, el pelo cano y la espesa barba gris imponía respeto. Transmitía una autoridad natural, pues el actual baronet de Daringham Hall era un hombre sumamente simpático, de modales amables y siempre discreto.

—Queridos amigos —empezó con su voz imponente—. Me alegro de que tantos de ustedes hayan aceptado nuestra invitación también este año. Es un gran honor tenerlos en Daringham Hall y esperamos que estén a gusto. —Señaló con la mano el comedor—. Así que sírvanse a gusto de los platos que hemos preparado para ustedes.

El conde de Leicester, buen amigo de sir Rupert, que estaba muy cerca de Kate y Ben, levantó la copa.

—¡A la salud de la familia Camden de Daringham Hall! —brindó. Lo hacía todos los años, y también en aquella ocasión todos brindaron por sir Rupert o aplaudieron para agradecer la invitación antes de dirigirse al bufet.

—¿No rompe con el estilo? —preguntó Ben, que se quedó junto a Kate y seguía observando a los bailarines rezagados. Olivia ya no se encontraba entre ellos, seguramente el joven lord había aprovechado el anuncio de sir Rupert para huir—. ¿Este ambiente y luego cada uno se sirve lo suyo? ¿No sería más adecuada una cena de gala?

Kate soltó una carcajada.

—Sí, y siempre es un incordio para lady Eliza. Ella preferiría que los camareros sirvieran la comida en la mesa. Pero ahí sir Rupert no cede, porque con tanta gente sería un engorro. «Esto no es Buckingham Palace», suele decir. Creo que a lady Eliza la contraría profundamente.

Ben sacudió la cabeza.

—Es un poco megalómana, ¿no?

—Depende de cómo se mire. Es la hija del conde de Clyde y pertenece a la alta nobleza. Ivy opina que su abuela en realidad nunca ha digerido el haber descendido socialmente debido a su enlace con sir Rupert. Como baronet solo es miembro de la nobleza rural, y queda muy por debajo del hermano de lady Eliza, que ostenta en la actualidad el título de conde y antes incluso había pertenecido a la Cámara de los Lores. Probablemente por eso tiene un carácter tan... difícil.

Ben no podía creer que ese fuera el motivo del mal genio de la anciana.

—Entonces ¿por qué se casó con Rupert?

Kate lo miró.

—Se dice que estaba perdidamente enamorada —contestó, y por primera vez estuvo cerca de entender a la abuela de Ivy. Ella también estaría dispuesta a asumir compromisos por amor.

Ben soltó un bufido y no quiso ahondar en el tema.

—¿Tienes hambre? —preguntó, y le puso una mano en la espalda. Deslizó la punta de los dedos por el fino vestido y Kate sintió un agradable escalofrío.

A veces le daba miedo la intensidad con que reaccionaba siempre. Nunca le había pasado algo así, y tenía que forzarse a no pensar mucho en el significado de aquello y limitarse a disfrutarlo.

—No —contestó, y estaba punto de añadir que él era lo único que le apetecía en ese momento, pero se lo impidió un hombre moreno que de pronto se plantó ante ella.

—Ray —dijo Kate, sorprendida al reconocer a su antiguo compañero de clase—. ¡No sabía que habías vuelto!

Le había perdido la pista después del colegio, pero creía recordar que Ivy le había contado que vivía en Edimburgo.

—Estoy de visita a mi antiguo jefe —le explicó con una sonrisa—. Esperaba encontrarte aquí.

Se le iluminaron los ojos azul claro igual que aquella vez, cuando ella tenía dieciséis años y estaba locamente enamorada de él... hasta que se enteró de que el apuesto Raymond no se tomaba muy en serio la fidelidad y le gustaba besuquearse con otras chicas del colegio cuando ella no estaba. Kate rompió con él de inmediato, y aunque ya habían pasado más de diez años, parecía que aquel rechazo aún corroía al muchacho.

—¿Me permites? —preguntó, y le tendió la mano solícito para llevarla a la pista de baile.

Kate habría preferido quedarse con Ben, pero

no tenía excusa para no bailar con Ray y tampoco quería hacerle un desaire. Así que adelantó la mano para ponerla sobre la suya. Sin embargo, Ben no lo permitió: la agarró del antebrazo y le obligó a bajarlo.

—Lo siento, pero Kate me había prometido una visita guiada por los jardines —explicó y, pese a la sonrisa, en sus ojos había un fulgor que al atónito Ray no le pasó inadvertido.

—Ya. —Era obvio que Ben no estaba con Kate por casualidad—. Sí, hay que cumplir las promesas —añadió, y se encogió de hombros—. Entonces tal vez más tarde.

Cuando se fue, Kate enarcó las cejas.

—No sabía que tenías tanta urgencia por ver los jardines.

—Yo tampoco —admitió Ben, y le lanzó una mirada socarrona—. Ven.

La agarró de la mano y atravesaron el salón azul, que daba a la gran sala de música, y de ahí a través de las puertas cristaleras salieron a la terraza, que casi abarcaba toda la fachada trasera de la casa.

Allí también había gente, pero solo en la parte bien iluminada adyacente al salón azul. Un poco más allá ardían algunas luces en el borde de la terraza, estaba más oscuro y el ambiente era más íntimo. Justo eso era lo que buscaba Ben, pues no se fijó en David y Anna, que estaban ahí fuera con un grupo de gente de la misma edad y los saludaron al pasar. Ben se dirigió con resolución a la parte más solitaria de la terraza. Se detuvo bajo un saliente del balcón y atrajo a Kate hacia sí.

—Ben —le advirtió ella, dividida entre el deseo de entregarse a sus besos y la voz de la conciencia, que opinaba que aquel no era lugar para carantoñas. Los demás podían verlos.

Como de costumbre, él no le hizo caso, la agarró más fuerte y se inclinó sobre ella hasta casi rozarle los labios.

—Será mejor que te acostumbres a que te bese cuando quiera, Kate Huckley —dijo, y lo hizo con tanta pasión y ternura que ella solo pudo cogerlo por el chaleco almidonado del esmoquin y responder con avidez a sus besos.

«Cielo santo, cuánto lo deseo», pensó, y notó cómo su resistencia se iba desvaneciendo. De pronto le daba igual el qué dirán, y se estrechó más contra Ben, haciendo que el deseo se encendiera peligrosamente. Se separó de él entre jadeos.

Se sumergió por un instante en sus ojos grises y luego sonrió, pensando en la locura que era todo aquello. Si alguien le hubiera dicho unas semanas antes que estaría besando apasionadamente a un hombre en la terraza de Daringham Hall, habría soltado una carcajada. Era algo... desconcertante. Salvaje. Y sencillamente bello.

¿Por qué precisamente Ben, un hombre del que sabía tan poco, despertaba en ella esa pasión? A su lado se sentía viva, como si hubiera encontrado algo que ignoraba que le faltaba pero de lo que ya no quería desprenderse bajo ningún concepto.

—Bueno, podría acostumbrarme —dijo—. Pero no debería, ¿no?

La sonrisa se desvaneció del rostro de Ben y su expresión se volvió insegura. La soltó casi con brusquedad, se dio la vuelta y salió de debajo del saliente hacia el borde de la terraza.

—¿Ben? —llamó Kate acongojada, sorprendida por su reacción, y también un poco asustada, ya arrepintiéndose de sus palabras irreflexivas. Solo lo había dicho porque le resultaba insoportable pensar que probablemente él acabaría yéndose.

»Me gustaría —se apresuró a decirle—. Pero...

—Kate —la interrumpió él, y cuando se volvió hacia ella la inseguridad había dado paso a una expresión decidida—. No sé mucho de mí mismo, pero seguro que no te...

—¡Ben! —El grito que se oyó al otro lado de la terraza hizo que ambos se volvieran sobresaltados.

En un primer momento, Kate pensó que David, que se acercaba a ellos corriendo, tal vez había visto el beso y quería advertirlos de las habladurías. Pero no hizo ningún caso de Kate, solo miraba a Ben, al que empujó bruscamente y se abalanzó sobre él.

Al cabo de un segundo algo pesado cayó al lado de los dos en la terraza y se rompió en mil pedazos.

21

Todo pasó tan rápido que Kate tardó un momento en comprender qué ocurría. Lo que se había hecho añicos delante de ellos era una de las figuras de piedra que decoraban la balaustrada. Había caído justo en el sitio donde estaba Ben, y su cabeza estaría en el mismo estado que la figura desintegrada si David no le hubiera empujado.

Ben fue el primero en ponerse en pie y se quedó mirando la piedra partida. No había sufrido ninguna herida y Kate suspiró aliviada. Sin embargo, se asustó cuando David también se levantó, pues tenía ensangrentada la mano con que se cogía la frente.

Se acercó a él y le apartó la mano con cuidado. La herida de debajo no era grande, pero sangraba en abundancia.

—¡David! ¡Dios mío! —gritó Anna, que cruzó la terraza fuera de sí y al cabo de un momento estaba de rodillas junto a David—. ¿Qué ha pasado?

—Me ha alcanzado una esquirla de la piedra —dijo con una mueca de dolor, y Kate asintió. No era grave.

—Solo es una herida abierta pero superficial. Tengo que curarla. —Miró a Ben, que permanecía en silencio y de rodillas a su lado—. ¿Estás bien? —preguntó, sin poder evitar un temblor tras el susto de ver que le había ido de muy poco.

Ben asintió, pero se frotó la muñeca sobre la que había caído. Era obvio que le dolía, y Kate se dispuso a examinársela.

—Gracias —le dijo a David, que se limitó a encogerse de hombros, aún conmocionado.

—Vi que la figura se balanceaba y salí corriendo... Por suerte llegué a tiempo.

Kate se incorporó y se asombró al ver la cantidad de gente que se había reunido en torno a Ben y David. Por lo visto, la noticia del accidente había corrido como la pólvora, lo que por lo menos tenía la ventaja de que Kirkby ya acudía con los artículos de primeros auxilios que ella necesitaba. Se apresuró a darle las gracias, agarró la bolsa, sacó una gasa y la presionó contra la herida para detener la hemorragia.

Habría preferido curarlo en la casa, pero David

seguía sentado en el suelo, mirando al frente. Le curó la herida allí mismo. Entretanto, cada vez había más invitados y también una buena parte de la familia en el lugar del accidente, mirando a David herido y las esquirlas esparcidas por todas partes que Kirkby ya estaba recogiendo.

—¿Cómo ha podido pasar? —Ralph sacudió la cabeza, desconcertado, y levantó la vista hacia el balcón del que había caído la figura.

—Encima del zócalo las figuras tienen muy poco espacio —contestó James, que también había corrido hasta allí con Ivy y Claire—. Supongo que la piedra se ha vuelto porosa, o se ha soltado con la tormenta. Como aquella vez hace cinco años en la fachada oriental, ¿te acuerdas? Tendríamos que revisarlo con regularidad, mañana mismo me ocupo. Ahora tal vez nadie debería estar en la terraza...

Se interrumpió porque la gente de pronto fue separándose para dejar espacio a Olivia, que llamaba a gritos a su hijo. Al cabo de un momento se abrió paso entre Ralph y James y se quedó mirando a David, que, igual que Ben, ya se había puesto en pie.

Kate estaba convencida de que no había dejado de beber, pues se tambaleaba más aún que antes. En todo caso, tardó un momento en procesar lo que veía.

—¡Dios mío! —gimió, al tiempo que señalaba las manchas de sangre y el gran esparadrapo blanco en la frente de David—. ¡Necesitamos una ambulancia! ¡Ahora mismo!

Su reacción exagerada recibió como respuesta un murmullo irritado de los presentes.

—Me encuentro bien, mamá. Tiene peor pinta de lo que es —la tranquilizó David, pero Olivia no parecía escucharlo.

No paraba de lanzar miradas de reproche a todos, hasta que clavó los ojos en su marido. Le brillaban cuando le espetó en tono dramático:

—¡Esa piedra podría haber matado a David!

—¡Olivia! —reprendió Ralph a su mujer, pero ella apartó la mano con que él quiso sujetarla.

—Déjame —gruñó, y siguió dando tumbos, lo que provocó de nuevo un murmullo entre los espectadores, que ya comprendían el motivo de su afectado comportamiento. Olivia también era consciente de que todo el mundo la estaba mirando, y eso la incitaba aún más—. ¡Todo esto es culpa tuya! —Casi arrastraba las palabras, e inculpaba a Ralph con un gesto—. Tendrías que haber revisado el recinto, pero siempre tienes algo más importante que hacer. ¡Por tu culpa está David herido!

Kate vio que a Ralph se le ensombrecía el semblante. Odiaba ese tipo de escenas en público y buscaba una manera de poner fin a esa desagradable situación. Por lo visto, los argumentos razonables no servían con Olivia, así que dijo en voz alta lo que todo el mundo pensaba:

—Será mejor que te acuestes, Olivia. Creo que has bebido demasiado.

Ella soltó un bufido.

—Sí, ¿y sabes por qué? ¡Porque eres un maldito fracasado, Ralph Camden! Siempre lo has sido.

Aquel comentario hizo que el murmullo general aumentara, aquí y allá se oyeron risas aisladas, y Ralph apretó los labios. Agarró a su esposa del brazo y ya no le permitió zafarse.

—Contrólate, Olivia —masculló—. ¡Si no por mí, por lo menos ten consideración por nuestro hijo!

Olivia soltó una carcajada de desdén.

—¿Tu hijo? ¡Ya te gustaría! ¡Pero ni siquiera eso has conseguido! —espetó—. ¡Así que haz el favor de no darme órdenes sobre lo que tengo que hacer!

Ralph se quedó paralizado un momento. Luego la soltó y retrocedió un paso como si se hubiera quemado.

—¿Qué quieres decir con eso? —preguntó con frialdad, y David también la miró irritado.

—Mamá, ¿qué significa eso?

El silencio de asombro y consternación que se

produjo hizo que Olivia reaccionara. Saltaba a la vista que no era consciente de lo que había dicho, y de la cantidad de gente que lo había oído. La rabia desapareció de su mirada y su sonrisa se volvió vacilante.

—Nada. Yo... perdona, David, ha sido un error. Solo estoy enfadada con tu padre. Por supuesto que eres su hijo, faltaría más. —Se echó a reír, pero nadie la imitó. La mayoría de la gente cuchicheaba exaltada, y Kate estaba segura de que aquella escena daría lugar a muchos chismorreos en la zona.

Olivia se agachó junto a David en un intento de escabullirse de la situación.

—Vamos, te llevaré a la casa —dijo, y le acarició el brazo con excesiva preocupación—. Tienes que acostarte.

David, sin embargo, no estaba dispuesto a que su madre lo tratara como si fuera un niño y no se movió.

—Papá tiene razón. Si alguien tiene que acostarse eres tú —replicó con frialdad mientras se apartaba de ella, que se derrumbó definitivamente.

—David...

—Kirkby te acompañará arriba —intervino sir Rupert, e hizo un gesto con la cabeza al mayordomo. Había seguido como los demás la escena y estaba preparado.

Olivia se dejó llevar sin rechistar.

—Voy con ellos, me ocuparé de Olivia —anunció Claire, y siguió a su cuñada después de acariciar un instante el brazo de David. En la puerta, dirigió una mirada de ánimo a Ralph. Su hermano ni se dio cuenta, tenía la mirada perdida.

Sir Rupert y James intercambiaron miradas antes de empezar a conducir a los invitados de nuevo a la casa.

—Por favor, volvamos dentro. Mientras no hayamos revisado con detenimiento este sitio, no es seguro estar aquí fuera —indicó James, y fue apartando a la gente con los brazos extendidos.

—Y disculpen la escena de mi nuera —añadió sir Rupert, visiblemente afectado—. No se encuentra muy bien.

—Bonito eufemismo para una buena cogorza —murmuró Ben junto a Kate, que le estaba examinando de nuevo la mano.

La mayoría de los comentarios de la gente eran de ese tenor mientras regresaban a la casa sacudiendo la cabeza.

Cuando se hubieron marchado todos salvo la familia y Ben y Kate, Ralph recuperó el habla.

—Lo siento, David. No sé qué le ha pasado —dijo, y parecía tan triste y desesperado que a Kate se le encogió el corazón. Estaba muy afectado tras semejante humillación pública. Aún estaba en el aire aquella afirmación que Kate era incapaz de asimilar, igual que el resto de la familia, y que obviamente nadie osaba reproducir.

«Es absurdo», pensó Kate. Realmente era la única palabra que lo definía. Tal vez David no se parecía a su padre, había salido más a la familia de su madre, pero eso no significaba que... ¡No, claro que no! Kate se negaba a aceptarlo, y observó con alivio que David se lo tomaba con una sonrisa.

—Papá, ya sabes cómo es cuando bebe —dijo, y le puso una mano en el hombro a Ralph—. No me lo tomo en serio.

Eran las palabras de alivio que todos estaban esperando, pues prácticamente se palpó el suspiro general. Nadie quería creerlo, era una tontería.

—Tiene razón —comentó sir Rupert—. Lo mejor será que olvidemos esta lamentable escena y nos concentremos de nuevo en el baile.

Ivy y James asintieron y regresaron con él a la casa, pues alguien debía ocuparse de los invitados. Timothy le dio una palmada en el hombro a su hermano mayor.

—Vamos —le dijo para animarle—. La jauría nos espera.

Ralph asintió resignado, y Kate vio las pocas ganas que tenía de volver con la gente que había presenciado aquella infamia. Pero también sabía que como anfitrión no le quedaba otro remedio, así que soltó un suspiro y siguió a su hermano.

—Voy en cuanto me haya cambiado —dijo David cuando Ralph se volvió hacia él. Luego se volvió hacia Kate—. Nada me impide volver al baile, ¿verdad?

Para él era importante no fallar pese a la herida, así que Kate sacudió la cabeza.

—Mientras no bailes como un poseso, puedes ir.

David sonrió, pero Kate se percató de que no estaba radiante como de costumbre. No se había librado del todo de la infame afirmación lanzada por su madre, y rehuyó también la mirada de Anna, solo le hizo un breve gesto con la cabeza antes de irse.

Anna llevaba callada desde el arrebato de Olivia, no hacía más que mirar a David. Lo siguió con la mirada muy seria mientras doblaba la esquina de la casa hacia una entrada lateral.

—Anna, ¿estás bien? —preguntó Kate, y por el sobresalto que le provocó vio que estaba absorta en sus pensamientos.

—Sí, sí —se apresuró a decir, y se recompuso—. Bueno... yo también vuelvo.

Se dirigió a la casa casi corriendo y dejó a Kate y a Ben solos en la terraza.

—Casi como antes, solo que ahora de verdad estamos tranquilos —comentó Kate, y llevó a Ben bajo el saliente del balcón donde habían estado para que no le cayera nada más en la cabeza—. Me has dado un buen susto. —Le señaló el brazo—. ¿Aún te duele?

Ben no la escuchaba, parecía ensimismado en lo que había pasado después de la caída de la figura de piedra.

—Lo lamento por Ralph Camden. —Sacudió la cabeza—. ¿Qué pasaría si fuera cierto? Me refiero a si David no es hijo suyo.

—Olivia solo lo dijo para atacar a Ralph... No sé, David es el único descendiente varón de su generación. Seguramente el título pasaría a Timothy.

—Que también podría tener hijos —comentó Ben.

—Es poco probable —sonrió Kate—. No le interesan las mujeres.

Todo el mundo sabía y aceptaba que Timothy era homosexual, incluso lady Eliza, aunque él nunca hablaba de ello ni había llevado jamás a una pareja a Daringham Hall. Así que la línea de sucesión dependía de Ralph y David.

Kate hizo un gesto de desagrado al recordar la discusión que había animado esas reflexiones.

—¡Cuánto odio transmitía Olivia! Creo que nadie imaginaba hasta qué punto está destrozado ese matrimonio.

Ben frunció el entrecejo.

—No daba la impresión de estar mintiendo

—dijo, y agarró a Kate por la cintura y la atrajo hacia sí—. Pero en realidad no nos incumbe.

«A mí sí», pensó Kate. Consideraba a los Camden su familia, y sus crisis también la afectaban a ella. Pero estar en brazos de Ben era en ese momento más importante y le provocó una sonrisa.

—¿Qué querías decirme antes, cuando nos interrumpió la bendita figura de piedra? —preguntó, y se le aceleró el corazón al ver que los ojos grises de Ben recuperaban aquel fulgor.

—Que no pienso renunciar a ti, Kate. Pase lo que pase —dijo, y la besó como para sellar su promesa.

Kate se sintió radiante, como si se hubiera quitado un peso de encima. Si lo decía en serio, el futuro le pareció sumamente prometedor.

Le rodeó el cuello con los brazos, feliz, y le devolvió el beso sin importarle que estuvieran en la terraza de Daringham Hall y el baile se hubiera reanudado.

Hasta que alguien se aclaró la garganta a su lado.

—No quiero molestaros —dijo Ivy con una sonrisa maliciosa—, pero tenemos un problema.

Kate se alarmó.

—¿Le ha pasado algo a David? —preguntó.

Ivy sacudió la cabeza y se dirigió a Ben.

—Creo que tendrías que acompañarme. —Desvió la mirada un instante hacia Kate y luego de nuevo hacia Ben—. Han venido dos personas que afirman conocerte. Quieren hablar contigo.

Ben se quedó mirando a Ivy como si estuviera viendo un fantasma.

—¿Me conocen?

Ivy asintió.

—Eso dicen. Quizá te confunden con alguien, de hecho uno de los dos parece bastante chalado. Amenaza con armar un escándalo si no te llevamos ante él. Así que estaría bien que pudiéramos aclararlo cuanto antes.

Ben no se lo hizo repetir. Cruzó la terraza con tanta premura que a Ivy y a Kate les costaba seguirle.

Mientras se abrían paso entre los invitados, Kate intentaba obviar el nudo que sentía en la garganta. Ben había dicho que no cambiaría nada entre ellos, pasara lo que pasase, y a esa promesa se aferraba con desesperación. Pero la angustia de perderle si recuperaba la memoria estaba ahí.

En el gran salón había gente dando voces, y cuando entraron Kirkby estaba discutiendo acaloradamente con un hombre moreno que se había plantado frente a él en actitud desafiante. Era un poco ridículo, pues Kirkby le sacaba por lo menos una cabeza y era más corpulento. Aun así, eso no refrenaba la ira de aquel hombre.

—A ver si lo entiendes, Quasimodo: las malditas reglas de etiqueta me importan una mierda, ¿de acuerdo? Déjame pasar a hablar con mi amigo o me pongo a dar gritos hasta que venga por su propio pie. ¿He sido claro?

—Lo siento, señor, pero si no tiene invitación, no puedo permitirle el acceso —le explicó Kirkby con calma, sin apartarse ni un centímetro. Habría defendido la puerta con su propia vida.

Sin embargo, no fue necesario, pues el hombre los vio llegar. Reconoció a Ben y se le iluminó el rostro.

—¡Ben! ¡Gracias a Dios! ¡Pensaba que te tenían retenido como rehén! —Dudó un momento y lo observó con escepticismo—. Eh... sabes quién soy, ¿no? La mujer del pub nos dijo que no te acordarías.

Todos se quedaron expectantes esperando su reacción.

—Pete... —La voz de Ben sonó un tanto incrédula, pero no era una pregunta, era una afirmación.

El hombre moreno dio una palmada.

—¡Exacto, tío! ¡Sabía que no me olvidarías! —exclamó, y le dio un abrazo. Luego señaló el esmoquin con una sonrisa—. Este disfraz no va en serio, ¿no? ¿Qué te han hecho, un lavado de cerebro?

—¡Ben! ¡No te imaginas lo preocupados que estábamos! —intervino entonces una mujer rubia que estaba cerca de la entrada. Kate no había reparado en ella porque estaba absorta en el hombre. Comprobó que era muy guapa y elegante. Ojalá que no fuera...

—Sienna... —murmuró Ben, y también se dejó abrazar por ella.

Kate sintió aumentar el peso que volvía a notar en el pecho.

—¿Ben? —intervino, pues ya no aguantaba más, y tragó saliva mientras él se volvía—. Entonces... ¿has recuperado la memoria?

Vio la respuesta en la expresión de sus ojos, de pronto duros y distantes, igual que los primeros días en el hospital.

Él asintió, y el rostro se le fue ensombreciendo cada vez más mientras paseaba la mirada por el gran salón y se convertía de nuevo en aquella máscara impenetrable del principio. Cuando volvió a mirarla, ya no quedaba nada de lo que había en la terraza.

—Soy Benedict Sterling —dijo lentamente—. Y he venido de Nueva York porque tengo un asunto pendiente con la familia Camden.

22

Todo había vuelto. De golpe, tal como pronosticara el doctor Stevens en el hospital de King's Lynn. Al ver a Peter, el muro tras el cual se parapetaban sus recuerdos había desaparecido. Había recuperado la memoria en el acto, toda la información sobre sí mismo y su vida. Volvía a saber, por fin.

Cuando Ben imaginaba ese momento durante las últimas semanas siempre daba por hecho que se sentiría feliz y aliviado. Pensaba que a partir de entonces todo iría bien.

No era cierto, al contrario. Fue como despertar por segunda vez en una pesadilla, y se sentía aún más turbado. La gente en cuya casa estaba de invitado y que le habían dado su apoyo durante las últimas semanas, a los que empezaba a profesar cariño, eran precisamente las personas que tanto dolor habían infligido a su madre. Y la mujer con la que vivía —y a la que había dejado acercarse demasiado— pertenecía a ese mundo que erróneamente había tomado por amable y hospitalario.

Contempló a Kate y una parte de él, la que antes estaba dispuesta a prometérselo todo, quiso acercarse y estrecharla entre sus brazos al verla tan asustada. Pero la otra parte, más fuerte, lo interpretó como una señal de flaqueza ante los Camden. Tendría que andarse con cuidado. No lo había hecho mientras no recordaba su historia, y eso lo había convertido en alguien vulnerable. Accesible...

—¿Benedict Sterling? —Era Ivy, que fue la primera en salir del pasmo general. Frunció el entrecejo—. Ese nombre me suena.

—Creo que tu tío recibió una carta mía —repuso Ben, y aquella pista bastó para que Ivy cayera en la cuenta. Adoptó una expresión de perplejidad.

—¡Dios mío! Entonces... ¿entonces eres el americano que quiere denunciarnos?

Ben debería sentirse satisfecho, a fin de cuentas ese era su plan: exigir a los Camden el derecho que hasta entonces le habían negado y disfrutar con lo que representaría para ellos concedérselo. Pero no sintió nada de eso.

—Solo exijo lo que me corresponde —aclaró, y sostuvo la mirada de aquella chica que poco antes tan simpática le parecía. Pero no era de ella de quien quería vengarse.

Pensó en Ralph Camden y casi sintió decepción ante lo poco que respondía su padre a sus expectativas. No parecía duro ni sin escrúpulos, más bien lo contrario. Incluso le había dado pena cuando su mujer le había montado aquel numerito, la mujer que había ocupado el lugar de la madre de Ben, de cuyo destino Ralph Camden no se preocupó ni un segundo.

Ben tuvo la súbita la sensación de haber traicionado a su madre con su estancia en Salter's End. Y aquello despertó finalmente la fría ira con que había acudido allí tres semanas antes.

Tal vez no había salido como preveía, pero eso no significaba que su plan hubiera fracasado. Ahora que por fin lo recordaba todo, cumpliría el propósito que lo había llevado hasta allí.

—Pero... ¿por qué? —preguntó Kate, que no entendía nada—. ¿Por qué quieres denunciar a los Camden?

—Porque, según él, es hijo de Ralph y reclama el título de baronet —explicó Timothy Camden, que entró en el vestíbulo en ese momento con sir Rupert y Ralph. Seguramente Kirkby había advertido a los señores en cuanto comprendió que Ben constituía una amenaza para la familia.

—¿Su hijo? —Peter, que seguía junto a Ben,

soltó un bufido de sorpresa y se lo quedó mirando atónito, y Kate dejó escapar un gritito. Para mayor seguridad, Ben no la miraba a ella ni a su amigo, sino que estaba concentrado en los tres hombres que lo observaban en silencio.

Ralph Camden parecía conmocionado y sir Rupert, preocupado, mientras que Timothy no ocultaba su enfado.

—¿Entonces todo eso de la amnesia solo era un truco para espiarnos? —dijo con su voz fría y controlada.

—No; era verdad que no recordaba nada —repuso Ben, y miró a Kate. Ella lo contemplaba como si fuera un desconocido, y eso le afectó más de lo que esperaba, así que clavó la mirada de nuevo en los Camden—. Pero ahora he recuperado la memoria.

Ralph no contestó, se limitó a observarlo en silencio, y sir Rupert estaba reflexionando aún sobre qué hacer con Ben. Timothy, en cambio, no tenía ningún problema, su expresión siguió siendo hostil.

—Bueno, entonces, como jurista de la familia, debo recordarle que la carga de la prueba es suya. Supongo que podrá presentarnos la documentación correspondiente.

Ben apretó los dientes al recordar que se la habían robado aquellas colgadas, algo que Timothy se olía, a juzgar por su sonrisa de suficiencia. Ben estaba convencido de que los Camden hacía tiempo que conocían la situación. Pero ¿qué esperaba: arrepentimiento y comprensión?

—Me la han robado, pero no creo que haya problema en conseguir una copia del acta matrimonial. Ustedes, en cambio, podrían tener problemas para aportar la documentación correspondiente a la separación. El matrimonio entre mi madre y su hermano seguía vigente cuando nací yo. Por eso reclamo el título de baronet —replicó, y añadió mirando a su padre—: Una prueba de paternidad lo demostraría de forma inequívoca y eliminaría todo rastro de duda.

De nuevo fue Timothy Camden quien le contestó, pues su hermano se había quedado sin habla.

—Solo consideraríamos una medida semejante si existiera una duda fundada —explicó, y Ben notó que enfurecía de nuevo.

Seguían negando su existencia y le pondrían todos los obstáculos posibles. No llegarían a un acuerdo voluntario, tal vez esperaban que se arredrara ante las dificultades. Pero no lo conocían bien.

—Bueno, tal vez sea mejor que aclaremos el asunto ante un tribunal. —Sonrió con frialdad—. Para mí sería hasta...

—¡No! —Sir Rupert le interrumpió y lanzó una mirada reprobatoria a Timothy, cuya actitud agresiva obviamente no aprobaba. Luego se volvió hacia Ben—. Estoy seguro de que podremos arreglarlo de forma amistosa.

Ben resopló.

—No me interesa —dijo con todo el desprecio de que fue capaz.

No quería que lo convencieran de que fuera comprensivo, ni oír explicaciones vacuas. Lo que aquella gente había hecho no tenía disculpa posible, y ya no podían enmendarlo.

—Volverán a tener noticias mías cuando haya reunido el papeleo —anunció antes de que el anciano o los demás pudieran decir más, y se volvió hacia Peter y Sienna y les indicó que se marchaban. Le daba igual adónde, tenía que salir de allí.

Entonces posó su mirada en Kate y vaciló. Seguía junto a Ivy, y en sus ojos había una mezcla de dolor y turbación.

—No puedes hacer eso —dijo con voz apagada—. ¿Después de todo lo que ha pasado?

Aquellas palabras le sentaron como una puñalada y le provocaron una ira casi desesperada.

Maldita sea, lo había olvidado. Había olvidado que él siempre evitaba mostrar sus sentimientos.

—Puedo y lo voy a hacer —aclaró con firmeza—. Por eso será mejor que no siga viviendo contigo. Te devolveré el esmoquin y te reembolsaré los gastos.

—Ben... —Kate dio un paso hacia él, pero Ben retrocedió como si se fuera a quemar. Dio media vuelta y cruzó el vestíbulo, seguido de Peter y Sienna.

Fuera, en la escalinata, tampoco volvió la vista atrás, se encaminó directamente al coche plateado que no estaba aparcado en el extremo del patio como los demás vehículos, sino en medio y atravesado. Solo Peter podía aparcar tan mal un coche, así que tenía que ser el vehículo con el que habían ido a buscarle su amigo y su asistente. Bien, tenía que salir de allí de inmediato.

El portal de la entrada se cerró tras ellos y sonaron unos pasos en los escalones. Ben supuso que era Kate, pero aun así siguió adelante, hasta que un brazo lo agarró y le obligó a detenerse.

Se miraron un instante. Ella retiró la mano y cruzó los brazos, frotándose los antebrazos como si de pronto tuviera frío en aquella noche estival.

—¿Entonces ya está? —Su voz transmitía un leve temblor—. Me dijiste que no cambiaría nada. Pasara lo que pasase.

Él suspiró y sacudió la cabeza.

—¿Para ti no ha cambiado nada, ahora que sabes quién soy y lo que voy a hacer?

Ben no estaba seguro de cuál habría sido su reacción si ella hubiera contestado con un no. Pero esa no podía ser la respuesta, pues Kate tragó saliva y su rostro palideció un poco más.

—Fue un error, Kate. Todo ha sido un enorme error —masculló entre dientes, luchando contra el impulso de estrecharla entre sus brazos—. Lo siento mucho.

Se dio la vuelta con brusquedad y siguió a Sienna y Peter hasta el coche. Casi estaba esperando que Kate lo detuviera de nuevo, pero no lo hizo. Sintió un gran vacío interior, pero subió al asiento del pasajero sin prestarle atención.

—Estoy deseando que me expliques todo esto —dijo Peter mientras el coche giraba en el gran patio. Pero Ben ni siquiera le oyó, estaba contemplando una vez más la gran casa señorial iluminada que iba desapareciendo tras ellos poco a poco en la oscuridad.

—¿Kate? —Ivy se acercó con prudencia y le posó una mano en el hombro—. ¿Estás bien?

Kate sacudió la cabeza y contuvo las lágrimas que le quemaban la garganta. Se sentía perdida desde que los faros de aquel coche se habían perdido en el parque oscuro.

—Aún no me lo puedo creer —dijo Ivy, poniendo palabras al estado de ánimo de Kate.

Kate temía que algo frustrara su relación cuando Ben recuperase la memoria, pero jamás habría pensado que su pasado tuviera un vínculo tan importante con Daringham Hall y los Camden.

—¿Cómo puede ser que sea hijo de Ralph? —Sacudió la cabeza—. Es imposible.

Ivy le rodeó los hombros con el brazo.

—Después de esta noche me atrevo a pensar que todo es posible. —Una triste sonrisa se dibujó en su boca—. Por lo menos ahora sabemos que se merecía un buen golpe, visto como acaba de comportarse.

Kate sabía que Ivy trataba de consolarla, pero fue incapaz de devolverle la sonrisa porque no podía quitarse de la cabeza la expresión hostil de los ojos de Ben.

—Pensaba que lo conocía —musitó afligida—. ¿Qué puede haber pasado para que os odie de esa manera?

—Eso será mejor que se lo preguntemos a Ralph y Timothy —contestó Ivy, y le dio un suave empujoncito para encaminarla hacia la casa.

23

David estaba sentado en el banco con la mirada perdida al frente cuando Anna salió por detrás del último seto alto y se acercó al laberinto del parque. Las luces de la casa no llegaban hasta allí, pero el claro de luna iluminaba su rostro serio y el gran esparadrapo blanco de la frente.

—Anna. —Esbozó una sonrisa al verla y le hizo sitio en el banco—. Pensaba que te habías acostado.

—Te he estado buscando. —Se sentó a su lado y se alisó el vestido. Él aún llevaba puesto el esmoquin, no había tenido ganas de cambiarse antes de retirarse allí.

Anna supuso que estaría allí cuando no lo encontró por ninguna parte en la casa: el laberinto siempre había sido una suerte de refugio, el lugar donde ambos se retiraban cuando tenían que reflexionar sobre algo.

—¿Se han ido los invitados? —preguntó David, y soltó un suspiro al ver que Anna asentía—. Entonces hoy se ha vaciado la casa antes de lo habitual. Es comprensible. Y por la mañana empezarán a correr los chismorreos.

Anna no contestó. Era cierto: la mayoría se había ido antes de lo normal. Pero ya nadie estaba para fiestas, sobre todo la familia.

Permanecieron sentados en silencio, hasta que ella preguntó a media voz:

—¿Cómo estás?

David se encogió de hombros.

—Imagínalo —contestó sin mirarla—. Ha estado a punto de caerme una estatua en la cabeza por salvar precisamente al hombre que quiere disputarme mi lugar en la línea de sucesión. Y justo después mi madre borracha le ha montado una escena a mi padre y ha dicho una infamia delante de medio Norfolk. —Dio un puntapié a la hierba bajo el banco—. Los ingredientes necesarios para una noche perfecta, ¿no crees?

A Anna se le encogió el corazón. Entendía lo mucho que le había afectado todo aquello porque ella misma estaba aturdida.

Costaba digerir que el bueno de Ben, al que todos habían cogido cariño, fuera de verdad algo así como un hijo pródigo que guardaba un gran rencor a la familia. A sus padres y a Ivy les había dolido mucho, pues habían tenido bastante trato con él, por no hablar de Kate, que estaba destrozada y se había ido poco después de Ben. Lo único bueno era que los rumores sobre el nuevo heredero se habían propagado tan rápido que nadie hablaba ya de la lamentable actuación de Olivia ni de su horrible aseveración.

Sin embargo, Anna no podía quitárselo de la cabeza, y estaba segura de que David estaba allí sentado no solo porque estuviera preocupado por Ben y su disputa por la herencia.

—¿Por qué ha dicho eso? —preguntó ella.

David no la miró, seguía con la mirada clavada en el seto oscuro.

—Ni idea. —Se encogió de hombros—. Quería atacar a papá, hacerle daño. Ya la conoces, tiene una imaginación desbocada para esas cosas —añadió con un tono sarcástico impropio de él.

—Pero no es verdad, ¿no?

—No, claro que no. —Seguía sin mirarla, y Anna también volvió a mirar al frente.

De algún modo esperaba que David le aclarara sus dudas, pero lo conocía muy bien, enseguida sabía cuándo decía algo sin convicción. Como ahora.

David no quería creerlo, y ella lo entendía. Jamás lo había pensado, y planteárselo suponía ponerlo todo en tela de juicio.

Pero ¿y si era cierto? ¿Y si no era hijo de Ralph? Entonces no era su primo, y ya no serían parientes.

Anna cerró los ojos y quiso olvidarlo todo, como hacía David. Pero no era capaz.

—¿Vamos adentro? —propuso, pero él negó con la cabeza.

—Me quedaré aquí un rato más. —Alzó la vista un momento y sonrió, pero sin la energía y despreocupación habitual.

—Que duermas bien —dijo ella, y se abstuvo de tocarle el brazo.

«Tengo que descubrir la verdad», pensó mientras salía despacio del laberinto. Conocía bien el camino y encontró la salida sin problemas con el claro de luna. Mientras no se pudiera rebatir la afirmación de Olivia las cosas no volverían a ser como antes. Entonces David ya no se atormentaría más, y ella tampoco.

¿Y si su tía no mentía?

Anna sacudió la cabeza para acallar la voz de la duda en su mente y caminó decidida hacia la casa iluminada. No quería ni pensarlo.

24

—Hola, Tilly. —A Kate se le fue calmando el pulso cuando el jueves por la tarde abrió la puerta de su casa y se encontró con su amiga.

Siempre que llamaban a la puerta pensaba por un angustioso instante que era Ben. Aún tenía que devolverle el esmoquin y recoger sus cosas, pero ya habían pasado cinco días sin que apareciera. Había oído hablar mucho de él, y estaba segura de que Tilly también había ido para hablar de Ben. En Salter's End no había otro tema.

—Quería llevártelo a la consulta, pero ya estaba cerrada —le explicó su amiga, y le entregó una bandeja tapada con papel de aluminio antes de agacharse para acariciar generosamente a los perros—. ¿Has cerrado antes hoy?

Kate asintió y se apartó para dejarla pasar.

—Todavía tengo pendiente una visita, pero estoy harta de que me interroguen. En serio, Tilly, creo que la gente se inventa enfermedades de sus mascotas para poder bombardearme con preguntas y teorías sobre Ben.

Los últimos días habían sido muy duros. Kate no sabía las respuestas, igual que los demás. El Ben que ella había conocido ya no existía. Ahora solo estaba Ben Sterling, y este era un desconocido.

Tilly la miró compasiva.

—Ya me imagino —dijo mientras sacaba dos vasos de la bolsa que llevaba y los dejaba en la mesa.

Kate reconoció que uno contenía cuajada y el otro la célebre mermelada de frambuesa casera de Tilly. Por lo demás, la bandeja que sostenía estaba caliente, y bajo el papel de aluminio olía a...

—*Scones* —aclaró Tilly con una sonrisa de oreja a oreja—. He pensado que te sentaría bien un tentempié.

Kate se emocionó.

—¡Ay, Tilly! —dijo, y tuvo que secarse las lágrimas cuando abrazó a su amiga con el brazo libre—. Eres un sol.

Cuando de pequeñas pasaban por un mal momento —cuando habían discutido, o sufrían mal de amores, o por otro motivo que las hiciera infelices—, Tilly siempre les cocinaba lo que quisieran. También para Kate. Y como ella tenía días malos con más frecuencia, a menudo preparaba el plato favorito de Kate: *scones* con cuajada y mermelada. El delicioso aroma de aquel dulce, que aún era un consuelo, la hizo retroceder en el tiempo y se vio de nuevo en la cocina de Daringham Hall, sentada entre las niñas Camden, donde después de un plato de bollos dulces y una taza de cacao caliente los problemas con su tía ya no le parecían tan graves.

Ojalá todo volviera a ser así de fácil, pensó con nostalgia, y dejó la bandeja en la mesa. Pero por desgracia ya era adulta, y los *scones* ya no servían contra la tristeza.

—Siéntate —dijo—. Voy a preparar té.

—¿Tienes tiempo? Pensaba que tenías una visita.

—Para un té sí tengo tiempo —la tranquilizó Kate, y fue a la cocina.

Al cabo de unos minutos estaban sentadas delante de los *scones*, que Kate comió con gran apetito. Se había olvidado de almorzar por el trajín que había en la consulta.

—No hace falta que te pregunte cómo estás —comentó Tilly, lanzándole una mirada crítica por encima de la taza—. Se te ve horrible.

Kate sonrió sin querer.

—Gracias, siempre es bonito que los amigos te animen.

Tilly seguía seria.

—¿Tan mal estás?

Kate se limitó a asentir en silencio y no pudo evitar que los ojos se le volvieran a humedecer.

Sí, estaba mal. No paraba de repetirse que se había equivocado con Ben, que él no era como ella creía. No sentía lo mismo que ella. Se había ido sin más, sin dar explicaciones, y en sus ojos había reaparecido aquel brillo frío que le daba miedo.

Pero eso no mitigaba el horrible dolor que sentía. No quería, pero lo echaba de menos. A veces tanto que pensaba que no iba a aguantar sin él. Por eso también evitaba el Three Crowns, donde Ben se alojaba ahora con sus amigos americanos, y por eso le palpitaba el corazón cada vez que llamaban a la puerta. Porque no se fiaba de sí misma.

Tilly, que se dio cuenta de que su amiga no quería hablar de eso, no insistió y le acarició la mano.

—Si te sirve de consuelo, cariño, tu Ben no está mucho mejor que tú.

—No es mi Ben —aclaró Kate, y notó una punzada al pronunciar su nombre. Su mente lo había entendido, pero su corazón era más lento.

Tilly la miró con sus grandes ojos azules, con los que podía ver en Kate más cosas que la mayoría de la gente.

—Como quieras, pero no está bien, si quieres saberlo. Y después de la que ha montado aquí, lo tiene bien merecido.

—¿Qué... hace? —preguntó Kate, aunque en realidad no quería saberlo.

Por lo visto, Tilly esperaba esa pregunta. Se inclinó hacia delante en actitud cómplice.

—Suele quedarse en su habitación. Rara vez baja, y si lo hace se sienta siempre en la mesa del rincón con la mirada perdida. O habla con esos dos, que prácticamente no se separan nunca de él. Parece que la tal Sienna Walker es solo su empleada, una especie de secretaria o algo así. Creo que no tiene nada con él.

Kate suspiró levemente. ¿Entonces esa rubia guapa no era su novia? Aunque eso ya no importaba. Podría tener un lío con su secretaria o con quien quisiera. «Eso ya no te incumbe», se reprendió, y escuchó de nuevo a Tilly, que estaba despotricando contra el tal Peter Adams.

—Ese tipo es un impresentable. Maleducado es lo más amable que puedo decir de él. No para de gruñirme, y tendrías que ver cómo tiene la habitación. ¡Un desastre! —Se le habían encendido las mejillas, pero intentó serenarse—. Bueno, de todos modos está irreconocible. Ben, me refiero. Es como si lo hubieran cambiado, apenas sonríe y guarda una actitud distante, no solo conmigo. A decir verdad, con la rabia con que mira, cuesta dirigirle la palabra. La mayoría de la gente se moriría por saber qué hay de verdad en todas las habladurías. —Tilly se inclinó hacia delante y se le ensombreció la mirada, reflejo de su inquietud—. Aún no me lo creo. ¿De verdad es hijo de Ralph?

Kate se encogió de hombros. Durante los últimos días había contestado así esa misma pregunta innumerables veces, pero Tilly no era cualquiera. Tenía el mismo vínculo con los Camden que Kate, y no chismorrearía con esa información. Por eso le contó lo que sabía.

—No es seguro, pero podría ser. Ralph dice que estuvo casado con la madre de Ben, pero el matrimonio solo duró unas semanas. La conoció en Blackpool cuando visitaba a unos amigos. Por aquel entonces los dos tenían diecinueve años y estaban tan locamente enamorados que se casaron sin más. Él se la llevó a Daringham Hall y al principio todo iba bien, pero luego ella desapareció por las buenas y le hizo saber que quería anular el matrimonio. Alegó que era demasiado joven y ya no estaba segura de sus sentimientos. Él dio su consentimiento y pensó que así concluía el asunto, pero no imaginaba que la anulación nunca se llegó a formalizar legalmente.

Tilly frunció el ceño.

—Pero ¿cómo puede ser?

—Eso me pregunto yo. Dice que la familia confió en que Charles Brewster arreglaría todo el papeleo. Pero por lo visto cometió un error que logró tapar a lo largo de los años. En todo caso, no existe ninguna prueba de la anulación.

—¡Brewster! —Tilly soltó un bufido al recordar al viejo abogado de los Camden—. Jamás soporté a ese hombre. ¿Y Ralph tampoco sabía que Jane Sterling tuvo un hijo?

—No. Jamás volvió a tener noticias de ella. Falleció un año antes de que Ralph se casara con Olivia. De lo contrario, dadas las circunstancias, incluso habría sido un bígamo sin saberlo, ¡imagínate!

Tilly arrugó más el entrecejo.

—Pero ¿no tendría que haberse dado cuenta como muy tarde en su boda con Olivia que faltaba la documentación de la anulación?

Kate se encogió de hombros.

—Es lo más curioso. Ralph dice que no recuerda que le hayan exigido ningún documento. Y todo fue sobre ruedas. Se hicieron las amonestaciones y se casó con Olivia. Sin problemas. Parece raro, ¿no?

—Mucho. —Tilly se reclinó en la silla y sacudió la cabeza—. Pero hay una cosa que no me cuadra en esta historia. Por ejemplo, no se me ocurre un motivo por el que un exitoso hombre de negocios de repente se desviva por un título nobiliario inglés. Ben no me ha parecido una persona que lo necesite.

—¿Un exitoso hombre de negocios? —preguntó Kate—. ¿De verdad?

Tilly asintió.

—Peter Adams ayer estuvo en el bar y charló un rato con Edgar. Le explicó que tienen una lucrativa empresa de tecnologías de la información en Nueva York. Así que no parece que Ben pase apuros económicos.

Kate sintió una punzada al comprender lo poco que sabía del hombre al que tanto se había acercado, y que le había calado tan hondo.

Pero era cierto que todo aquello cada vez tenía menos sentido. No creía que la motivación de Ben fuera la búsqueda de reconocimiento o la avaricia. El Ben que ella había conocido no era una persona que reclamara un título por arrogancia ni para sacarle beneficio. Jamás habría pensado que era así, y todo su ser se negaba a verlo así. Aunque tuviera amnesia, no cambiaba toda su personalidad, ¿no? Pero ¿entonces por qué? ¿Por qué hablaba de un asunto pendiente si había sido su madre la que puso fin al matrimonio? ¿Y por qué aparecía precisamente ahora? Todo era muy extraño.

—Tarde o temprano sabremos los motivos —se conformó, y se levantó para llevar los platos a la cocina. Aún tenía tiempo antes de la visita, pero por mucho que agradeciera la visita a su amiga, en ese momento prefería no hablar más de Ben.

Tilly entendió la indirecta. La ayudó a recoger y se despidió.

—Cariño, olvídate de ese hombre —le dijo, y le dio un fuerte abrazo.

«Del dicho al hecho hay un trecho», pensó Kate cuando la puerta se cerró. ¿Cómo iba a olvidar a Ben si todo el mundo le hablaba continuamente de él? Exhausta de repente, fue a la cocina a lavar los platos, pero cuando acababa de llenar la pila de agua los perros se pusieron a ladrar y llamaron de nuevo a la puerta.

Probablemente Tilly se había olvidado de algo, pensó Kate de camino a la puerta, pero no pudo evitar que el corazón se acelerara. Seguro que esta vez tampoco era Ben.

No era él. Y tampoco Tilly.

Era la rubia americana.

25

—Soy Sienna Walker —se presentó, y esbozó una desconcertante sonrisa altiva—. Nos conocimos hace unos días. ¿Puedo pasar?

Kate estaba demasiado perpleja para negarse. Apartó a los perros de la puerta con un gesto y se hizo a un lado. Cuando la mujer entró, se fijó en la funda de traje que llevaba en la mano.

—El esmoquin —dijo a media voz, y sintió un agudo dolor al comprender que Ben no se lo devolvería en persona. Había enviado a su asistente.

—Sí, exacto. —Sienna seguía sonriendo y miró a Kate de arriba abajo.

Le dio la funda y Kate murmuró un «gracias» al tiempo que se enfadaba consigo misma. ¿Por qué había dejado pasar a Sienna Walker? Ya se sentía lo bastante mal, y la presencia de aquella elegante neoyorquina que formaba parte de la vida real de Ben no ayudaba. Encima, ella llevaba puesta la ropa de la consulta: tejanos y camiseta, mientras que la americana lucía un refinado mono combinado con una chaqueta corta y accesorios dorados, un atuendo perfecto para el trabajo al tiempo que informal y veraniego. Kate se sentía inferior, y le deprimía pensar que en Nueva York hubiera montones de mujeres como Sienna Walker. Aunque Ben no tuviera nada con su asistente, ¿por qué iba a preferir a una veterinaria de la campiña inglesa?

«Debería coger el esmoquin y echarla», pensó Kate, y observó con desconfianza cómo Sienna Walker echaba un vistazo alrededor. Seguro que por eso había querido ir ella, para husmear cómo vivía Kate. No parecía nada impresionada.

—Cuesta creerlo —dijo sacudiendo levemente la cabeza—. ¿Aquí ha vivido Ben durante las últimas semanas?

Kate no supo si debía tomárselo como una ofensa o si Sienna Walker realmente no podía imaginar la vida en un entorno como aquel. Probablemente era un poco de ambas cosas, así que apretó los dientes y forzó una sonrisa. No quería que la americana notara lo mucho que le había afectado ese comentario.

—Supongo que está acostumbrado a cosas mejores —dijo lapidaria y con la mayor indiferencia que pudo mostrar.

Sienna asintió.

—Tiene un apartamento en Central Park —explicó, y su sonrisa inexpresiva se volvió un tanto compasiva.

Desde luego no pasaba apuros económicos, pensó Kate, y notó que se le encogía el corazón. La idea que tenía de Ben cada vez se alejaba más para dar paso a un hombre desconocido que ahondaba el abismo que se había abierto entre ellos.

—Sobrevivió —dijo, de pronto furiosa con esa mujer que había ido solo para certificar que llevaba una vida miserable. Sonrió y levantó las cejas—. Pero lo entiendo. Aquí no tenía una chica de los recados que le hiciera todo y lo liberara de las cosas molestas. Seguro que fue un cambio para él tener que hacer algo por sí mismo.

Sienna Walker la fulminó con la mirada y su sonrisa se congeló.

—Ben dirige una empresa, señorita Huckley. Debe concentrarse en las cosas importantes, y yo lo hago posible. —A juzgar por su expresión, estaba claro que Kate no era una de esas cosas importantes. Seguramente la clasificaría más bien como un «factor perturbador»—. Lo necesitan, y su ausencia es perjudicial para la empresa —añadió en tono acusatorio, como si todo fuera culpa de Kate.

—Ben es libre de irse cuando quiera —aseguró Kate.

Pero, por lo visto, Sienna Walker no lo creía así, pues por un momento su fachada fría se quebró y el desconcierto apareció en su mirada. Como si conociera el vínculo que mantenían Kate y Ben y eso la disgustara.

—Ya. Y a propósito de la chica de los recados —su tono era ahora glacial—, estaría bien que me entregara una relación de los gastos en los que ha incurrido por Ben. Le devolveremos el importe de inmediato.

Ese «nosotros» molestó mucho a Kate. ¿De verdad le importaba tan poco a Ben que no podía haber ido él en persona? ¿O quería hacerle daño intencionadamente? Se cruzó de brazos.

—Es muy amable por su parte, pero puede decirle al señor Sterling que no me debe nada. —En ningún caso estaba dispuesta a aceptar dinero de él, después de todo lo que había pasado entre ellos. Como si le pagaran por sus servicios.

Sienna Walker se encogió de hombros.

—Está bien, como quiera —dijo inexpresiva. Y dio por finalizada la visita—. Que pase un buen día.

Se dirigió a la puerta con unos andares increíblemente elegantes y salió sin volverse.

En ese momento Kate cayó en la cuenta de que la bolsa de viaje con las cosas que le había comprado a Ben seguía junto a la puerta. Se le había olvidado dársela a Sienna Walker, pero no iba a correr tras ella ahora. La conversación ya había durado demasiado.

Se desplomó exhausta sobre el sofá y miró al vacío mientras intentaba digerir la intervención de la americana.

Blackbeard, que se había tumbado en la alfombra delante del sofá, se levantó, apoyó el morro en la rodilla de Kate y la miró con su ojo bueno, como si supiera que necesitaba un poco de consuelo.

—Ay, *Blacky*. —Kate tragó saliva y hundió las manos en el largo pelaje del viejo collie—. Y ahora encima tengo que ir a Daringham Hall porque Ralph quiere hablar conmigo.

Preferiría evitar ese encuentro, pues estaba segura de que se trataría de Ben, y no sabía si le darían las fuerzas. Pero Ralph sonaba muy serio y apurado cuando la llamó a la consulta para pedirle que mantuvieran una charla. No podía negárselo.

Apartó a un lado a *Blackbeard* con el corazón en un puño y se levantó para darse una ducha rápida y cambiarse.

Aún le quedaba tiempo cuando terminó, pero subió a su Land Rover y condujo hasta la casa señorial; podría pasar a echar un vistazo al establo, pensó.

Cuando llegó a las caballerizas, cambió de parecer y fue directa a la cocina. Seguro que a esas horas encontraría a Megan, y como la simpática cocinera siempre estaba enterada de lo que ocurría, Kate podía ponerse al día rápido. Tal vez ella supiera de qué quería hablarle Ralph.

Megan sí estaba, pero no sola, pues James estaba sentado a la mesa tomando una taza de té. Además, una de las dos nuevas ayudantes de cocina que Claire había contratado —Kate creía recordar que se llamaba Alice— estaba cortando verdura para la cena bajo la supervisión de Megan.

En total, en Daringham Hall había alrededor de veinte empleados que se encargaban de la casa y el jardín; en toda la finca eran muchos más, sobre todo en época de cosecha. Megan, que se acercaba a los sesenta años, era, junto con Kirkby, de las primeras, y ya era imposible imaginarse la cocina sin ella.

—¡Mi niña, qué alegría! —exclamó aquella mujer bajita y rolliza con una amplia sonrisa, y saludó a Kate con un fuerte abrazo.

Al igual que Tilly, Megan había sido una importante fuente de consuelo durante su infancia porque le tenía el mismo cariño que a los demás niños de la casa. Tenía el pelo negro y unos ojos oscuros que casi desaparecían cuando sonreía, que era casi siempre. Su buen humor, que ni siquiera el genio de lady Eliza era capaz de derrotar, resultaba contagioso, y como además cocinaba como los ángeles, los Camden la apreciaban en todos los sentidos.

—Siéntate —le dijo a Kate—. ¿Quieres un té?

La joven asintió y se dejó caer en una silla junto al padre de Ivy. James removía pensativo la taza medio vacía, cuyo contenido tenía un ligero toque añadido, a juzgar por la botella de whisky que había sobre la mesa.

—¿Va todo bien? —preguntó Kate con cautela.

James levantó la cabeza y le dirigió una mirada vacía. Luego sonrió brevemente.

—En realidad no —contestó, y se frotó la frente—. Esa historia de Ben Sterling nos está angustiando a todos. Además, me preocupa lo que pasó con esa figura de piedra.

Kate lo observó.

—¿Qué pasa con eso?

James soltó un suspiro.

—Lo hemos revisado todo con detenimiento, y no hay ningún indicio de cómo pudo soltarse. Las otras cuatro están a prueba de bombas. No sé cómo pudo pasar, y me inquieta pensar que quizá se repita sin previo aviso. Tal vez deberíamos cerrar la terraza provisionalmente. Imagínate que David no hubiera apartado a Ben...

Kate sintió un escalofrío al recordar la fuerza con que la figura había estallado en la terraza.

—¡No habría estado mal que le hubiera caído en la cabeza a ese Sterling! —intervino Megan mientras ponía delante de Kate una taza de té, y le refulgieron los ojos—. Así ahora no tendríamos este disgusto.

—¡Megan! —Kate miró a la cocinera.

—¡Pero si es verdad! —se justificó, y se cruzó de brazos—. No tiene nada que hacer aquí. ¡Estaríamos mejor sin él!

Kate estaba convencida de que Megan no lo decía en serio. No le haría daño ni a una mosca, pero se le iba la fuerza por la boca, y el enfado que tenía con Ben ilustraba la tensión que había en la casa.

—¿Hay novedades? —preguntó.

—Ay, no preguntes. Es un caos infernal. —James soltó un profundo suspiro—. Se ha confirmado que el matrimonio entre Ralph y la madre de Ben realmente nunca se anuló. Así que Ben nació dentro del matrimonio y como primogénito varón puede reclamar el derecho al título. Timothy está intentando averiguar si cambiaría algo en caso de que no fuera hijo biológico de Ralph. Pero si lo es, no tenemos ninguna opción. Entonces David perderá el título porque la situación legal es bastante clara.

Kate tragó saliva.

—¿Y qué pasa con la finca? ¿También la ha reclamado?

James sacudió la cabeza.

—Solo tendría derecho a la herencia si es hijo biológico de Ralph, y aun así no sería automático.

Ralph puede disponerlo de otra manera en su testamento y excluirlo de forma explícita. Pero ese es el problema ahora mismo. Ralph está muy afectado por todo esto. Por lo visto, cree que le debe algo a Ben si de verdad es hijo suyo. Timothy y él ya han tenido una fuerte pelea por eso. Según Timothy, en ningún caso deberíamos hacerle concesiones a Ben mientras no sepamos lo que pretende. —Frunció el ceño y por un momento se le vio la decepción que sentía por haber juzgado tan erróneamente a Ben.

A Kate todo aquello seguía pareciéndole inconcebible.

—¿Por qué se comporta así?

—No lo sé —contestó James, y miró el reloj—. Bueno, el trabajo me reclama. Gracias por el té, Megan.

Se levantó y sonrió de nuevo a Kate, pero no con su habitual despreocupación. Luego se fue y ella recordó que tenía una cita con Ralph. Se terminó rápido el té y dejó la taza junto con la de James en la encimera.

—Tengo que irme. Ralph me ha pedido que hablemos —explicó.

Megan adoptó una expresión de ternura.

—Pobre —dijo—. Creo que todo esto lo está alterando sobremanera. Anímale un poco, ¿de acuerdo?

Kate asintió y se encaminó acongojada hacia la biblioteca, donde había quedado con Ralph.

Se sentía culpable, aunque sabía que no podía haber previsto todo aquello. Pero había sido ella quien había llevado a Ben a la casa y le había ofrecido la posibilidad de conocer a los Camden. Tal vez le había proporcionado sin querer el punto de partida para su plan de perjudicar a la familia. Kate había confiado en él pese a ser un desconocido. Había acabado sintiendo algo por él sin pensar que pudiera suponer una amenaza para su mundo. Había demostrado una tremenda ingenuidad, y el precio a pagar sería alto, sobre todo para ella. Si todo se torcía para los Camden, y todo apuntaba a que así sería, no estaba segura de poder perdonárselo a sí misma.

Atravesó el gran vestíbulo con la cabeza gacha y giró por el pasillo que conducía al ala norte. Iba tan ensimismada que no se dio cuenta de que alguien se acercaba por delante hasta que casi tropezaron.

—Oh, lo siento... —dijo sobresaltada—. Yo...

No siguió hablando, pues al levantar la cabeza vio que era Ben quien estaba delante de ella.

26

Kate boqueó. Fue toda una conmoción verlo de forma tan imprevista, y por un momento se quedó en blanco, solo mirándolo y absorbiendo cada detalle. Su pelo rubio se veía un poco enmarañado, como si se lo hubiera tocado descuidadamente con la mano como solía hacer cuando estaba enfadado o emocionado. Su rostro estaba más pálido de lo normal, y los ojos grises parecían atravesar los de ella. Algo se avivó en ellos, pero antes de que Kate pudiera interpretarlo su mirada se endureció, reflejando desconfianza.

—Hola, Kate —dijo, y su voz grave despertó recuerdos en ella que prefería olvidar. Pero ¿cómo olvidarlos?

—¿Qué haces aquí? —preguntó, y retrocedió un paso. Sintió un estremecimiento, pero se esforzó por disimular lo mucho que la turbaba su proximidad.

Él amagó una leve sonrisa fría e impersonal, como si hubiera desterrado todo tipo de sentimiento intencionadamente.

—He mantenido una conversación interesante con Ralph y Timothy Camden —dijo—. Pero lo estoy valorando, ya sabes.

Kate tragó saliva, deseosa de retroceder un poco más porque aquella distancia la ponía nerviosa. Pero no quiso dejar traslucir su flaqueza.

—No, no lo sé —respondió, de pronto irascible—. No sé nada, Ben. Solo que ahora eres otra persona y por lo visto nos odias por motivos que desconozco.

Se miraron y Kate volvió a buscar en vano en su mirada algo que la uniera al hombre con quien unos días antes tenía una relación tan estrecha. Pero su rostro solo transmitía rechazo.

—¿Quieres saberlo, Kate? ¿Quieres oír cómo Ralph Camden sobornó a mi madre y luego la amenazó para que desapareciera de su vida? ¿Que le dijo que debía abortar porque el niño que estaba esperando no era lo bastante bueno para heredero? ¿Te lo creerías?

Mientras hablaba se acercaba un poco más, así que ahora volvía a estar muy cerca, pero Kate le sostuvo la mirada con rabia.

«No», pensó. Es imposible. Ralph era uno de los hombres más dulces que conocía. Nunca alzaba la voz, podía ser cualquier cosa menos una amenaza para alguien. Jamás cometería semejante crueldad.

—Debe de ser un malentendido. Seguro que hay...

—¿Una explicación? —la interrumpió Ben, que retrocedió un paso. A Kate le pareció leer desilusión en su rostro—. Claro que la hay. —Su voz rezumaba sarcasmo—. Mi madre es la mala y los Camden son inocentes y no sabían nada. Es la versión que acabo de oír.

—Ben... —Kate percibió el dolor que ocultaban esas palabras y quería entenderlo, pero él sacudió la cabeza.

—Está bien —dijo moviendo la mano—. No quiero oír cuán maravillosos son los Camden ni que jamás harían algo así. Eso ibas a decir, ¿no? —Sonrió al ver que Kate guardaba silencio, pero su mirada seguía dura—. No me harás cambiar de opinión, yo sé muy bien lo que pasó. Esta gente solo piensa en su propio beneficio. Pero lo entenderán si les trato de la misma manera que ellos trataron a mi madre.

Reanudó su camino, pero se detuvo y añadió:

—Por cierto, preferiría que acabáramos con esto cuanto antes.

Kate arrugó el entrecejo, sin entenderlo.

—Si te refieres al esmoquin, tu... —Sí, ¿tu qué?—. La señorita Walker ya me lo ha devuelto.

—Ah. —Pareció sorprendido, como si no lo supiera. Pero no fue lo único que le sorprendió. Había otra cosa que le molestaba, pues entornó los ojos y la observó con recelo—. Entonces ¿aún no te ha dicho nada?

—¿Qué? —Kate ya no entendía nada, pero Ben no pensaba explicárselo, saltaba a la vista que tenía prisa por separarse de ella.

—Ya te enterarás. Cuando eso ocurra, ya sabes dónde encontrarme. Como he dicho: cuanto antes, mejor. —Se dio la vuelta y se alejó sin despedirse.

Ella se lo quedó mirando desconcertada. No tenía ni idea de qué hablaba, pero lo averiguaría cuando hablara con Ralph y Timothy. Apretó el paso y fue a la biblioteca, que se encontraba al fondo del pasillo.

La puerta estaba abierta, y a medida que se fue acercando oyó las voces alteradas de los hermanos Camden.

—¡No lo permitiré! —Era Timothy, y sonaba furioso—. Se aprovechará de eso, créeme. Y luego tendríamos que temer... —Calló cuando Kate entró en la sala, y Ralph lo advirtió.

—¡Kate! —exclamó, y se levantó del sofá Chesterfield de piel que conformaba el mobiliario de la biblioteca junto con un conjunto de butacas a juego—. ¡Me alegra que hayas venido!

Timothy no parecía opinar lo mismo, pues solo saludó a Kate con un gesto de la cabeza desde la ventana, mientras Ralph la invitaba a sentarse en una butaca.

—Necesito tu ayuda —empezó. Kate lo observó y constató que Megan tenía razón: saltaba a la vista que aquel asunto lo estaba afectando, aunque de una manera distinta a la esperada. Estaba pálido, pero tenía un brillo febril en los ojos, que transmitían una gran firmeza—. Quiero hacerme una prueba de paternidad.

Timothy resopló.

—¡Ralph, por favor!

—Tengo que saber si Benedict Sterling es mi hijo biológico —se empecinó Ralph, y clavó la mirada en su hermano.

—¿Y luego qué? —inquirió Timothy—. ¿Que sustituya a David?

—¡No, por supuesto que no! —saltó Ralph—. No se trata de eso. Nunca le quitaría nada a David, pero tampoco puedo obviar que tal vez tenga otro hijo del que no he sabido nada en todos estos años. Si es hijo mío, de todos modos heredará el título. —Contempló a su hermano—. La prueba nos ofrecerá la certeza. ¿Qué tiene de malo, Timothy? Tú mismo dijiste que si la prueba sale negativa,

Ben no podrá hacer ninguna reclamación, así que nuestro patrimonio permanecería intacto.

—No subestimes a ese hombre —le advirtió Timothy—. Sterling no está buscando un padre perdido. Es un enemigo a tomar en serio. Con esa prueba de paternidad te pones en sus manos, ¿es que no lo entiendes? Y cuando vea que tienes mala conciencia por él... —Sacudió la cabeza—. Será mejor que esa prueba dé negativo...

—No lo creo —dijo Ralph con tal convicción que su hermano lo miró asombrado—. Venid, quiero enseñaros algo.

Salió de la biblioteca y Kate y Timothy lo siguieron al vestíbulo y subieron a la primera planta. Ralph los condujo hasta la parte trasera del ala este, que la familia casi nunca usaba. Se detuvo en una sala con una gran chimenea con una rica decoración y señaló uno de los antiguos cuadros que colgaban de la pared. En él aparecía un hombre espada en mano y en actitud orgullosa sobre un caballo que...

—Dios mío —musitó Kate al ver que aquel hombre, seguramente un antepasado de los Camden, guardaba un parecido increíble con Ben. Desvió la mirada hacia la placa de latón que había en el marco dorado. EDWARD JAMES CAMDEN, ponía, y el año era 1852. Timothy también contemplaba el cuadro en silencio.

—La primera vez que lo vi, Ben me resultó familiar —explicó Ralph—. Pero pensé que eran imaginaciones mías. Cuando afirmó que es hijo mío recordé este cuadro. —Miró a su hermano—. No puede ser casualidad, ¿no?

Kate estaba anonadada. Ella también había pensado que lo conocía de algo aquella funesta noche de tormenta, aunque con tantas emociones se había olvidado. Pero ella también debía de haber visto esos cuadros y habría establecido la relación inconscientemente.

Timothy suspiró. De pronto parecía derrotado, ya no tan combativo como un momento antes.

—Entonces haz lo que debas —dijo—. Pero sigo pensando que es un error. —Hizo un gesto con la cabeza hacia Kate, se volvió y sus pasos resonaron mientras se alejaba.

—¿Tú me entiendes? —le preguntó Ralph a Kate. Estaba visiblemente alterado, no paraba de hacer gestos de impotencia—. Fue una negligencia mía no interesarme por la suerte de Jane. Pero me sentí decepcionado y herido cuando inopinadamente decidió poner fin a lo nuestro. Por aquel entonces yo era un joven inmaduro, demasiado joven para fijarme en otra cosa que no fueran mis problemas. Y en algún momento lo borré de mi mente. Pero eso no vale como disculpa. De haber sabido que tenía un hijo habría... —Vaciló—. Me habría ocupado de él, desde luego.

A Kate le resultaba muy difícil contarle las acusaciones de Ben. Creía a Ralph, veía lo desesperado que estaba. Pero en algún punto de aquella historia había una gran laguna.

—En el pasillo me he encontrado a Ben y estaba furioso. Me ha dicho que tú amenazaste a su madre y luego la dejaste en la calle embarazada.

—Ya lo sé, también me lo ha dicho. —Suspiró—. Pero fue como te lo he contado. Jane se fue. Fue deseo suyo, no mío, y no sabía que estaba esperando un niño, lo juro. —Abatido, observó de nuevo el retrato, tan asombrosamente parecido a Ben—. Timothy tiene razón, tal vez sea un grave error. Pero necesito tener la certeza. —Se volvió hacia Kate—. ¿Estarías dispuesta a ocuparte de este asunto?

—¿Yo? —Kate se sorprendió—. Yo soy veterinaria —le recordó.

—Ya lo sé. —Esbozó una leve sonrisa—. Te necesito no por tus conocimientos médicos, sino como mediadora. Le he propuesto a Ben hacer una de esas pruebas rápidas que se puede hacer uno mismo. Se consideran muy fiables, y tendríamos el resultado al cabo de unos días. Pero es muy desconfiado, y no quiero que piense que podría manipular algo. Por eso deberías hacer tú la prueba, como autoridad neutral de control, por así decirlo.

Kate notó un nudo en la garganta y tuvo ganas

de alegar que sin duda Ben no la aceptaría como tal. Pero entonces comprendió a qué se refería Ben cuando le dijo que quería acabar con el asunto lo antes posible.

—¿Y él ha accedido?

—Sin vacilar —confirmó Ralph con una mirada esperanzada—. Es una situación muy delicada, y no me gustaría dejarla en manos de desconocidos. Confío en ti, y es obvio que Ben también. ¿Te encargarías del asunto por nosotros?

Kate permaneció callada unos segundos, aunque sabía que no le quedaba otro remedio. No podía negarle ese favor a Ralph, incluso tenía sentido de una manera extraña por su implicación en aquella historia desde el principio. Desde el momento en que había golpeado a Ben en la cabeza el asunto también la afectaba a ella. Y ya que de todos modos se encontraba entre los dos frentes, podía aprovechar la ocasión para averiguar más sobre aquella desconcertante historia.

—Me ocuparé de ello —prometió, y notó un cosquilleo en el estómago al pensar en su próximo encuentro con Ben.

27

—Siéntate, David. Se te va a enfriar el té.

Olivia estaba sentada en una butaca del salón azul y le lanzó una mirada autoritaria. Pero él se quedó quieto junto a la ventana, observando cómo su madre sujetaba la taza de té.

Tenía los codos levantados, en una mano la taza y la otra sujetando el asa. Presentaba un aire afectado, igual que su sonrisa; una extraña réplica de la postura de lady Eliza, que estaba sentada en el sofá, salvo en que la expresión de la vieja dama distaba mucho de ser una sonrisa. Pero, por lo demás, Olivia imitaba con precisión los gestos de su suegra, a la que siempre trataba de emular.

David sabía que en el fondo solo era un síntoma de su inseguridad. Antes nunca se fijaba en eso, pero últimamente notaba que su madre tenía problemas. Buscaba algo que no encontraba en su vida: reconocimiento o consideración, David no lo sabía exactamente, solo imaginaba los motivos porque ella nunca hablaba del tema con él. Creía que tenía que interpretar su papel para obtener todo eso: el papel de una dama de la alta sociedad de buena familia. Pero cada vez le costaba más mantener esa fachada, tal vez porque en realidad no lo era. Y a él de repente le molestaba que intentara serlo.

¿Por qué no podía ser ella misma: Olivia Camden, de soltera Brunswick, hija de un rico empresario de Norwich que se había enamorado locamente del futuro baronet Camden de Daringham Hall, se había casado con él y le había dado un hijo?

¿Había sido así? ¿O esa historia romántica no era cierta? David sintió la conocida sensación en el estómago de cuando le surgían las dudas que lo acuciaban desde hacía unos días. Quería eliminarlas, igual que hizo al principio, pero se empecinaban en perdurar, costaba obviarlas.

—¿David? —Sir Rupert, que estaba sentado junto a su esposa, le señaló la butaca y esta vez David se sentó, aunque a regañadientes.

Aquel día no tenía ganas de charlas, y no parecía el único. Los demás tampoco estaban muy habladores, sobre todo lady Eliza. En su caso era un método, una manera de castigar con su desprecio a

Olivia, que intentaba desesperadamente mantener la conversación viva.

—Me he encontrado a Lewis Barton en Fakenham —explicó—. ¡Ese chico me saluda siempre con tanta amabilidad que nadie diría que hay esa disputa entre nuestras familias! Por cierto, Timothy me ha contado que nos ha vuelto a denunciar. —Rio, pero sonó artificial—. Por supuesto, no le he hecho caso. Quiero decir, ¿qué se ha creído? ¿Que voy a caer en un sus intentos de seducirme? —Y desvió la mirada hacia lady Eliza, probablemente porque esperaba una reacción, una sonrisa, alguna señal de que la anciana la había perdonado. Pero lady Eliza se limitó a dar sorbos al té, y el frío desdén en sus ojos siguió inmutable.

Desde la noche del baile, Olivia había caído en desgracia con ella por haber osado arruinar la celebración con su escena. Aunque el asunto de Ben Sterling ocupaba mucho más espacio, en ese sentido lady Eliza era implacable.

«Y yo también», pensó David, que notó cómo el malestar en el estómago se transformaba en una rabia dolorosa. Olivia era su madre, pero él ya no la entendía. Ya no confiaba en ella...

—De verdad, deberías alejarte de él. Ya tenemos suficientes disgustos ahora mismo —le contestó sir Rupert al ver que nadie respondía, y el tono era de reproche.

Por un momento solo se oyó el tictac del reloj sobre la chimenea, mientras el silencio se imponía paralizador entre ellos. O tal vez solo le parecía paralizador a David.

Miró a sir Rupert, que le devolvió la mirada, y se preguntó si su abuela también seguía pensando en las afirmaciones que Olivia había hecho en la terraza. ¿No había cierta vacilación en su sonrisa, normalmente tan cálida y amable? ¿No miraba a su nieto con otros ojos?

David apretó los dientes. Ya era bastante duro saber que había muchas probabilidades de que no llegara a ser el siguiente baronet de Daringham Hall, después de su abuelo y su padre. Pero la duda que había sembrado su madre era demoledora.

—¿Por qué dijiste eso? —En realidad no quería soltarlo, pero ya no pudo contenerse. Clavó su mirada iracunda en Olivia—. ¿Por qué dijiste que no era hijo de papá? ¿Qué significa eso?

El rostro de Olivia reflejó consternación, pero también algo parecido al pánico. De nuevo desvió la mirada hacia lady Eliza, luego a sir Rupert, ambos a la espera de una respuesta.

—Ya... ya te lo he explicado. Estaba bebida y furiosa con tu padre. —Dejó la taza en la mesa con dedos temblorosos—. Fue imperdonable por mi parte, y lo siento mucho. ¡Tienes que creerme!

«Ese es el problema», pensó David. Que de repente ya no sabía qué pensar. Se levantó de un brinco, volvió a la ventana y dejó la mirada perdida fuera, hasta que sintió una mano en el hombro. Era su abuelo, que se había acercado a él.

—Todos estamos un poco alterados por culpa de ese Sterling —dijo sir Rupert, y le dio un golpecito a su nieto como para animarle—. Pero no podrá con nosotros, ¿verdad, chico?

David respiró hondo y suspiró. Sabía qué se esperaba de él: que recobrara la compostura aunque la situación fuera tan complicada. Por eso asintió y dijo, con menos convicción de la que pretendía:

—No.

—Bien dicho —repuso el anciano con un suspiro, como si con eso el tema estuviera zanjado para él.

David deseaba poder decir lo mismo. Daba por hecho que su abuelo le indicaría que se sentara otra vez y siguiera tomando el té, pero en ese momento se abrió la puerta y Timothy entró con gesto adusto en el salón azul.

—Disculpa, mamá. Olivia. David. —Los saludó a todos con la cabeza y se volvió hacia su padre, al que estaba buscando—. Papá, ¿podemos hablar a solas un momento?

—Por supuesto. —Sir Rupert no parecía molesto por escapar de la hora del té, tan tensa aquel día, y siguió a su segundo hijo. No hizo caso de las miradas de reprobación de su esposa, que detestaba que interrumpieran el ritual.

—David, ven —dijo Olivia en cuando salieron los dos hombres, y señaló su taza—. Tómate el té.

Pero el joven no se movió. Estaba casi seguro de que lo que Timothy quería comentar con tanta urgencia guardaba relación con Ben Sterling, y que no eran buenas noticias, pues parecía bastante preocupado. ¿Qué podía pasar ahora?

David hizo de tripas corazón y no volvió a su butaca, sino que se dirigió presuroso a la puerta.

—¿Adónde vas? —preguntó su madre, sorprendida por su repentino arrebato. Lady Eliza tampoco parecía contenta de que otro de sus seres queridos no tuviera tiempo para ella.

—¡David! —le advirtió.

—Tengo que solucionar una cosa —contestó él, y no se esforzó porque su excusa sonara más convincente. No soportaba seguir hablando con su madre. Se iba a los establos. Con un poco de suerte vería a Anna, casi siempre estaba por allí a esas horas. Y si no la buscaría hasta encontrarla.

Durante los últimos días se había distanciado de ella porque se sentía muy mal. No sabía si quería hablar del tema que su madre había insinuado. En realidad no tenía por qué hacerlo. Anna le entendía sin necesidad de hablar, y de repente la necesitaba, quería tenerla cerca.

—Aún no hemos terminado el té. ¡Seguro que puede esperar! —dijo Olivia, visiblemente molesta y un poco desesperada. La perspectiva de tener que pasar el resto de la hora del té a solas con lady Eliza no le gustaba en absoluto, pero esta vez David no tuvo compasión.

—No, no puede esperar —contestó, y cerró la puerta sin mirar atrás.

28

Kate volvió a repasar la mesa. Allí estaba preparado todo lo que necesitarían para la prueba, lo había comprobado unas cien veces.

Enervada consigo misma, se dirigió a la cocina y se sirvió otra taza de té. La cuarta en la última media hora. Pero sujetar la taza le calmaba mínimamente los nervios.

En realidad no sabía qué esperaba de ese encuentro con Ben. A fin de cuentas, él le había dejado claro en su encuentro en Daringham Hall dos días antes que nunca cambiaría de opinión sobre los Camden.

Sin embargo, ella no había dejado de pensar en cómo podía ser que las dos versiones, la de Ralph y la de Ben, fueran tan distintas. De algún modo seguía teniendo la esperanza de que hubiera una manera de explicarlo todo. Así tal vez habría una opción de que Ben...

¿Qué? Todo aquello era una insensatez. No recuperaría al Ben con el que había sido tan feliz. Ni siquiera entendía por qué algo en su interior seguía esperándolo. Benedict Sterling no tenía intención de llegar a un acuerdo amistoso con los Camden, y tampoco mostraba ningún interés por ella. De pronto sentía tanto odio que, aunque consiguiera superarlo, seguro que no se quedaría, regresaría a Estados Unidos a continuar con su vida. En su empresa lo necesitaban, Sienna se lo había dejado claro.

Kate sacudió la cabeza. No, el Ben del que se había enamorado ya no existía. Lo único que podía hacer ahora era paliar de algún modo los daños, y deseaba con todas sus fuerzas que la prueba en la que Ralph tanto había insistido fuera el paso correcto.

¡Ojalá no reaccionara de forma tan visceral cada vez que veía a Ben! Seguramente su visita no duraría ni cinco minutos, pues solo tenía que extraerle la muestra de saliva necesaria para la prueba de paternidad. Pero al recordar lo temblorosa que estaba durante su última conversación en el Three Crowns, cuando le comunicó de forma escueta que le esperaba aquel día para hacerse la prueba... entonces cinco minutos le parecía mucho tiempo.

«Por el amor de Dios, contrólate», se reprendió, y dejó la taza en la encimera. Echó un vistazo al reloj. Ben llegaría en un cuarto de hora y al mirar por la ventana de la cocina pensó que debía darse prisa si no quería mojarse. Por primera vez en semanas el cielo no estaba despejado sino encapotado, y los espesos cúmulos eran tan grises que en cualquier momento empezaría a llover.

Cuando se dirigía al salón, demasiado inquieta para quedarse en un sitio, de pronto los perros se pusieron a ladrar y alguien llamó a la puerta.

Kate respiró hondo para calmarse y dio los escasos pasos que la separaban de la puerta. Cuando abrió, no era Ben, sino alguien inesperado.

—¿Nancy?

—Ata a los perros —ordenó su tía, aunque los cuatro canes ya habían dejado de ladrar y tampoco traspasaron el umbral. Kate les había enseñado a esperar tras ella hasta que les hiciera una señal si abría la puerta a desconocidos, y lo hacían con total fiabilidad. Por eso no vio la necesidad de atarlos.

—No te van a hacer nada —explicó, lo que no impidió que Nancy lanzara miradas hostiles a los animales.

No había cambiado desde la última vez que Kate la viera, seguía llevando aquel vestido floreado horriblemente mojigato y el mismo peinado anodino. Nunca había cambiado de corte ni de largo desde que Kate tenía uso de razón, y algo parecido ocurría con todo lo demás en la vida de Nancy Adler. Era de esas personas que consideran correcto todo lo que hacen, sin necesidad de plantearse nada. Por eso criticaba con malicia todos los cambios que veía en los demás, que por lo general no eran de su gusto. Eso la convertía en una de las personas más hurañas y desagradables que Kate conocía.

Sin embargo, esta vez Kate no vio el gesto de desaprobación que presentaba su tía la mayor parte del tiempo. Para ser ella, Nancy sonreía incluso con cierta amabilidad.

—¿Puedo hablar contigo? —pidió, dispuesta a entrar en la casa.

Kate puso una mano en el marco de la puerta y le cerró el paso.

—Es mal momento —explicó, olvidando la cortesía al comprender el motivo de aquella visita inusual.

—Ah. —La decepción de Nancy era evidente, e insistió en su sonrisa acaramelada—. Pasaba por aquí y he pensado que a lo mejor tenías tiempo para tomar una taza de té conmigo. Hace mucho tiempo que no nos vemos.

«Como siempre», pensó Kate. Desde que se mudara de casa de Bill y Nancy, solo había vuelto a casa de sus tíos para el cumpleaños de Bill. Sus dos primas, Samantha y Rose, también estaban, pues las gemelas seguían viviendo en casa. Pero ahora ya se habían ido, una a Londres y la otra a Norwich, y, al igual que Kate, no tenían una relación muy estrecha con ellas. El contacto con la familia de su tío se limitaba casi solo a llamadas ocasionales a Bill. Esa repentina necesidad de su tía de tomar el té con ella solo podía significar una cosa.

—Quieres hablar de Ben, ¿verdad? —Kate manifestó en voz alta su sospecha, y a Nancy se le iluminó el rostro. De pronto el té ya no importaba como excusa y las preguntas le salían a borbotones como si hubiera estado esperando la palabra clave.

—¿Es verdad que va a mudarse a Daringham Hall y hacerse cargo de la gestión de la finca? ¿Y es cierto que fingió la amnesia y se metió en tu casa para espiar a los Camden?

—No. —Kate estaba horrorizada con la velocidad que se propagaba aquel absurdo en el pueblo—. No, por supuesto que no.

No era la respuesta que Nancy esperaba, pues no respondió y continuó hablando.

—¿Y qué pasa con la historia de que Ralph Camden es un bígamo? ¿De verdad estaba casado con otra mujer cuando nació David?

—No, no estaba casado. —Kate levantó la mano para atajar su ímpetu—. Lo siento, Nancy, pero ¿podríamos hablar de esto en otro momento? Ahora mismo no me va nada bien.

Quería evitar que Ben y Nancy se encontraran, eso solo alimentaría los rumores. Además, no tenía ganas de comentar todo aquello precisamente con su tía, que ya había adornado la historia con su lengua viperina. Y seguiría haciéndolo encantada aunque Kate se lo aclarara todo, así que no tenía sentido hablar con ella.

Nancy consideró una afrenta su rechazo. Y no estaba dispuesta a abandonar tan pronto.

—También hablan de ti, Kate —dijo, y esbozó su proverbial sonrisa hostil—. Dicen que tenías algo con Sterling y que te ha roto el corazón porque ahora es otra vez esa Sienna Walker quien le calienta la cama.

Kate intentó disimular cuánto le afectaba ese comentario, pero no lo consiguió, vista la maliciosa satisfacción que refulgió en los ojos de Nancy.

Nunca había entendido por qué la odiaba tanto su tía y siempre intentaba herirla, y volvió a sentir esa amargura en su interior. La había acompañado durante media infancia, y seguramente habría acabado con ella si Tilly y los Camden no le hubieran enseñado que en realidad merecía cariño. Era inútil esperar que Nancy también lo viera así en algún momento, Kate lo sabía. Por eso no profundizó en el comentario odioso de su tía, aunque se preguntó si era cierto lo que afirmaba de Sienna y Ben.

—Como te he dicho, es muy mal momento. —Kate esbozó una sonrisa forzada y murmuró—: Saluda a Bill de mi parte. —Luego cerró la puerta y se apoyó en ella, alterada por las palabras de su tía.

Pero Nancy aún no había acabado.

—No deberías haberlo traído aquí, Kate —dijo al otro lado de la puerta, encolerizada—. Hay gente que se lo ha tomado mal, ¿sabes? Te consta lo importante que es Daringham Hall para la zona. Si la finca tiene dificultades, muchos puestos de trabajo correrán peligro, y ese Sterling nos está buscando la ruina. Pensaba que querías a los Camden, Kate. ¿Y ahora les haces esto? ¡Dejar que ese hombre que tantos disgustos les ha dado viva en tu casa, incluso te acuestas con él! ¡Debería darte vergüenza!

Kate esperó hasta que se perdió el crujido de los pasos de Nancy sobre la grava del patio, y regresó a la cocina. Con la taza de té en la mano, pensó en lo que había dicho su tía.

Seguro que Nancy exageraba y lo había distorsionado, pero Kate suponía que la gente estaba enfadada por su papel en ese asunto. Además, no era tan fácil engañar a la gente, pues por lo visto su relación con Ben más allá de la pura hospitalidad era de dominio público.

¿Y acaso no era cierto? Le rompía el corazón que sus sentimientos hacia Ben no le permitieran tener la conciencia tranquila debido a que él amenazaba a la gente que era importante para ella. Que la obligara a elegir...

Fue a dar otro sorbo a la taza, pero se derramó el té en la blusa del susto que se llevó cuando los perros se pusieron a ladrar de nuevo.

Separó la taza para evitar las gotas que corrían por el borde, pero el estropicio estaba hecho. Y esta vez tenía que ser Ben quien llamaba a la puerta, pues en los ladridos de los perros se mezclaban gañidos de alegría y meneaban la cola. Kate ni siquiera había pensado en que los perros tendrían una reacción distinta con él que con una visita normal. Aparte de Ben, nadie había vivido un tiempo en su casa, por eso lo seguían considerando parte de la familia, y lo saludaban en consonancia.

Volvió a llamar, y Kate pensó qué hacer. No quería presentarse ante Ben con esa pinta, pero tampoco tenía tiempo para cambiarse. Así que optó por una solución intermedia y abrió la puerta solo una rendija.

—Pasa. Yo... ahora vuelvo —dijo, y en el tiempo que Ben tardó en abrir del todo la puerta corrió por el pasillo a su dormitorio y se encerró.

—¿Kate? —Ben sonaba molesto, pero distante, debía de haberse quedado en el salón.

—Un momento —contestó ella, y se quitó la blusa que con tanto cuidado había escogido. Le quedaba bien, pero no daba a entender que hubiera hecho un esfuerzo por Ben, así que era la indumentaria perfecta. Pero ahora estaba echada a perder y tenía que sustituirla sin demora.

—Bah, da igual —murmuró, y cogió una camiseta blanca de un montón en el armario. Si Ben de verdad tenía algo con Sienna Walker, tampoco hacía falta que se esmerara con su aspecto.

Tras una breve mirada al espejo que no pudo evitar pese a aquella reflexión, enfiló el pasillo, furiosa consigo misma y con Ben por aquella enojosa situación. La puerta de la sala estaba entornada, y Kate la abrió de golpe. La hoja chocó contra algo.

—¡Maldita sea! —Ben se sujetaba la frente cuando Kate entró un instante después. Estaba justo detrás de la puerta y Kate le había dado un buen portazo.

—¡Lo siento! —balbuceó ella, y se lo quedó mirando. El día anterior en el Three Crowns, con un traje recién comprado o que Sienna Walker le había llevado de su vestuario de Nueva York, parecía envarado y distante, como el hombre de negocios americano que era y al que Kate no conocía. Ahora, en cambio, no vestía ropa tan formal, llevaba una chaqueta sobre una camiseta oscura y tejanos que le daban un aire ligero con el que ella estaba familiarizada. Demasiado, incluso peligroso, sobre todo porque en su expresión gruñona apareció una sonrisa irónica.

—La tienes tomada con mi cabeza, Kate Huckley —refunfuñó mientras se frotaba la frente.

Kate tragó saliva. Menudo desastre. Había imaginado muchas veces ese encuentro con Ben, pero no contaba con la tía Nancy, la blusa manchada de té y un chichón en la frente.

—Déjame ver. —Le apartó la mano para examinarle la frente sin hacer caso del cosquilleo que le provocó el roce. De acuerdo, otro error, pero tanto daba—. Te saldrá un bonito chichón —le diagnosticó, al tiempo que hacía una mueca contrita—. No era mi intención. Pero ¿por qué estabas justo detrás de la puerta?

—A lo mejor te echaba de menos —dijo, y sus miradas se encontraron.

Kate se quedó sin aliento. Volvió la cabeza con rapidez y retrocedió un paso para poner distancia. ¿Lo decía para confundirla? En ese caso, lo había conseguido.

—¿Te has encontrado a alguien en el patio? —preguntó para soslayar el comentario de Ben.

Esa pregunta desconcertó a Ben.

—No. ¿Por qué?

—Mi tía Nancy acaba de estar aquí y me ha informado de los rumores que corren por el pueblo. Y como le gusta cotillear con todo, sería mejor que no supiera que estás aquí.

Ben esbozó una leve sonrisa.

—¿Aún temes por tu reputación? —Pero de pronto se puso serio—. ¿Qué tía? ¿La tía de que me hablaste?

Kate asintió. Le había contado cómo había sido para ella criarse con Bill, por eso sabía la tensa relación que tenía con su mujer. De hecho sabía muchas cosas de ella, y Kate prácticamente nada de él.

—¿Empezamos? —preguntó Kate, que quería cambiar de tema. Le molestaba que de pronto todo fuera como cuando ella se había confiado a él.

Ben también se percató de que la conversación tomaba un cariz demasiado personal y se aclaró la garganta.

—¿Qué tengo que hacer? —preguntó, de nuevo en tono inexpresivo, y Kate le señaló una silla en la mesa.

—Siéntate. —Se alegró de que su voz no delatara hasta qué punto podía Ben descolocarla con una sola mirada. Y de que no le temblaran las manos al coger el recipiente que estaba preparado sobre la mesa—. Voy a extraer una muestra de saliva con esto —le explicó, y le enseñó el bastoncito de algodón.

Era muy fácil y se tardaba solo un momento, pero a Kate se le aceleró el corazón mientras le rozaba la lengua varias veces con el bastoncillo. Él la miraba con sus ojos grises y ella era muy consciente de la cercanía. En cuanto terminó, rodeó la mesa y colocó correctamente el bastoncillo en el recipiente.

—Ahora tiene que secarse un rato —explicó—, luego cerraré el recipiente y lo enviaré al laboratorio junto a la muestra de Ralph. —Y escribió el nombre de Ben en la etiqueta correspondiente. Luego levantó la mirada, convencida de que Ben se iría. Pero no era su intención, porque se reclinó en la silla y cruzó los brazos.

—Entonces me quedaré hasta que se seque —anunció.

Ella lo miró con ceño.

—¿Tienes miedo de que contamine o cambie la muestra? —Al ver que él se limitaba a enarcar las cejas, sacudió la cabeza—. Si no confías en mí, ¿por qué aceptaste que hiciera la prueba?

—Nadie mejor que tú —contestó él, imperturbable—. Pero me gusta controlar las cosas en la medida de lo posible.

Esa precaución formaba parte de su carácter, pues aun cuando sufría amnesia le costaba delegar en Kate. Parecía acostumbrado a fiarse solo de sí mismo.

—¿Y qué pasa con la muestra de Ralph? Podría haberla manipulado.

Ben volvió a mirarla, con esa expresión dura y decidida que ella tanto temía.

—Es verdad, podrías haberlo hecho. Pero si lo has hecho lo sabré. Soy su hijo, Kate, no hay ninguna duda, y esto... —señaló el recipiente de la muestra— solo lo hago para ahorrarme más discusiones. Pero si cree que se librará de mí con una prueba manipulada, se equivoca. Entonces solicitaré una repetición por vía judicial. No se librará otra vez.

—Tampoco es lo que quiere. Al contrario. Él también está convencido de que eres hijo suyo. —Ben resolló y ella añadió—: Ha descubierto un retrato en Daringham Hall de un antepasado de los Camden que se parece mucho a ti.

Ben parpadeó.

—¿De verdad? —Parecía sorprendido, pero su mirada no perdió la desconfianza—. Entonces quiere esta prueba solo porque sabe que ya no puede dar más excusas.

—No —replicó Kate—. Todo esto ha sido inesperado para él. No lo sabía, Ben.

—¡Por supuesto que lo sabía! —Se levantó con brusquedad y miró a Kate con hostilidad—. ¡Solo que no contaba con que yo apareciera en algún momento y se lo echara en cara! Ni que dispusiera de los medios para exigirle responsabilidades por lo que le hizo a mi madre.

Mientras hablaba se puso a caminar exaltado de aquí para allá, y los perros, que se habían tumbado a sus pies, también se levantaron y le siguieron. Ben no se dio cuenta, cegado por la rabia.

—Mi madre le dijo a Ralph Camden que estaba embarazada, y no le interesó —continuó—. Al contrario. Quiso deshacerse de ella cuanto antes. Primero le ofreció dinero para que desapareciera de su vida, y como ella no lo aceptó, la amenazó. Quería obligarla a abortar, y tenía amigos influyentes y buenos abogados. Mi madre no tenía nada ni a nadie. Estaba sola, sin familia que pudiera ofrecerle apoyo, por eso no pudo oponerse y huyó a Estados Unidos, lo más lejos posible del hombre que la hirió de tal manera que jamás volvió a tener una relación. Estuvo todo el tiempo casada con él porque a Ralph no le pareció necesario separarse legalmente de ella.

Kate lo miró conmocionada, pues todo lo que decía sonaba igual de creíble y factible que la versión de Ralph. Pero ¿cómo podía ser? ¿De verdad era posible que Ralph no fuera el hombre que ella siempre había pensado? ¿Tenía un lado oscuro del que nadie sabía nada? ¿Por aquel entonces era distinto, indolente e inmaduro?

—¡Él no haría algo así! —dijo, casi a la desesperada, pues no sabía a quién creer.

Ben enarcó las cejas.

—¿Y mi madre mentiría poco antes de su muerte? No me lo contó hasta el final, y tuve que prometerle que no buscaría a mi padre.

Kate tragó saliva y recordó lo joven que debía de ser. Ella por lo menos había tenido al tío Bill tras la muerte de sus padres, y luego a los Camden. Pero, por lo visto, Ben se había quedado completamente solo, lo que tal vez explicaba que fuera tan desconfiado. Y que estuviera tan furioso.

—¿Y por qué lo hiciste? —preguntó a media voz.

Ben se acercó a la ventana y miró hacia fuera.

—Porque el asunto me obsesionaba. Mi madre no quiso decirme el nombre de mi padre, pero gracias a mis indagaciones descubrí que pertenecía a la aristocracia rural inglesa. Entonces, de pronto todo tenía sentido. Ella no era lo bastante buena para él, ¿entiendes? El futuro sir Ralph Camden, baronet de Daringham Hall, y una chica joven sin pedigrí ni estudios que se las arreglaba como camarera; es obvio que pensó que no podía ser una vez que se hubo divertido con ella.

Kate sacudió la cabeza.

—No, todo eso no tiene sentido. ¿Qué necesidad tenía Ralph de casarse si pensaba que ella no era la esposa adecuada? ¿No crees que todo pudo ser distinto? Ralph dice que el asunto se gestionó a través del abogado de la familia. Tal vez transmitió algo erróneo.

Ben se volvió hacia ella.

—El mensaje que le llegó a mi madre fue muy claro, créeme. No se puede malinterpretar. —Clavó sus ojos iracundos en ella—. Te lo aseguro, Kate, se consideran superiores. Porque en lo más profundo siguen siendo señores feudales que se creen con derecho a todo. También contigo. No eres de los suyos, por mucho que lo creas. En su concepción del mundo ellos están arriba y tú abajo, con el servicio. Cien años atrás seguramente habrías sido una criada que serviría el té a las damas emperifolladas. Les lavarías la ropa, les harías la cama y cumplirías todos sus caprichos.

Kate sacudió la cabeza, esta vez con más vehemencia.

—Eso no es verdad. Los Camden son gente normal. Ya los has visto, los conoces, y también has visto cuán importante es lo que hacen. Dan trabajo a mucha gente, y ellos también trabajan duro para mantener todo eso. Hace tiempo que no tiene nada que ver con un orden clasista. —Suspiró—. Por otra parte, si esta prueba da positivo, serás uno de ellos. Incluso heredarás el título de baronet, y entonces tú también estarás en el bando de los «señores feudales».

Ben apretó los puños y su mirada se volvió gélida.

—Jamás estaré en el bando de los Camden. Nunca.

«No», pensó Kate, y notó un peso en el pecho. Ella nunca podría actuar en contra de la gente que le había dado amor y cariño cuando más sola se sentía en el mundo.

—¿Y qué pretendes hacer ahora? ¿Te basta con el título de baronet o quieres quitarles algo más?

—Si puedo, sí.

Kate lo miró horrorizada. ¿Cómo podía decirlo con semejante frialdad?

—¿De verdad crees que te sentirás mejor cuando les hayas arruinado? ¿Y si te equivocas y cometes una injusticia con ellos, lo has pensado?

Kate intentó interpretar su mirada, pero era inescrutable.

—¿Qué quieres, Kate? —preguntó él—. ¿Que vuelva por donde he venido y desaparezca de vuestra vida?

«No», pensó ella, y le costó horrores no decirlo en voz alta. No debía desaparecer, al contrario. Quería recuperarlo, aunque se avergonzara de ello, de ser tan débil. Se volvió con brusquedad antes de que él se lo notara y se dirigió a la ventana, contempló la lluvia que estaba cayendo y se obligó a no llorar. La superaba que el hombre por el que había perdido la cabeza fuera de repente alguien a quien temer, en quien ya no podía confiar.

—Solo me gustaría que todo volviera a ser como antes —dijo con un hilo de voz, dejando traslucir su desesperación.

El cristal reflejaba la habitación y vio que Ben se le acercaba por detrás. También percibió el calor de su cuerpo y la embriagó ese aroma viril que le nublaba el pensamiento. Sabía que estaba mal dejar que se acercara tanto, pero no era dueña de su cuerpo.

Sintió un estremecimiento y abrió ligeramente los labios cuando Ben le apartó el pelo a un lado y le acarició con suavidad la sensible piel del cuello. Él deslizó las manos hacia los hombros y le dio la vuelta. Sin aliento, Kate no se resistió y contempló sus ojos grises.

Aquel aire gélido se había desvanecido, y por un instante Kate creyó ver en lo más profundo lo que había en ellos la noche del baile. Antes de que Ben recordara quién era y de que sucediera todo lo que ahora los separaba.

Se oyó un leve suspiró de deseo y Kate tardó un instante en darse cuenta de que había sido ella. No pudo seguir pensando porque Ben la atrajo para besarla.

29

Ben la abrazaba con tanta fuerza que casi le dolía, pero Kate quería estar aún más cerca de él. Se apretó contra él y le devolvió el beso, que no tenía nada dulce, era más bien salvaje y exigente, y tan íntimo que a Kate se le encogió el corazón. Era como si, tras una prolongada abstinencia, volviera a probar algo a lo que era adicta y ya no tuviese opción de apartarse; estaba perdida sin remedio.

Por las venas le corría pura felicidad y sintió ese fuego que había conocido por primera vez con él. Ben no se detenía, fue venciendo cada resistencia que ella oponía hasta que todo su cuerpo suspiró por él.

Lo deseaba con una fuerza irracional y se olvidó de todo lo demás. Cuando él la empujó contra la pared jadeó de placer, no del susto, y se arqueó cuando Ben restregó su cuerpo contra el de ella. Ladeó la cabeza cuando Ben fue dejándole un rastro caliente con los labios por el cuello, y el deseo la desbordó cuando le sobó los pechos.

Kate era como de cera en sus manos.

Y sin duda él lo sabía.

La idea de que tal vez Ben la besaba por puro interés para ponerla de su parte irrumpió fría en la bruma de la pasión que la envolvía. Él la besó de nuevo y siguió saboreándola con ardor creciente, pero de algún modo Kate consiguió empujarle el pecho y separarse de sus labios.

Ben soltó un gemido, sorprendido al ver que de pronto ella se detenía. Le costaba respirar, y Kate creyó leer en sus ojos grises la misma confusión que también sentía ella. Pero aquello quizás era mera apariencia y estaba a punto de permitir que le rompiera el corazón de nuevo. Tenía que andarse con cuidado.

—Si fue un error, tal vez no deberíamos repetirlo —dijo con una asombrosa firmeza, y sintió una punzada al ver que la expresión de él recuperaba la dureza.

Esperaba que la soltara, pero no lo hizo. Entonces sonó un tono de móvil. Mascullando, él metió la mano en el bolsillo de la chaqueta y sacó el teléfono que sonaba.

—¿Sí? —contestó, y Kate aprovechó el momento para separarse unos pasos. Necesitaba poner distancia para recuperar el control de la respiración y el latido del corazón.

La conversación no duró mucho. Ben daba respuestas tan escuetas que Kate supo con quién hablaba. Seguro que con su asistente, con la que seguramente tenía una relación más allá de la laboral. ¿Cómo podía haber sido tan ingenua? Si Ben la besaba, seguro que no era por amor sincero, sino porque pretendía obtener algo, y ella se había mostrado accesible. Las cosas empeorarían si no tenía más cuidado.

Tiritando, cruzó los brazos y esperó a que Ben colgara.

—Creo que será mejor que te vayas —dijo luego con la cabeza alta, con la esperanza de que Ben no notara que su rechazo no era más que una fachada que se desmoronaría si la tocaba de nuevo. Pero él se limitó a mirarla sin que ella lograra interpretar su expresión.

—Avísame cuando tengas el resultado de la prueba —le pidió, y se dirigió hacia la puerta.

—¡Espera! —exclamó Kate, y tragó saliva al ver que Ben se detenía y se volvía hacia ella. Entonces señaló la bolsa de viaje que yacía en el suelo junto a la puerta—. Ahí están tus cosas. Tu... secretaria se la olvidó cuando estuvo aquí.

Ben observó la bolsa y luego miró a Kate.

—Es mi asistente —contestó—. Y esas no son mis cosas.

Kate reprimió las lágrimas. Se acercó, levantó la bolsa y se la dio.

—Claro que son tuyas, y te las vas a llevar. Yo no las quiero. No quiero nada que me recuerde a ti —dijo con más rabia de la que pretendía, pues la gélida mirada de Ben le destrozaba el corazón.

Él retrocedió un paso y cogió la bolsa.

—Como quieras —dijo con indiferencia, y cerró la puerta tan rápido tras él que Kate no tuvo tiempo de contestar.

Se quedó mirando la puerta. Luego regresó a la mesa y completó los pasos que faltaban para enviar las muestras, cerró los recipientes con los bastoncillos de algodón y rellenó los formularios correspondientes. Eran tareas fáciles, pero le costó horrores concentrarse, no paraba de pensar en el beso de Ben.

Todavía notaba sus labios, y se estremeció: volver a estar cerca de Ben había sido una conmoción. No le habían parecido besos calculados, y se estremeció al recordarlo. ¿Hasta dónde habrían llegado si ella no lo hubiera parado?

Estaba cerrando el sobre cuando los perros empezaron a ladrar. Otra visita. Desde la mesa veía el patio por la ventana. Era Anna, la hermana de Ivy, quien se acercaba a su casa. Llovía a cántaros y Kate fue a abrirle la puerta.

—¿Molesto? —preguntó Anna con una timidez inusitada, y Kate se asustó al ver las ojeras que lucía. Estaba claro que últimamente no dormía bien.

—No, al contrario. —Le quitó a Anna la chaqueta mojada y señaló la mesa—. Siéntate mientras preparo té.

—No, gracias. —Anna sacudió la cabeza con nerviosismo y se acercó a la mesa—. Solo quería hablar un momento contigo.

Era obvio que algo la atormentaba y necesitaba desahogarse. Kate la siguió sin decir más y se sentó frente a ella. Entonces cayó en la cuenta de que el sobre para el laboratorio seguía sobre la mesa. Se apresuró a recogerlo para guardarlo, pero Anna ya lo había visto.

—¿Es la prueba? —preguntó sin rodeos, y miró a Kate a los ojos.

—¿Lo sabes?

Anna asintió.

—Ralph se lo contó a David. No quería hacerlo a escondidas de David. —Vaciló un momento—. Por eso estoy aquí.

Kate frunció el entrecejo y se quedó callada mientras Anna buscaba las palabras adecuadas para formular su petición.

—Esa prueba —dijo finalmente—, ¿se podría ampliar?

Al ver que Kate la miraba sin comprender, metió la mano en el bolso y sacó una bolsa de plástico con un cepillo de dientes.

—Es de David. He leído en internet que también se puede utilizar como muestra para una prueba de paternidad.

Por fin Kate lo comprendió.

—¿Quieres hacer una prueba para averiguar si David es hijo de Ralph? —La idea la desconcertó—. ¿Por lo que dijo Olivia? ¿No te habrás creído esa tontería?

Anna resopló.

—Me gustaría no creerlo, como a todos. Pero ¿no te has planteado que puede ser cierto?

—Sí —admitió Kate con una punta de culpabilidad.

—Creo que nos ocurre a todos. Y para David es peor. Lo tiene amargado, lo sé. No habla del tema, y creo que a él le daría miedo hacerse esa prueba. Igual que a Ralph. No quieren darle importancia a esa posibilidad descabellada, y lo entiendo. Pero ya está dicho, Kate, y siempre estará en el ambiente si David no zanja el tema de una vez. Sería bueno para él volver a tener seguridad en ese punto, precisamente ahora que ha aparecido Sterling.

Kate sacudió la cabeza, no estaba convencida.

—Por favor, Kate —suplicó Anna, y empujó la

bolsa sobre la mesa—. Sé que no es correcto hacerlo sin que lo sepa, pero no quiero que David sufra. Esa prueba aclararía muchas cosas, y yo asumiría la responsabilidad.

Kate miró hacia el patio. Todo su ser se resistía a hacerlo porque era una grave intromisión en la intimidad de Ralph y David. No les correspondía ni a Anna ni a ella tomar esa decisión, sobre todo porque el resultado podría abrir la caja de los truenos.

—¿Y si Olivia dijo la verdad y la prueba da negativa? —Debían contar con esa opción si iban a dar el paso. Por lo visto, Anna ya lo había considerado, pues no se inmutó.

—Entonces solo lo sabremos nosotras.

Kate sacudió la cabeza.

—¿No sería mejor dejar las cosas como están? ¿Cómo podrías vivir sabiendo la verdad, pero teniendo que callártela toda tu vida?

Aquella objeción afectó a Anna, que dejó caer los hombros.

—No lo sé —admitió—. Pero lo más probable es que no sea necesario. ¿Acaso es mejor que vivamos toda la vida con esta incertidumbre?

Kate respiró hondo, sin saber cómo rebatir ese argumento. Las afirmaciones de Olivia flotaban en el ambiente, y cuando se calmaran los ánimos con Ben tal vez alguien lo recordaría y empezaría de nuevo. Ella sabía lo rápido que se extendían los rumores y cuánto tiempo podían llegar a envenenar las cosas; quizá para David sería mejor eliminar todo rastro de duda.

—De acuerdo —cedió, y cogió la bolsa con el cepillo de dientes—. Llamaré al laboratorio y preguntaré si puede ser.

—¡Gracias, Kate! —Anna pareció aliviada, pero Kate le lanzó una mirada de advertencia.

—Si lo hacemos, luego tendremos que vivir con ello. Puede ser una carga muy pesada, espero que lo tengas claro.

Anna asintió, y su sonrisa se desvaneció.

—Lo tengo claro —dijo.

Una vez a solas, Kate pensó que la incertidumbre a la larga también podía causar graves daños. Tenían que enfrentarse a la situación, y todo lo que sirviera para aclararla solo podía ser beneficioso. Buscó el número del laboratorio.

30

—¿Qué tienes pensado? —preguntó Peter con un gesto de pura frustración—. No podemos quedarnos eternamente en este pueblucho. ¡Por Dios, Ben, tienes una empresa que dirigir!

Ben suspiró. Tenían esa discusión desde que Pete y Sienna habían aparecido en Salter's End y él había recordado quién era. Pero su amigo no entendía lo importante que era para él aquel asunto.

—No dirijo la empresa solo —le recordó. Señaló el escritorio que su amigo había instalado con tres ordenadores que no se apagaban nunca y que seguramente dispararían la factura de internet del Three Crowns—. Además, todo está organizado de tal manera que podemos hacer la mayoría de las cosas desde aquí.

—¡Esto es una maldita solución de emergencia,

y lo sabes! —repuso Peter. Pero Ben no tenía intención de ceder en ese punto.

—De acuerdo, si tanto te preocupa que Sienna no se las arregle, coge un vuelo y reúnete con ella. Arreglaré este asunto sin ti.

Hacía dos días que habían enviado a Sienna a Nueva York para que atendiera el despacho. No era lo ideal, pero Sienna era muy competente y mientras estuvieran en estrecho contacto funcionaría durante un tiempo, también gracias a las habilidades de conexión de Pete. Además, por el bien de Sienna era mejor que se mantuviera alejada de Ben. Aún estaba furioso con ella por haber ido por su cuenta a casa de Kate a devolverle el esmoquin. Quería hacerlo él, y seguramente la espigada rubia no olvidaría fácilmente el arrebato de ira que sufrió Ben por ello.

Sin embargo, Peter se empecinaba en que Ben abandonara su plan. No dejaba de quejarse de lo horrible que era Salter's End y sobre todo el Three Crowns. O se peleaba con la camarera, a la que había prohibido limpiarle la habitación. Eran como el perro y el gato, y todos los días tenían discusiones. Pero en el fondo aquello aliviaba a Ben, porque mientras su amigo estuviera ocupado con Tilly no podía incordiarle, como en ese momento.

—¿Qué consigues con esto? —preguntó Pete con agresividad—. ¿Conseguir un título nobiliario contra la voluntad de tu extraña familia? ¿Y qué harás cuando lo tengas? ¿Colgarás una foto de ese caserón horrible en tu despacho y exigirás el tratamiento de «su señoría»?

Ben soltó un bufido.

—No lo entiendes —espetó, y se levantó de la cama donde estaba sentado. Tenía que fijarse para no tropezar con la ropa y los cables que Peter había esparcido por el suelo.

—Pues tienes razón, no lo entiendo. —Peter, sentado en la silla delante de su improvisado lugar de trabajo, sacudió la cabeza—. Tío, estás obsesionado con esta historia. Quieres vengarte porque los Camden trataron mal a tu madre, de acuerdo. Pero ¿por qué tienes que enterrarte aquí para eso? No te quieren aquí, Ben, lo has dicho tú mismo. ¿Y qué pintas con una gente que te recibió con una paliza y después encima te tumbaron con un leño?

Ben torció el gesto.

—No sé quién me dio la paliza —dijo. Aún no recordaba lo que había pasado justo antes de su primer encuentro con Kate. Podía ser que le volviera a la mente, pero el médico le había dicho que a menudo los minutos previos o posteriores a un accidente permanecían en el olvido.

—Lo que tú digas. —A Pete le daba igual quién hubiera atizado a Ben—. En cualquier caso, aquí no eres bienvenido —insistió—. Y tampoco se te ha perdido nada en este rincón. Tu vida está en Nueva York, aunque de momento transcurre sin ti, porque resulta que ahora es imprescindible profundizar en tu genealogía inglesa...

Los interrumpió una llamada a la puerta, y soltó un suspiro.

—Joder, seguro que es esa Tilly otra vez. Si me suelta otro discurso sobre el estado de mi habitación le retorceré el cuello, no lo dudes.

Ben echó un vistazo alrededor con las cejas levantadas. Peter había conseguido instaurar el mismo caos allí que en su despacho en la empresa, solo que el despacho era un poco más espacioso. Parecía que acabara de pasar un huracán por la pequeña habitación de la pensión.

—No me extraña que la pobre mujer insista —dijo con una sonrisa, y se quedó de piedra cuando Pete abrió la puerta y vio que era Kate.

—Eh... en la habitación de Ben no me ha abierto nadie —se disculpó, y entró vacilante—. Y luego he oído voces aquí...

Miró a Ben, que no podía apartar la mirada de ella.

Desde que se fuera dos días antes de su casa lo perseguía la imagen de cómo le había echado Kate. Tenía las mejillas encendidas y lo fulminó con la mirada, y aun así había algo en sus ojos que lo atraía. Igual que en ese momento. Como siempre que la veía. No podía quitársela de la cabeza. Ni de sus sueños. Y eso lo estaba consumiendo poco a poco.

—¿Tienes el resultado? —preguntó con brusquedad, al tiempo que intentaba no fijarse en lo tensa que parecía ella.

Ella asintió y se acercó a él. Ben cruzó los brazos para no caer en la tentación de abrazarla. Cuanto más se alejara de ella, mejor. A fin de cuentas, cuando se acercaba demasiado le entraban ganas de besarla, y eso lo complicaba todo aún más.

Maldita sea, no quería implicarse emocionalmente. Eso había hecho su madre: amó a Ralph Camden y su rechazo le causó una herida tan profunda que jamás se recuperó del todo. Ben era joven por aquel entonces, pero notó lo mucho que sufría. Se juró no ser nunca tan vulnerable, tan accesible. Si una persona significaba algo para él, si le tomaba demasiado cariño, estaba desprotegido contra el dolor que pudiera infligirle. Como le había ocurrido a su madre cuando Ralph Camden la expulsó. Como se había sentido el propio Ben cuando ella murió y lo dejó solo. Por eso era mejor mantener las distancias con la gente, y con Kate lo conseguiría. Claro que sí.

Kate también quería mantenerse distante, pues evitó saludarlo y se limitó a entregarle el sobre que llevaba.

—Ha llegado esta mañana —le informó—. Eres hijo suyo. Ahora lo tienes fácil.

Ben ya había abierto el sobre. Contenía la copia de un escrito de un laboratorio de Cambridge que confirmaba que, según el análisis de la prueba, Ralph Theodore Camden era su padre con un 99,9 por ciento de probabilidades. Dejó caer la mano con la carta y miró a Kate, que seguía allí de pie. ¿La hacía infeliz constatar que él tenía razón?

—Gracias —dijo, y de pronto deseó estar en otro lugar. O que Peter no estuviera allí, porque entonces...

Sacudió la cabeza sin querer, y Kate lo malinterpretó.

—Pensaba que era el resultado que esperabas.

—Lo es. Solo estoy... impresionado de que haya ido tan rápido.

Ella se encogió de hombros.

—Ralph llamó al laboratorio para acelerar las cosas. Estaba muy interesado en saberlo lo antes posible.

«Vaya», pensó Ben, y la ira se encendió de nuevo en su interior. Entonces en el laboratorio habían tenido que hacer horas extras para los señores de Daringham Hall. Por supuesto.

—¿Ya se lo has enseñado?

Kate negó con la cabeza.

—Ahora voy a verle.

Se miraron en silencio. Ben intentó no pensar en lo bien que le quedaba la blusa que llevaba. Y que solo tenía que estirar un brazo para atraerla hacia él...

De pronto Peter se aclaró la garganta y Kate desvió la mirada, ruborizada.

—Será mejor que me vaya —dijo, y se dirigió hacia la puerta. Allí se volvió de nuevo y se despidió de ambos hombres con un gesto de la cabeza.

Al cabo de un segundo se había ido.

—Tío, te ha dado fuerte —dijo Peter tras un breve silencio—. Una veterinaria inglesa —silbó—. ¿Va en serio?

—¿Qué? —Ben aún estaba intentando controlar las hormonas, así que las palabras de Peter le llegaron con cierto retraso al cerebro—. ¿De qué hablas?

—Pues de ti y la señorita Kate. Ella es el motivo por el que no quieres irte, ¿verdad? Te quedas por ella.

—Menuda tontería —le soltó Ben, pero vio que Peter no le creía—. Déjame en paz.

Estaba harto de discutir con Peter y justificarse. Aquello era cosa suya, no afectaba en nada a su amigo. Se volvió hacia la ventana sin decir palabra y se quedó mirando hacia fuera, esperando a que Kate saliera del edificio. Lo hizo al cabo de un momento y, mientras se encaminaba hacia su todoterreno, sacó el móvil del bolsillo, llamó sin pararse y no miró atrás. Enfurruñado, Ben se dio la vuelta y se apoyó en el antepecho de la ventana con los brazos cruzados.

—¿Y qué tienes pensado hacer ahora? —inquirió Peter.

Kate ya le había hecho la misma pregunta, pero él no lo tenía decidido. De momento todo había salido como preveía. Los Camden estaban aturdidos con su aparición y tomaban en serio su reclamación del título. Sin embargo, no había contado con que Ralph Camden accediera a la prueba de paternidad. Así, sin más, sin necesidad de amenazas por parte de Ben. ¿Había dado por supuesto que la prueba daría negativo y esperaba así quitárselo de encima? Era una posibilidad, pero le molestaba admitir que Ralph parecía tener verdadero interés... Sacudió la cabeza. No; solo era una táctica para distraerle de su verdadero objetivo: provocar dolor a la familia que tanto daño había hecho a su madre. Y donde más les dolía.

Agradeció saber tantas cosas de la finca y su gente debido al inesperado tiempo que había pasado allí. Eran puntos por donde él podría atacar cuando decidiese en qué se traduciría concretamente su venganza. No cabía duda de que los Camden tenían que pagar. Solo necesitaba recordar la cara de su madre para confirmar su decisión. Y Kate no cambiaría nada.

—Ahora esperaré a ver qué pasa —le explicó a Peter—. Es el turno de los Camden, y, según cómo reaccionen, estudiaré mi estrategia.

Un proceso judicial era una opción solo si se negaban a reconocer su reclamación. Pero también sopesaba estudiar más de cerca su situación económica. Tal vez tenían obligaciones que él pudiera acaparar, o necesitaban dinero que se pudiera bloquear. Había docenas de posibilidades con las que atacar a los señores de Daringham Hall y, sobre todo, hacer pagar a Ralph Camden su ruindad. Alguna utilizaría, aunque hiciera daño a Kate. Ella no importaba. No, no era importante.

—¿Y cuánto tiempo vas a esperar? —Peter seguía irritado, y Ben estalló.

—Lo que haga falta, ¿de acuerdo? Y si no te va bien, coge un vuelo de vuelta. Así recuperarás todo lo que tanto echas de menos aquí y dejarás de incordiarme —gruñó, y se dirigió a la puerta, pues no soportaba más la escéptica mirada de su amigo.

Pensó en por qué Pete no quería regresar a Nueva York sin él, aunque no lo hubiera dicho abiertamente. Oficialmente era tan reservado como Ben y habría negado que se tratara de otra cosa que sentido común. Pero Ben conocía a su amigo. Si se quedaba en un sitio que en realidad detestaba, entonces era para preocuparse. Era su amistad lo que le impedía irse, aunque a Ben le pareciera ridículo.

«Estoy bien», se dijo al llegar a su habitación, y se dejó caer sobre la ancha cama doble. Malhumorado, se quedó mirando el empapelado con el llamativo patrón de rosas que siempre le recordaba lo lejos que estaba de su casa. Un esfuerzo más y habría conseguido lo que quería. Peter tendría que aguantar si consideraba que tenía que ofrecerle su apoyo.

Intentó obviar la punzada que sintió al pensar en lo que dejaría allí. «Kate no es importante», se repitió mientras la visualizaba de nuevo. Había sido un episodio de su vida, nada más. No era nada más, en absoluto.

Sin saber qué pensar, Peter se quedó mirando la puerta que Ben había cerrado al salir.

Conocía a su amigo, pero no así. Algo había cambiado en él desde que estaba en Inglaterra. ¿Y si el golpe en la cabeza le había dejado más secuelas de las detectadas?

De todos modos, Peter tenía una cosa clara: ahora no podía irse y dejar solo a su amigo.

Sabía que la madre de Ben había fallecido prematuramente, y si ese lord Nosequé en verdad era su padre, tal vez Ben necesitaba aclarar algunas cosas. Pero alguien tenía que recordarle que no pertenecía a ese lugar, de lo contrario esa gente conseguiría retenerle. Por la herencia, la responsabilidad y esas cosas.

Sacudió la cabeza. Todo aquello era muy complicado, y Ben también lo era. Él creía conocer a su amigo, pero nunca lo había visto como ahora. ¡Cómo se había puesto con Sienna porque había ido a ver a Kate por su cuenta para devolverle el esmoquin!

Algo había con esa veterinaria. Se notaba cuando ambos estaban frente a frente. Si Peter no tuviera más información, habría dicho que la tal Kate le había hecho perder la cabeza. Pero eso era absurdo. El Ben que él conocía nunca había mostrado un interés serio por ninguna mujer. Profesionalmente tal vez, y entonces desplegaba su encanto, algo que Peter admiraba. Por eso a Ben no le faltaban ocasiones, y las aprovechaba. Pero sus relaciones nunca habían pasado de ser aventuras ocasionales.

No es que Peter fuera un experto en esos temas. Su vida amorosa era bastante parecida. Es cierto que sus ocasiones eran mucho menos numerosas que las de Ben pues el encanto no era lo suyo, pero tampoco estaba buscando su gran amor. Por lo menos ya no. Simplemente no era compatible con la mayoría de la gente, y había dejado de planteárselo. Estaba bien solo. Casi siempre.

«Bueno, da igual», pensó. De todos modos, tenía que quedarse para que Ben no se dejara llevar demasiado. Aunque lo negara, no lo dejaba indiferente que Camden fuera su padre, y nadie sabía en qué podía acabar todo aquello.

Peter debía tenerlo en cuenta, aunque ya no aguantara más alojarse en esa habitación, en ese pueblo minúsculo de esa isla pequeña.

Él era una persona de gran ciudad. Necesitaba los gases de combustión de los coches, los atascos de tráfico, el ruido y las riadas de personas, la locura habitual de Nueva York. Ese era su mundo, no ese pueblo con sus campos, sus bosques y sus lugareños, que se conocían y saludaban cada día. Maldita sea, nadie puede aguantar un ambiente tan idílico mucho tiempo...

—¿Señor Adams? —La voz de la camarera que llamaba a la puerta lo sacó de sus pensamientos—. Señor Adams, ¿está usted ahí?

Peter abrió la puerta.

—¡Sí, estoy aquí! —dijo, y se apoyó en el marco para que Tilly Fletcher pudiese ver la habitación pero no entrar—. Y estoy intentando trabajar, lo cual es difícil si no paran de molestarme —enfatizó.

Pero, como siempre, aquella inglesa tozuda no se dejó impresionar. Al contrario, para ella era un reto, pues puso los brazos en jarras.

—Mire, por una vez estamos de acuerdo. De hecho, yo también estoy intentando trabajar y odio que me molesten mientras lo hago. Y eso es lo que usted hace, señor Adams, desde que llegó. Solo quiero hacerles la estancia agradable, y mantener ordenada la habitación, que es mi responsabilidad. Seguro que se sentirá más a gusto cuando esté limpia.

—Ya me siento muy a gusto —le aseguró Peter, y sonrió al ver un brillo de rabia en los ojos azules de Tilly. Cuando se enfadaba estaba muy guapa, y por mucho que la riñera, en realidad esa inglesa bajita y estirada lo salvaba. Las discusiones con ella eran lo único que impedía morir de aburrimiento allí mismo.

—Me alegro por usted. —Tilly esbozó una sonrisa inocente, y de pronto Peter se sintió bien—. Pero no podrá durar mucho, porque si sigue negándose a que le limpie la habitación, se ahogará en su propia porquería. —Ella también levantó la voz y dejó traslucir su enfado—. No lo toleraré, para que lo sepa.

Peter se inclinó hacia delante.

—Como se atreva a entrar en mi habitación en mi ausencia y tocar mis cosas, compraré este antro y la despediré —le espetó, y sonrió para sus adentros al ver que ella sopesaba si tomarse en serio la amenaza. Por lo menos le creía capaz de hacerlo, y eso le halagó un poco. Para asegurarse, añadió—:

Ah, y salude al señor Moore de mi parte. La próxima vez que me tome una cerveza con él tengo que preguntarle qué piensa sobre que «el cliente siempre tiene la razón».

Y le cerró la puerta en las narices. Por una vez, Tilly Fletcher se había quedado sin palabras. Él regresó a su escritorio. Sí, le divertía, y casi esperaba que aquella esgrima verbal siguiera, aunque nunca iba a franquearle el paso a su sanctasanctórum, ¡antes tendría que pasar por encima de su cadáver! Además, no entendía a aquella mujer: él no era un obseso del orden, pero tampoco es que la habitación fuera un vertedero.

Se sentó ante las pantallas de ordenador. A propósito de ordenar, pensó, ya era hora de dedicarse al nuevo programa en que estaba trabajando. Alguien tenía que hacerlo si no querían que la empresa se hundiera. Se puso a teclear y al cabo de unos minutos se olvidó de todo.

Kate suspiró aliviada al salir del Three Crowns. Por dentro seguía temblando de haber visto a Ben. Además, al bajar se había topado con Tilly, que por supuesto le había preguntado qué hacía ahí arriba con los americanos. Pero Kate no se lo podía explicar, así que tuvo que dejar a Tilly con la palabra en la boca alegando que tenía prisa.

Era cierto, porque lo que iba a hacer era urgente. Y desagradable.

En cuanto llegó al aparcamiento delante del pub sacó el móvil del bolso y marcó un número. Tragó saliva cuando presionó la tecla de llamada y por un instante deseó que no contestara nadie. Así podría guardarse un poco más lo que sabía, aunque eso no cambiara nada.

Pero no pudo ahorrárselo.

—¿Kate? —preguntó Anna tras leer su nombre en la pantalla—. ¿Tienes el resultado de la prueba?

—Sí. —Notó que se le hacía un nudo en el estómago—. De eso quería hablar contigo.

31

—Entonces ¿de verdad es hijo tuyo? —David se hizo visera con la mano para observar a su padre y, de paso, disimular lo mucho que le afectaba aquella noticia. El sol estaba alto.

—Y tu hermanastro. Ya no cabe ninguna duda —confirmó Ralph. La noticia también le había afectado pero, a diferencia de David, parecía más bien aliviado—. Estaba casi seguro de que así era, y me alegro de que ahora tengamos la certeza.

«Yo no», pensó David, pero prefirió no decirlo en voz alta, así que se volvió y contempló las filas de cepas que se extendían ante ellos en el enorme viñedo.

En ese momento se sentía mejor ahí fuera que dentro de la casa, y la cantidad de trabajo que implicaba la vendimia le venía perfecta. Así por lo menos tenía con qué distraerse. Aún quedaban muchas cosas por hacer: debido a la primavera húmeda y la terrible tormenta de unas semanas atrás, seguramente tendría que empezar antes con la vendimia, de hecho estaba examinando el estado de la uva con James cuando vio que llegaba el coche de su padre por el camino asfaltado.

Enseguida supo que había pasado algo importante. Ralph pocas veces abandonaba su despacho de Daringham Hall y se dejaba ver en el campo. Normalmente se mantenía al margen de esa parte del trabajo de la finca, aunque insistiera en que David lo aprendiera todo también a ese respecto. David supuso que se trataba de Sterling. Y así era.

Sin duda, en cierto modo comprendía que para su padre fuera importante tener la certeza de si era su hijo. Por eso no dijo nada cuando unos días antes le contó su intención de ofrecer a Sterling —ya no podía llamarle Ben— hacerse la prueba. Pero él se sentía aún más inseguro. Ahora tendría que aguantar que ese desconocido se convirtiera en el siguiente baronet de Daringham hall después de su padre. David no tenía nada que probara que su madre había mentido y que él era hijo de su padre. A él también le gustaría tener esa certeza. En cambio tenía la sensación de moverse sobre una capa de hielo fino.

—¿Y ahora qué pasará? —inquirió.

—Ahora deberíamos llegar a un acuerdo con Ben.

—¿Y si no quiere?

Por lo visto, su padre contaba con esa posibilidad, pues se encogió de hombros.

—Vale la pena intentarlo. Deberíamos ir a verle y no empeñarnos en evitarlo. Eso solo le enfadará más. Pero si percibe que vamos de frente, tal vez sea posible ponernos de acuerdo. —Metió las manos en los bolsillos de los pantalones—. Sé que la situación no es fácil para ti. Pero ya no podemos cambiar el hecho de que Ben existe. Es tu hermano, David, y no puedo despacharlo sin más. Cuando logres hacerte un poco a la idea, tal vez puedas sacar algo positivo de todo esto —añadió, pero David no consiguió devolverle la sonrisa.

«Tampoco has intentado siquiera deshacerte de él», pensó, y sintió una envidia que en realidad no quería sentir. Para un caballero, como le habían educado, habría sido más adecuado aceptar lo inevitable con serenidad. Ahora existía Benedict Sterling. Pero era más fácil cuando la posibilidad de que fueran parientes era solo teórica, cuando David aún podía creer que al final todo seguiría como antes.

Ya no lo parecía, pues su padre estaba decidido a hacerle un hueco a Ben en su vida. El lugar que hasta entonces David había ocupado en solitario.

Volvió a sentir un vacío en el pecho al pasear la mirada por las cepas. Tal vez todo aquel asunto le había hecho reconocer lo importante que era todo eso para él: la casa señorial, la finca, los animales, la viticultura que acababan de empezar y en cuyo éxito creía. Había crecido en el papel que le habían asignado desde la cuna, y lo desempeñaba a gusto, vivía para Daringham Hall. No podía imaginar otra cosa, y no quería renunciar a ello. No quería tener que compartirlo con alguien para el que todo aquello era completamente ajeno, y que incluso lo pondría en peligro.

—Pero Ben no pertenece a este mundo —dijo con más vehemencia de la que quería, y extendió los brazos—. Todo esto no significa nada para él. ¿Y si nos lo quiere arrebatar? —Respiró hondo para calmarse y miró a su padre, que le había puesto una mano en el brazo.

—No puedo prometerte que nada cambiará. Pero esto no afecta a tu posición aquí. Ben no puede arrebatarte la herencia, yo jamás lo permitiría.

David se tranquilizó un poco. De pronto tenía mala conciencia.

—Lo siento. Es que... todo es muy complicado.

—Ya lo sé. —Ralph le rodeó los hombros con el brazo—. Pero lo conseguiremos.

David asintió y ambos volvieron la vista atrás,

porque de pronto los caballos se pusieron a relinchar.

El joven sonrió al ver que era Anna que se acercaba a caballo por el margen del campo. Montaba a *Bonny*, la yegua negra de Zoe, y tiraba de *Chester*, el caballo blanco de David.

—Eh, ¿qué haces aquí? —preguntó este cuando Anna les alcanzó, y agarró la brida de *Bonny*—. ¿Y por qué llevas dos caballos? ¿Ya no te basta con uno?

Ella sonrió.

—Sí, pero tú también necesitas uno. Pensaba que podíamos montar juntos.

—De acuerdo —dijo David, sorprendido—. Pero tengo que comentar una cosa con James. ¿Por qué no has llamado antes?

Anna se encogió de hombros.

—Porque no contestas el móvil.

—¿Qué? —David fue a coger su móvil, que siempre llevaba en el bolsillo del pantalón, pero no estaba—. Vaya, debo de habérmelo dejado en la habitación. —Le pasaba a menudo, pero durante los últimos días ya lo había hecho varias veces. Estaba muy alterado.

—Bueno, ¿qué? ¿Vienes conmigo? —Anna lo miró sonriente, y David se fijó en el rubor de sus mejillas. Los ojos también parecían distintos, un tanto hinchados.

—¿Has llorado?

—¿Qué? ¡No! —Sacudió la cabeza y se inclinó hacia delante, de manera que sus largos cabellos rubios formaron una cortina frente al rostro, ocultando su expresión—. Solo quiero respirar un poco de aire fresco. Y una excursión a caballo es justo lo que necesito.

David miró a su padre, que había ido a ver a James y estaba enfrascado en una conversación con él. De hecho, la idea de galopar con Anna por los campos era muy tentadora. Seguro que no había nada mejor para liberar la mente, y seguro que en ese momento le sentaría muy bien.

—¿Adónde quieres ir? —preguntó, pues Anna solía tener ideas muy concretas sobre el destino de sus salidas a caballo. Pero no esta vez.

—A algún lugar donde... donde estemos tranquilos.

—Ya. —David seguía un poco sorprendido—. No llevo la indumentaria adecuada para montar.

—Si lo hubieran planeado, se habría cambiado antes. Pero a Anna no le valió el argumento.

—Si sabes montar incluso sin silla, los tejanos y las zapatillas deportivas no serán un impedimento.

Era cierto, pero le sorprendía la insistencia de Anna. No era muy propio de ella. Además, era primera hora de la tarde y, aunque tendrían un rato de luz, no valía la pena dar un paseo largo.

Anna se percató de su titubeo y por un momento pareció tan desgraciada que David olvidó toda reticencia.

—¡Bah, por qué no! —dijo, y le cogió las riendas de *Chester*. Si tan importante era para ella, le daría ese gusto. Se encaramó a la silla y dejó que el caballo se dirigiera hacia Ralph y James, que ya les estaban mirando.

—¿Pensabas salir a montar? —James parecía molesto con ese súbito cambio de planes, y David tuvo remordimientos. Al fin y al cabo, había prometido ayudar a su tío con los preparativos de la vendimia, sobre todo porque aquella tarea a James le resultaba bastante desagradable. Ya les había interrumpido la aparición de Ralph, por eso era comprensible que James refunfuñara. Pero David no podía hacer otra cosa.

—¿No podemos terminarlo mañana? —le rogó—. Te ayudaré todo el día, te lo prometo.

James resolló, pero Ralph le puso una mano en el brazo.

—Déjale —dijo, y le hizo un gesto de aprobación con la cabeza a David, con un deje de inquietud en la mirada—. No pasa nada, vete tranquilo. Yo también puedo ayudar a James.

Saltaba a la vista que el ofrecimiento dejó perplejo a su cuñado, pues David oyó que James murmuraba algo que sonaba a «milagro». Antes de que pudiera contestar, Anna detuvo su yegua junto a *Chester*.

—¡Por favor, papá! Ha sido idea mía. Además, David está de vacaciones, no solo ha venido a trabajar.

La mirada suplicante de su hija ablandó a James.

—Bueno, pues que os divirtáis —dijo, y ya sonreía de nuevo cuando se volvió hacia David—. Has tenido suerte, chico. Pero mañana necesito de verdad tu ayuda, y ya no valdrán las excusas, ¿queda claro?

—Clarísimo. —David sonrió aliviado. Eso era lo bueno de James: el enfado nunca le duraba mucho. Y cuando giraron los caballos y se hubieron alejado lo suficiente para que Ralph y James no les oyeran, le dijo a Anna—: Realmente ha sido una buena idea.

Era extraño y difícil de explicar por qué el hecho de sentarse a lomos de un caballo provocaba una sensación tan liberadora. Tal vez no le pasara a todo el mundo, pero a David le encantaba, siempre había sido así. Era la mejor terapia contra las preocupaciones y la frustración, y no entendía cómo había podido dudar ante la propuesta de Anna.

Sin embargo, la sonrisa de Anna, normalmente tan radiante, era un poco contenida, y tampoco le tomaba el pelo como de costumbre. David la observó con el entrecejo fruncido.

—¿De verdad va todo bien?

Ella lo miró y por un momento se le ensombreció el semblante. Pero fue demasiado rápido para que David pudiera interpretarlo.

—Vamos a galopar un poco —dijo Anna, y espoleó a *Bonny* con los talones—. ¡De lo contrario no llegaremos a ningún sitio!

La preciosa yegua, que debido a la ausencia de Zoe ya no se movía tanto como antes, parecía estar esperando la señal, pues cobró impulso y se lanzó a galopar, sacando una ventaja considerable a David.

—De acuerdo, *Chester*, no vamos a quedarnos atrás —dijo el chico, y sonrió al ver que su caballo reaccionaba de inmediato.

Hicieron una carrera por los prados, y David se quedó asombrado de lo mucho que aguantaba Anna. Normalmente era él quien la animaba a galopar fuerte y ella lo hacía un rato. En realidad, ella prefería ir con parsimonia y charlar de lo divino y lo humano mientras recorrían el variado entorno natural de Daringham.

Pero ahora tenía la mirada clavada al frente y hacía correr a la yegua, no paraba de espolearla, como si no quisiera parar nunca. No paró hasta que llegaron a una zona boscosa, pero David no estaba seguro de que lo hubiera hecho de no encontrarse con ese obstáculo natural.

—Oye, que no estamos huyendo —bromeó, mientras ella, que iba de nuevo al trote, tomaba el camino que atravesaba el bosque. Soltó las riendas de *Chester* para que el caballo pudiera estirarse y le dio unos golpecitos para elogiarlo, algo que Anna también solía hacer después de una dura carrera con su caballo. Pero parecía ensimismada, y eso irritó a David—. ¿Por qué tenías tanta prisa?

—*Bonny* quería correr —repuso Anna sin mirarle—. Probablemente llevaba demasiado tiempo quieta. No podía pararla.

No era cierto, en absoluto. Anna era muy buena jinete y podía controlar la yegua de Zoe, que a veces era un poco nerviosa. Pero luego David comprendió que no se trataba de *Bonny*, sino de algo que le pasaba a Anna. Intentaba disimularlo delante de él, que por entonces andaba demasiado ensimismado en sus problemas para notarlo.

—Anna, ¿qué pasa? Algo te ocurre.

Pareció que ella iba a responder, pero cambió de opinión.

—No es nada —reiteró con una sonrisa, pero David no la creyó.

—Sea lo que sea, puedes decírmelo. —Leyó la inseguridad en su mirada y de pronto se adueñó de él una sensación desagradable. Esa repentina excursión a caballo, el intenso galope y el aspecto de Anna: algo había sucedido, y tenía que ver con él—. Quieres decirme algo, ¿verdad?

Ella se mordió el labio inferior, parecía buscar las palabras adecuadas.

—No, yo... —empezó, y sacudió la cabeza.

De repente se oyó un disparo en el bosque, tan fuerte y próximo que ambos caballos se desbocaron. David logró recuperar el control sobre *Chester*, pero *Bonny*, mucho más asustadiza, se elevó relinchando del miedo y Anna, que no se lo esperaba, perdió el equilibrio y resbaló de la silla. Gritó del susto al caer hacia atrás y se dio un fuerte golpe contra el suelo, donde se quedó inmóvil.

—¡Anna! —David bajó de un salto y se acercaba a ella cuando se oyó un segundo disparo—. ¡Maldita sea!

Alguien estaba cazando muy cerca, aunque la zona pertenecía a las propiedades de Daringham Hall y David estaba seguro de que ni su abuelo ni su padre lo habían autorizado. Esta vez había sonado aún más cercano y amenazador, demasiado para *Bonny*, que huyó instintivamente del peligro con la crin al viento.

—¡*Chester*, no! —David intentó agarrar las riendas del caballo y sujetarlo, pero fuera quien fuese el que disparaba, volvió a hacerlo en ese momento, y aquello desquició a *Chester*, que ya estaba tenso.

Antes de que David consiguiera cogerlo, el caballo también salió corriendo como una exhalación detrás de *Bonny* por el sendero del bosque. Al cabo de un instante los dos animales habían desaparecido entre los árboles.

David maldijo entre dientes, pero lo importante en ese momento era Anna, que seguía tumbada con los ojos cerrados y sin moverse. Se arrodilló a su lado y le rodeó la cara con las manos, aterrorizado por lo fría que notaba la piel. «No», pensó. No le había pasado nada. No podía pasarle nada.

—¡Anna! —El miedo que sintió de pronto en la garganta le quebró la voz—. ¡Anna, por favor, despierta!

32

—Hola, Kate. —Kirkby esbozó una de sus escasas sonrisas al abrirle la gran puerta de entrada de Daringham Hall.

Como siempre que estaban solos, su actitud era menos formal y se dejaba ver por un momento tras su impenetrable fachada de corrección. Era muy reservado y hablaba poco, pero Kate lo conocía lo suficiente para saber que simplemente era un hombre apacible y leal que amaba el lugar donde le había colocado la vida, y que se entregaba en cuerpo y alma a su profesión.

Por eso ya sabía que Kate había quedado de nuevo con Ralph, y la dejó pasar directamente al gran vestíbulo sin preguntar qué quería.

—El señor Camden acaba de llamar. Lo han entretenido, pero enseguida estará aquí —explicó—. Megan y yo estábamos tomando un té en la cocina. Puedes acompañarnos si quieres.

Kate le devolvió la sonrisa, aunque en ese momento le costó un poco.

—Eres muy amable, pero prefiero esperarle en la biblioteca —se disculpó. Quería mucho a Megan y Kirkby, pero no estaba de humor para cháchara, ni para otra sarta de insultos dirigidos a Ben.

El corpulento mayordomo asintió. Si alguien entendía que no tuviera ganas de hablar, ese era Kirkby.

—¿Quieres que te lleve un té a la biblioteca? —preguntó, pero Kate también rechazó la oferta.

—No, gracias. —Sabía que Kirkby les serviría un té cuando se reuniera con Ralph. En ese momento prefería estar sola y se alegró al ver que él le sonreía brevemente antes de dirigirse de nuevo a la cocina.

Se quedó sola en el vestíbulo, y contempló ensimismada aquel recinto alto mientras lo atravesaba. Percibió el olor indefinible a madera y pulimento, a siglos de antigüedad, que le era tan familiar y solía arrancarle una sonrisa, pues precisamente eso era lo que tanto le gustaba de Daringham Hall. Sin embargo, en ese momento le agudizó la sensación de angustia. Por primera vez prefería estar en otro lugar que no fuera aquel. Se sentía como una traidora...

—¿Kate? —Entrando por el otro lado del vestíbulo, Claire la miró asombrada. Llevaba flores secas en la mano, iba a rellenar los jarrones colocados a derecha e izquierda de la escalera. Se acercó a saludar a Kate—. ¿Buscas a Ivy? ¿No te dijo que se iba a Londres?

—Sí me lo dijo. He quedado con Ralph.

—¿Otra vez? —Claire arrugó la frente—. ¿Qué tiene que hablar contigo? Bueno, da igual —añadió con un gesto despreocupado al ver que aquella pregunta ponía a Kate entre la espada y la pared—. En todo caso, me alegro de verte... Por cierto —se puso seria—, ¿no podrías hablar con Anna? Lleva todo el día muy rara, y empieza a preocuparme. Estoy segura de que ha pasado algo, pero cuando se lo pregunto me responde con evasivas. Se lo pediría a Ivy, pero como no está he pensado en ti. Eres como una hermana para ella, tal vez confíe en ti.

«Ya lo ha hecho», pensó Kate afligida. Lamentaba no poder decirle la verdad a Claire, pero Anna y ella aún no habían decidido qué hacer. Se habían pasado toda la tarde anterior comentándolo, pero no habían llegado a ninguna conclusión. Había motivos para hablar y para callar, y a Kate, igual que a Anna, le daban miedo ambas cosas.

—¿Dónde está? —preguntó Kate.

—James dice que ha salido a cabalgar con David, pero deberían volver pronto. —Claire suspiró—. Creo que es por David, Anna le tiene mucho cariño y le preocupa porque ese asunto de Ben le provoca una gran angustia.

Kate notó un incipiente nudo en la garganta.

—Hablaré con ella —prometió, y se sintió fatal al ver la sonrisa de alivio de Claire.

Se despidió presurosa y de camino a la biblioteca se preguntó si había un motivo para ese paseo a caballo.

Anna había sido muy vehemente en un aspecto: ya que la prueba había sido idea suya, quería ser ella quien le dijera la verdad a David. No había aclarado si se lo iba a contar y cuándo, pero tal vez no había aguantado más y por eso lo había sacado de la casa. Aún era muy joven e impulsiva, y Kate estaba bastante segura de que no podría guardar ese secreto.

Afligida, abrió la puerta de la biblioteca y entró en la gran sala. Era una de sus estancias preferidas de toda la casa. Las estanterías altas, parcialmente cerradas con puertas de cristal, albergaban verdaderos tesoros bibliográficos cuyos sobados lomos hablaban de las numerosas generaciones que habían pasado por allí para hojear las obras de los viejos maestros. Y aun así, el ambiente no era nada denso, sino acogedor con un sofá y una butaca que invitaban a sentarse. En su infancia, Ivy y ella solían jugar al escondite por toda la casa, y Kate recordaba que una vez se había ocultado en la parte inferior del gran reloj de pie que había en un rincón. Ivy tardó siglos en encontrarla, y el monótono tictac del reloj que vibraba a través de la madera había adormilado a Kate. A menudo añoraba esa sensación de seguridad, que seguía asociando con aquella sala.

Sin embargo, en ese momento no estaba nada tranquila y no paraba de pasearse nerviosa, cuando de pronto se abrió la puerta y Ralph entró. Kirkby le seguía con una tetera y una bandeja con dos tazas.

—Perdona que llegue tan tarde —se disculpó Ralph—. Tenía que arreglar una cosa un momento y me han entretenido. Gracias, Kirkby. —Le hizo un gesto con la cabeza al mayordomo, que se marchó sin hacer ruido, y señaló el sofá Chesterfield—. Siéntate, por favor.

Kate lo hizo y rogó que no se notara lo nerviosa que estaba. Ralph no tenía mejor aspecto, también parecía alterado. Igual que el día anterior cuando ella le comunicó el resultado de la prueba, pero ahora había en su actitud cierta resolución, se saltó las formalidades y tampoco hizo caso del té que esperaba sobre la mesa. Fue directo al grano.

—Tienes que ayudarme de nuevo, Kate —empezó tras sentarse en la butaca—. Desde que tengo la certeza de que Ben es mi hijo pienso en cómo proceder. Y he llegado a la conclusión de que la vía dura que quiere tomar Timothy no nos llevará a ninguna parte. Lo he hablado largo y tendido con mi padre, y comparte mi parecer. Tendríamos que dar un paso para acercarnos a Ben. En realidad, soy yo quien tiene que hacerlo. Tal vez sea demasiado tarde, pero me gustaría intentarlo. Ya he demostrado suficiente pasividad en este asunto. Al fin y al cabo, ni siquiera estaríamos en esta situación si me hubiera interesado antes por Jane. —Aquello lo atormentaba de verdad; respiró hondo—. Es una situación nueva para todos nosotros, pero tiene que haber una solución para no acabar en los tribunales. No quiero que se convierta en algo desagradable.

Kate se encogió y deseó estar lejos de allí. Porque iba a ser algo desagradable. Incluso muy desagradable, aunque aún no lo supiera. Tenía pocas esperanzas de que Ben aceptara la oferta de paz, según estaban las cosas. Y cuando todos los hechos estuvieran sobre la mesa, la situación volvería a cambiar. Y ella ya había estado más implicada de lo que le hubiera gustado.

—Lo entiendo —replicó—. Pero en eso no puedo ayudarte.

Ralph sonrió.

—Claro que sí. Me gustaría que estuvieras presente en la conversación. Ha sido idea de mi padre, y creo que tiene razón —añadió al ver que ella sacudía la cabeza—. Kate, eres la que mejor conoce a Ben de todos nosotros. Contigo no se muestra tan desconfiado. Accedió a que hicieras la prueba, así que te aprecia. Además, yo podría necesitar un poco de apoyo. Esta situación no me resulta fácil, y me sentiré más cómodo si no estoy a solas con él cuando venga.

Kate lo miró asustada.

—¿Va a venir? ¿Cuándo?

—Pues tendría que llegar en cualquier momento.

La joven se levantó de un respingo.

—Entonces será mejor que me vaya —dijo, y se volvió hacia la puerta, pero Ralph la agarró de la mano y la detuvo.

—¡Por favor, Kate! Hazme el favor de quedarte. Serías de gran ayuda.

Kate vio lo importante que era para él. Parecía tenso, y tras su sonrisa vio su inseguridad. Pero aunque no quisiera dejarlo en la estacada, no pudo reprimir su instinto de huir. Ya estaba demasiado implicada en una situación que empeoraba con cada decisión que tomaba. Por eso tampoco le parecía que precisamente su presencia fuera de ninguna ayuda.

—No lo sé —dijo—. ¿No sería mejor que estuviera alguien de la familia?

Ralph sonrió.

—Pero tú eres de la familia, Kate —le aseguró, y ella tragó saliva. Había expresado lo que tantas veces había deseado Kate, y no hizo más que complicar su dilema. Acaso, con todo lo que había hecho últimamente, ¿no había traicionado a los Camden? Además, ¿cómo iba a prestar su apoyo a Ralph si estaba tan alterada como él? La sola idea de volver a encontrarse con Ben le provocó un escalofrío, y tuvo la sensación de encontrarse ante un precipicio.

Pero no podía fallarle a Ralph. Aquello sería difícil para él, y aunque ella no se consideraba la persona adecuada para apoyarle, se quedaría si él la necesitaba. Se sentó de nuevo en el sofá.

—¿Qué quieres preguntarle? —inquirió.

Él le explicó sus planes y el pánico se adueñó de ella de nuevo. Aquello no podía acabar bien, pensó, y miró el reloj de pie, cuyo tictac fuerte y regular esta vez le sonaba a amenaza.

Ben observó las anchas espaldas del mayordomo que caminaba delante de él y de nuevo se sorprendió de lo poco que encajaba en aquel entorno, ni siquiera en el uniforme de mayordomo. Parecía un error en el reparto de papeles, pero en cierto modo también imponía respeto. Cuando Kirkby le abrió la puerta, lucía la misma expresión impertérrita de siempre. Impenetrable. Ben no sabía qué ocultaba tras aquella máscara, y tampoco le interesaba, pero entendía que no mostrase sus cartas. Era mejor que nadie conociera los puntos débiles de uno.

Visualizó la imagen de Kate, oyó su voz y vio su cara de perplejidad que le perseguía en sueños. «No puedes hacerlo, después de todo lo que ha pasado.» «Claro que puedo», pensó, y desechó el recuerdo. Podía hacerlo, y lo iba a hacer.

Finalmente las cosas le salían bien. Ralph Camden había propuesto voluntariamente esa prueba de paternidad cuyo resultado reforzaba la posición de Ben. Y ahora parecía dispuesto a hacer concesiones. Ben suponía que ese era el motivo por el cual Ralph le había citado en Daringham Hall. Probablemente él y su hermano abogado habían entendido que tenían que llegar a algún acuerdo con él.

Sonrió con malicia. Imaginaba incluso cómo se desarrollaría la entrevista. Ambos hermanos intentarían que desapareciera de sus vidas. No les iba bien que hubiera aparecido, y ahora querían deshacerse de él. Porque nada había cambiado: igual que su madre entonces, ahora Ben era el intruso, el forastero buscapleitos, aunque hubiera quedado claro que era un Camden. Se lo darían a entender, igual que habían hecho con su madre.

La cuestión era hasta dónde estaban dispuestos a arriesgarse, y cuánto aguantaría él antes de sacar el as que aún conservaba en la manga.

Kirkby se detuvo ante la puerta de la biblioteca, llamó y abrió.

—El señor Sterling ha llegado —anunció, y se apartó a un lado para dejar pasar a Ben.

Cuando entró en la sala, vio a Ralph Camden en una butaca. Y en el sofá... a ¡Kate!

Sus miradas se cruzaron y Ben se quedó tan sorprendido que estuvo a punto de no saber qué hacer. Esperaba cualquier cosa salvo su presencia allí, y le costó mantener la compostura.

Llevaba aquel vestido de verano floreado con la falda vaporosa que tan bien recordaba, y los rizos oscuros que brillaban a la luz vespertina enmarcaban su tez pálida.

Kate no era su tipo, ahora lo sabía. Tenía que dejar de pensar en ella de una vez por todas. Y dominar esa sensación que siempre lo embargaba cuando veía sus ojos castaños.

¿Qué hacía allí? Sabía que su relación con los Camden era estrecha, pero si, además de encargarle la prueba de paternidad, querían que estuviera presente en aquella conversación, Kate era más importante para la familia de lo que Ben suponía. No entendía esa relación, pero justo por eso no debía dejar traslucir lo mucho que le inquietaba su presencia. Avanzó con el rostro imperturbable y se detuvo delante del sofá.

Ralph Camden se puso en pie, igual que Kate, que tenía la mirada clavada en él y parecía querer estar en cualquier sitio menos allí. El anfitrión también parecía inseguro, aunque sonreía.

—Ben —dijo como si fueran viejos amigos, pero una máscara de camaradería no lo iba a confundir.

—Señor Sterling para usted —aclaró con sequedad.

Paseó la mirada por la biblioteca y no vio a Timothy Camden.

—¿Dónde está su hermano? ¿Hoy no necesita asesoramiento legal? —preguntó con sorna para disimular su sorpresa. Su ausencia también despertó su desconfianza. Estaba convencido de que el abogado participaría en la conversación, pero solo estaban Ralph y Kate. ¿Cuál era el truco? ¿Una nueva táctica que aún no había adivinado?

—No —confirmó Ralph, y por el intercambio de miradas con Kate se vio que echaba en falta la presencia de su hermano. Pero como no explicó por qué faltaba Timothy, parecía planeado. Lo que Ralph Camden quería decirle no lo tenía muy preparado, pues seguía pensando y hubo un silencio mientras buscaba las palabras.

Finalmente se aclaró la garganta.

—Bueno... tengo una propuesta. Mejor dicho, una petición.

Ben enarcó las cejas y esperó. Ralph Camden le señaló una de las butacas vacías.

—¿Nos sentamos? —propuso.

Ben se preguntó si debía rechazar el ofrecimiento, tal como la última vez que había estado allí con Ralph y Timothy, para dejarles claro que no estaba dispuesto a hacer concesiones y que no se dejaría embaucar por sus buenos modales.

Esta vez, en cambio, dudó y miró a Kate. Parecía estar esperando su negativa, y su gesto tenso, casi atormentado, hizo que algo en su interior transigiera. Pero escogió la butaca más alejada de Kate, y a distancia suficiente de Ralph Camden. Estaba muy claro lo que iba a suceder.

—Déjeme que adivine. —Esbozó una media sonrisa—. Quieren pedirme que desaparezca de aquí. Y está dispuesto a hacer una oferta por un importe considerable si renuncio a todos los derechos asociados al apellido Camden. En ese caso, lamento decepcionarles: no me interesa.

Ralph sonrió.

—Lo imaginaba —dijo—. Pero no es lo que quiero proponerle. Al contrario. Le he pedido que venga porque me gustaría invitarle a quedarse.

Ben no hizo nada por disimular su sorpresa y tampoco contestó. Ralph prosiguió.

—Sé que la situación es difícil, y soy consciente de que tiene una opinión pésima de mí. Lo entiendo, pues mi conducta en el pasado le ha dado pocos motivos para creer que tengo interés en usted. No obstante, se equivoca al pensar que no quiero tenerle en mi vida. No sabía que tenía otro hijo, y me avergüenzo de mi poca implicación en este asunto. Jamás me perdonaré semejante negligencia, créame.

Suspiró, y si Ben no hubiera tenido más información se habría tragado su abatimiento.

—Por desgracia, eso ya no lo puedo cambiar —continuó, y cuando dirigió la mirada a Ben parecía más decidido—. Pero Ben (por favor, déjame tutearte, no puedo llamarte señor Sterling), aquí eres más bienvenido de lo que crees. Ya sé que no podemos retroceder en el tiempo, pero me gustaría aprovechar la ocasión para conocerte. No sé si es posible o si lo considerarías siquiera, pero te ruego que te quedes con nosotros. Por lo menos una temporada. Para que podamos conocernos.

Ben resolló, pero no de indignación. Estaba desconcertado. ¿De qué iba todo eso? ¿De verdad pensaban que era tan tonto como para morder ese anzuelo? ¿O realmente su arrogancia era tal que lo subestimaban?

«No», pensó. Había trampa. Tenía que haberla. ¿Tal vez se habían enterado del éxito de su empresa y especulaban con acceder a su dinero? Algo tenían pensado, seguro que no le pondrían las cosas tan fáciles por voluntad propia.

Desvió la mirada hacia Kate, tal vez esperando leer en sus ojos qué estaba sucediendo de verdad. Pero ella lo miraba con la misma expectación que Ralph, a la espera de su respuesta. Pero ¿quería que se quedara o que se fuera?

Ben pensó por un momento qué ocurriría si lo que Ralph Camden decía fuera cierto y realmente quisiera conocerle. Pero enseguida lo descartó. No estaba allí para recuperar a un padre, sino para castigar al hombre que había hecho daño a su madre. ¡Conocerle, bah! No quería conocer a Ralph Camden. En todo caso, aprovecharía la ocasión solo para...

—¡Ralph! —La puerta de la biblioteca se abrió de golpe y Claire irrumpió en la sala. Al ver que su hermano no estaba solo se detuvo sorprendida—. ¡Ah!

—¿Qué pasa? —inquirió Ralph, y Claire adoptó un gesto serio y concentrado.

—Los caballos han vuelto solos. David y Anna salieron a montar, pero ahora *Chester* y *Bonny* han regresado, con las sillas puestas pero sin ellos.

Ralph y Kate dieron un respingo y se pusieron en pie. Ben también se levantó en el momento en que sir Rupert y lady Eliza entraron en la sala.

—¡David y Anna han desaparecido! —exclamó la anciana, pero al advertir la presencia de Ben sus nervios se convirtieron en ira. Una ira que hizo que sus mejillas por lo general pálidas se tiñeran de rojo.

—¿Qué busca este hombre aquí? —preguntó con voz gélida, al tiempo que señalaba a Ben.

Ralph no le prestó atención, estaba concentrado en Claire y Rupert, que llevaban la preocupación escrita en el rostro.

—¿Les ha pasado algo?

Claire se encogió de hombros.

—Espero que no, pero deberíamos buscarlos. El problema es que no dijeron adónde irían.

—James ya ha salido con Greg, está recorriendo los caminos de herraduras de la finca —informó sir Rupert—. Y yo saldré ahora mismo con Kirkby hacia la costa.

—No he podido localizar a Olivia, pero lo seguiré intentando —dijo Claire—. Nos ayudará en cuanto se entere, pero necesitamos más gente. Esos dos pueden estar en cualquier parte, y cuanto más ampliemos la búsqueda... —Se interrumpió—. ¿Kate? ¿Estás bien?

Ben también miró a Kate, que había lanzado un gritito ahogado y se había desplomado en el sofá. Había perdido el color en el rostro, y tenía tan mal aspecto que Ben tuvo que reprimir el impulso de acercarse a ella. Lo hizo Ralph en su lugar.

—¿Qué te pasa? ¿No te encuentras bien?

—Debe de habérselo dicho —murmuró Kate sacudiendo la cabeza—. ¡Dios mío! ¡A lo mejor ha pasado algo, ha sido demasiado para él! —Los ojos se le anegaron en lágrimas.

—¿Para quién? —preguntó Ralph, irritado—. Kate, ¿de qué hablas?

Kate buscó la mirada de Ben, como si todo aquello tuviera que ver con él. Luego miró a Ralph y tragó saliva.

—Hay algo que... que debes saber —dijo con un hilo de voz, y Ben vio lo mucho que deseaba que lo que se disponía a decir pudiera permanecer en secreto.

33

Anna abrió los ojos y miró a David, que estaba inclinado sobre ella. Le había rodeado la cara con las manos y la miraba preocupado. Porque se había caído del caballo. Exacto. Qué tontería. Quiso sonreír y hacer algún comentario gracioso para calmarle, pero entonces recordó lo que la había estado inquietando todo el tiempo. La causa del nudo en el estómago que la atormentaba desde el día anterior y que en ese momento reaparecía. Hizo una mueca con la esperanza de que pareciera una sonrisa.

—Ayúdame a incorporarme —dijo, y David la ayudó a sentarse.

—Despacio —le dijo, y la detuvo cuando quiso levantarse—. ¿De verdad estás bien? ¿Te duele algo?

—No. —Anna negó con la cabeza. Le dolía un poco el tobillo, pero solo era una pequeña contusión. Y el corazón seguramente no contaba en ese caso—. No me ha pasado nada.

—Uff, me has dado un buen susto. —El rostro de David se relajó—. ¿Desde cuándo te caes del caballo? —bromeó, y ella le devolvió la sonrisa.

Siempre que David hacía eso le salía un hoyuelo en la mejilla. Anna lo sabía, pero ahora le provocó una sensación nueva. Apartó la mirada de él y de repente advirtió que faltaba algo.

—¿Dónde están los caballos?

—Se han ido. —David se encogió de hombros—. Por culpa de ese tiroteo. Cuando pille al tipo que ha disparado se va a enterar. Apuesto a que era un cazador furtivo.

Anna frunció el entrecejo.

—¿Se han ido los dos? ¿*Chester* también? ¿Por qué no lo has retenido?

—Estabas en el suelo y no te movías. Estaba asustado por ti —dijo, y a Anna le dio un pequeño vuelco el corazón.

—¿Y ahora qué?

—¿Llevas el móvil encima? —preguntó.

Anna asintió y metió la mano en el bolsillo, pero cuando sacó el móvil y quiso marcar el número de Daringham Hall, la pantalla se puso negra.

—Jo, me he quedado sin batería. Ayer por la noche se me olvidó cargarlo.

Tampoco era de extrañar, ya que después de su

largo encuentro con Kate solo podía pensar en qué iba a hacer a continuación. No tenía sitio en la cabeza para nada más. De todos modos, aún no había llegado a ninguna conclusión. De hecho solo sabía que, conociendo el resultado de la prueba de paternidad, no podía quedarse callada. No para siempre. Pero ¿debía decirle a David lo que sabía?

En cierto modo esperaba que se diera la situación cuando estuvieran juntos. Por eso había propuesto salir a montar. Pero no tuvo coraje, y tampoco estaba segura de si decírselo.

—Tan joven y tan poca memoria —bromeó David.

—Mira quién habla, el que nunca lleva el móvil encima —repuso ella, y por un momento se sonrieron. «Como antes», pensó Anna, y se le encogió el corazón al pensar que David nunca volvería a sonreír así si le contaba la verdad. La odiaría, y con razón. A fin de cuentas, todo era culpa suya.

—¿Qué pasa? —preguntó David, y ladeó la cabeza—. ¿Por qué de repente pones esa cara, como si se fuera a acabar el mundo?

—Nada... hacía mucho tiempo que no me caía de un caballo. ¿Qué haremos ahora?

Él se encogió de hombros y la ayudó a levantarse.

—Pues tendremos que caminar, nos guste o no. Pero seguro que no todo el camino. En cuanto los

caballos lleguen al establo saldrán a buscarnos.
—Sujetó a Anna, que se tambaleaba un poco—.
¿Qué te pasa?

—No lo sé. —Intentó de nuevo apoyar el pie
izquierdo, pero sintió una punzada—. No puedo
andar. A lo mejor sí que me he roto algo.

David se puso en cuclillas y le examinó el tobillo, que estaba un poco hinchado y ahora le dolía
más. Luego se incorporó de nuevo.

—¿Podrás caminar si te apoyas en mí?

—¿Hasta Daringham Hall? —repuso Anna
con escepticismo. Eran unos diez kilómetros y no
se imaginaba recorriéndolos a pie, pero se limitó a
sonreír.

—Hasta la iglesia de All Saints —aclaró él—.
Ahí podrás descansar y poner la pierna en alto. Así
tendrás un techo para cobijarte por si el séptimo de
caballería se demora y tengo que ir a buscar ayuda.

«Por supuesto», pensó Anna. La pequeña capilla, una de las iglesias más antiguas de la zona, no
estaba lejos del linde del bosque y ya había sido el
destino de sus excursiones en anteriores ocasiones. Solo albergaba servicios religiosos una vez al
mes, y únicamente de abril a septiembre porque el
edificio no disponía de conexión eléctrica. No valía la pena instalarla, estaba demasiado aislada. La
granja a la que pertenecía originalmente la capilla
había sido abandonada tiempo atrás, y apenas vi-

vía gente en la zona, así que se las arreglaban con velas cuando era necesario. Precisamente ese aislamiento era el encanto de la pequeña iglesia, por eso a Anna siempre le gustaba ir.

—Sí, creo que podré —contestó, y apoyó un brazo en los hombros de David mientras él la sostenía por la cintura para ayudarla a caminar.

Enseguida se demostró que el plan era demasiado optimista, pues Anna cojeaba ostensiblemente y apenas avanzaban. Intentó hacer un esfuerzo, pero David paró.

—No funciona —anunció, y se puso el brazo de Anna alrededor del cuello—. Agárrate —le ordenó, y la cogió en brazos.

—David, no puede ser, peso demasiado —protestó ella, pero él solo sonrió.

—Venga, si no pesas nada —repuso, y la llevó así el resto del camino hasta la capilla.

A él no le importaba el peso, y para ella era agradable ser transportada así, por lo que dejó de resistirse y apoyó la cabeza en el hombro del joven, agotada. La cojera y el dolor habían acabado con sus fuerzas, y el dilema que la reconcomía no mejoraba las cosas.

Cuando llegaron a la capilla, David la depositó con cuidado en el suelo y abrió la puerta, que nunca estaba cerrada. Luego ayudó a Anna a entrar cojeando.

La nave era estrecha y no tenía apenas decoración, salvo unas coloridas vidrieras y unos retablos en honor a algunos pastores y antiguos benefactores de la iglesia. Había velas casi por todas partes en sencillos candelabros. El resto del mobiliario era espartano, constaba únicamente de un gran altar de piedra, un púlpito de madera y los correspondientes cuatro bancos de iglesia antiguos con respaldos altos a ambos lados del pasillo. Tenían sitio para dos o tres fieles, y se podían cerrar con una portezuela en el extremo. Anna no pudo reprimir una sonrisa al ver que David le abría una portezuela para que pudiera sentarse.

Antes, cuando eran más jóvenes, David y ella a veces jugaban al escondite allí. Uno de ellos «desaparecía» tras una portezuela y el otro tenía que adivinar en qué banco entrar. Casi siempre ganaba ella porque el pelo enmarañado de David sobresalía por encima del banco. David lo hacía a propósito, ahora lo sabía, aunque él se empeñara en negarlo. Él le sacaba ventaja siempre porque era mayor, pero, a diferencia de sus hermanas, mucho menos consideradas, él nunca se lo recordaba. Por eso le gustaba tanto su compañía, porque siempre había existido ese vínculo especial entre ellos, ese afecto indiferente a la diferencia de edad. Anna confiaba en él, lo notaba ya de pequeña, y con los años esa sensación se había reforzado hasta transformarse en una estrecha amistad cuyo alcance empezaba a comprender ahora. No hacía casi nada sin David. Estaba ahí cuando lo necesitaba, le daba consejos o simplemente la escuchaba cuando algo la preocupaba. Era una parte importante y natural de su vida. Tal vez incluso la más importante...

—La Tierra llamando a Anna —dijo David, y sonrió cuando ella lo miró con cara de sorpresa—. Tienes que poner la pierna en alto —le indicó, y la joven se apresuró a apoyar el pie en el banco. Por lo visto ya se lo había dicho, pero Anna estaba tan absorta en sus pensamientos que no le había oído—. Voy a ver si encuentro cerillas en el altar. Pronto anochecerá y no iría mal un poco de luz.

Se dirigió allí y encontró lo que buscaba, pues poco después estaban ardiendo todas las velas. La luz que desprendían bastaba para iluminar la iglesia, pero su llama trémula proyectaba sombras cambiantes en los rincones. Además, los elevados muros de piedra encalados de blanco creaban un ambiente frío que hizo que Anna tiritara.

David, que seguía en el pasillo, se dio cuenta y frunció el entrecejo.

—Será mejor que vaya a buscar ayuda. De lo contrario podemos pasar aquí toda la noche esperando.

—No. —Anna sacudió la cabeza con vehemencia—. Por favor, no. Yo... no quiero quedarme sola aquí.

David abrió la portezuela del banco con una sonrisa, se sentó a su lado y le rodeó los hombros con el brazo.

—No te dará miedo este sitio tan apacible, ¿verdad? ¿Tienes idea de cuánto hace que existe esta construcción? —preguntó, sintiéndose a gusto, y señaló el presbiterio y la desnuda construcción de madera del techo—. Hace una eternidad que está aquí, y si las paredes pudieran hablar seguro que nos contarían historias emocionantes, por ejemplo de la época en que la peste negra hizo estragos aquí. O de las poblaciones que había aquí en otro tiempo. Solo queda la iglesia. Ha sobrevivido a todo, como una piedra contra la que rompen las olas. Probablemente no hay lugar más seguro, no tienes nada que temer.

Anna se apoyó en él y hundió la cara en su cuello, por primera vez sin mostrar interés en sus conocimientos históricos, que normalmente le parecían fascinantes. Seguía teniendo frío, aunque sintiera el calor de David.

Sí, tenía miedo. Mucho. Pero no por la iglesia, sino por ella. Por la situación en que se había metido.

—¿Quieres contármelo? —preguntó David, que notaba que algo la preocupaba.

La primera reacción de Anna fue negarlo de nuevo. Pero ¿cuánto más podría seguir guardándose esa información? Kate tenía razón, no podría callarse para siempre. Pero ¿cómo se lo decía? Era tan obsceno, tan monstruoso... y ella no quería hacer daño a David. Nunca había sido su intención. ¿Cómo podía haber sido tan ingenua y creer que hurgando todo se aclararía? Sintió un nudo en la garganta al mirarlo a los ojos, que tenían un brillo divertido.

—¿Tan malo es? —preguntó él con una sonrisa un tanto vacilante al ver que ella no contestaba—. Vamos, desembucha. ¿Se trata otra vez de Ben?

Anna quería contestar, pero no lo logró. David lo interpretó como un asentimiento y suspiró.

—Si lo que quieres decirme es que Ben es mi hermanastro, ya lo sé. Papá me lo ha contado antes de que llegaras. —No parecía gustarle la idea, pues se le ensombreció el semblante y se quedó con la mirada perdida al frente.

Anna tenía el corazón acelerado. De pronto vio claro que tenía que decírselo. La verdad estaba ahí, por mucho que ella callara durante semanas o meses. Era demasiado importante, tenía demasiado peso. Para él, pero también para ella.

—No —dijo a media voz—. No, no es eso.

David la miró.

—¿Qué significa eso? ¿La prueba no era correcta?

—Sí, esa era correcta. —Anna le cogió la mano entre las suyas—. David, probablemente ahora me odiarás por lo que he hecho. Pero sabía lo mucho que te preocupaba lo que dijo tu madre la noche del baile, y quería que tuvieras la certeza. Por eso le pedí a Kate que hiciera otra prueba. Con una muestra tuya.

David se la quedó mirando y ella se encogió de hombros con impotencia.

—Yo... pensaba que era lo correcto. No quería que te atormentaras más, pero...

—Pero ¿qué?

Anna respiró hondo y se le humedecieron los ojos. Sentía en el pecho el mismo dolor que le provocaría a David.

—Lo lamento mucho, David, pero Olivia no mentía. El tío Ralph... no es tu padre.

34

—¡No! —chilló lady Eliza, que no paraba de sacudir la cabeza—. ¡Es imposible! ¡Es una mentira infame!

Claire se había acercado a ella y la sostenía del brazo, pues la anciana se balanceaba.

—Ven, siéntate —dijo, y llevó a su madre a una butaca.

Se impuso un silencio tenso en la sala, solo interrumpido por la respiración pesada de la vieja dama.

Kate se sentía fatal y mantuvo la mirada clavada en Ralph, que trataba de poner orden en sus propios sentimientos.

—¿No es hijo mío? —preguntó con voz queda y un tanto temblorosa.

Kate sacudió la cabeza, afligida.

—La prueba no deja dudas.

—¿Y él ya lo sabe?

Kate se encogió de hombros.

—Seguramente Anna se lo ha dicho. No hay otra explicación para su desaparición. No creo que hayan tenido un accidente, los dos son muy buenos jinetes. Si los caballos han vuelto, entonces... —No se atrevió a decir que tal vez David no había resistido conocer la verdad y había cometido alguna tontería.

—Dios mío. —Ralph palideció y se llevó la mano a la boca.

Kate se asustó. Esperaba que se quedara sin habla, o que montara en cólera porque Anna y ella habían realizado la prueba sin su consentimiento. Pero estaba simplemente destrozado, y de pronto ella comprendió que todo aquello lo superaba.

No era la primera vez que deseaba no haber aceptado la petición de Anna. Querían aclarar la situación, y ahora todo había empeorado. Pero ¿qué podía esperarse después de la bomba que Olivia había soltado en el baile? ¿No habría intentado David averiguar la verdad tarde o temprano? Y más ahora, cuando gracias a la prueba de paternidad de Ben sabía lo fácil que era el proceso.

Eso se repetía Kate cuando la atenazaban los remordimientos. Pero era un mal consuelo, pues el hecho de que todo aquello no fuera culpa suya no cambiaba nada. En realidad no entendía cómo había podido vivir Olivia tanto tiempo con esa traición, y a todos les costaría mucho asumir la situación, si es que era posible. Pero lo importante ahora era encontrar a David y Anna. Ralph compartía su opinión, pues se incorporó y centró de nuevo la mirada.

—Tengo que verle —afirmó, y miró a su padre y a su hermana—. ¿Dónde pueden estar?

—Prácticamente en cualquier sitio —repuso sir Rupert—. No nos queda más remedio que dispersarnos en todas direcciones y buscarlos.

—¡Pues vamos! —Ralph ya estaba de camino a la puerta.

Kate no aguantó más. Tenía que ayudar, así que rodeó la mesa baja que había entre el sofá y las butacas para seguir a Ralph.

—Yo iré en dirección a Waterden —propuso—. Esa zona boscosa está bastante aislada, pero Anna me contó una vez que a David y a ella les gustaba montar por allí. A lo mejor están...

—¡No! —Lady Eliza se levantó cuando Kate pasó por su lado y la retuvo por el antebrazo—. ¡No necesitamos tu ayuda! —Le brillaban los ojos del odio—. Todo esto es culpa suya, Ralph. ¡Vive bajo el mismo techo que este intruso! —gritó, al tiempo que señalaba a Ben—. ¡Todo esto es un complot! Quieren desbancar a David y arrebatarle lo que le pertenece. ¡No puedes permitirlo! —La agarraba con tanta fuerza que Kate soltó un chillido de dolor.

Ben se acercó a ellas y las separó. La anciana clamó al cielo mientras la sujetaban sir Rupert y Claire.

Kate, nerviosa, se quedó petrificada. Sabía que no le gustaba a lady Eliza, pero esa hostilidad tan grosera la hirió en lo más profundo.

—¿Estás bien? —preguntó Ben, y ella reparó en que casi estaba apoyada en él. Lady Eliza le había provocado tal susto que había buscado protección en él por instinto. Se apresuró a separarse y asintió, pero la vieja aprovechó esa cercanía para reanudar el ataque.

—¡Sí, mirad! —Señaló a Kate y Ben—. Hay algo entre ellos. Se estaban besando en la biblioteca. En cuanto vi a este hombre supe que traería problemas. ¡Y es culpa de Kate! ¡Ella lo trajo aquí!

—¡Ya basta, Eliza! —ordenó sir Rupert, y lanzó una mirada severa a su esposa—. No es culpa de Kate ni de Ben.

—No —añadió Claire con tristeza—. La única responsable de esto es Olivia.

Pero lady Eliza no los escuchaba. Temblaba y tenía las mejillas encendidas. Kate nunca la había visto así. Parecía desquiciada, poseída por su odio hacia Ben. Ese tipo de escenas dramáticas eran su especialidad, pero aquello lo superaba todo. Lo mismo pensaban los demás, y Claire intercambiaba miradas con su padre.

—Yo me quedo con ella —dijo Claire, y señaló la puerta con un movimiento urgente de la cabeza—. Será mejor que os pongáis en marcha.

Aquellas palabras iban dirigidas principalmente a Kate y Ben, pues era obvio que lady Eliza no se serenaría hasta que ellos se marcharan. Ambos obedecieron, y sir Rupert y Ralph los siguieron.

—Lo siento, Kate, no sé qué le ha pasado —se disculpó Ralph por la conducta de su madre—. ¿Podrás ir hasta Waterden y buscarlos? Te lo agradeceríamos mucho. Yo me ocuparé del tramo de abajo hacia Fakenham, y papá puede recorrer con Kirkby los senderos de la costa.

—Sí, por supuesto. —Kate asintió, contenta de poder ayudar, pero se quedó quieta cuando Ben le tocó el brazo.

—Te acompaño.

Kate se lo quedó mirando, igual que Ralph y sir Rupert.

—No tienes por qué hacerlo —contestó ella, pero vio en su rostro aquella tozuda determinación que tanto conocía.

—A lo mejor puedo ayudar.

—Gracias. —Ralph también parecía sorprendido con el ofrecimiento, pero no hizo más preguntas y se limitó a asentir con una leve sonrisa de alivio.

Se dio la vuelta y atravesó varias estancias hasta llegar al gran vestíbulo. Kate lo siguió con Ben y sir Rupert, que no paraba de lanzar miradas inquisidoras de soslayo. Nadie habló hasta que se separaron en el aparcamiento delante de la casa.

—Avisad de inmediato si los encontráis —dijo Ralph, y se dirigió a su Mercedes. Ya se había ido cuando Kate y Ben subieron al todoterreno.

—¿De dónde sale ese repentino cambio de opinión? —preguntó Kate, con más agresividad de la que pretendía. Arrancó el coche y se colocó bien el asiento—. Pensaba que nunca te pondrías de parte de los Camden.

Un músculo se movió en la mejilla de Ben.

—Y no lo estoy haciendo. Pero le debo algo a David —explicó, y Kate recordó el incidente en la terraza de Daringham Hall. ¿De verdad Ben se sentía en deuda con David, o era solo un pretexto y tenía otro motivo para participar en la búsqueda?

Le habría gustado creer que no era indiferente a David y Anna y por eso la acompañaba. Pero, para ser sincera, sabía demasiado poco sobre él y

sus motivos, y le daba miedo sufrir otro desenga-
ño. No obstante, tal vez sería útil en la búsqueda,
así que no añadió nada más y giró el todoterreno
en el acceso, encendió las luces y dio gas.

35

—¿David? —La voz de Anna le llegó a través de una bruma, alzó la vista y vio el reflejo del miedo en sus ojos azules. Y del dolor.

Quería decirle que no era para tanto y que no tenía de qué preocuparse, pero no le salían las palabras. Se sentía anestesiado por dentro.

—¿No soy hijo de mi padre? —repitió, y al decirlo en voz alta sintió un puñetazo en el estómago y tomó conciencia de lo que significaba.

Se lo temía, incluso había intuido que lo que su madre había dicho en el baile era cierto. Nada, absolutamente nada lo había preparado para eso, pero cuando la oyó decirlo vio con claridad muchas cosas sobre las que nunca había hecho preguntas. El hecho de que fuera físicamente distinto a los demás, más moreno. Tampoco tenía ninguno de los rasgos Camden, no era rubio y los ojos verdes lo diferenciaban también de sus familiares de ojos azules. Pero esperaba que no fuera cierto. Se había convencido de que era absurdo, pero seguía teniendo esa sensación de estar sentado sobre una bomba de relojería que podía hacer saltar por los aires su vida en cualquier momento.

Ahora había explotado, y el suelo sobre el que tan seguro se sentía se abría bajo sus pies, lo dejaba caer sin remedio en un agujero negro.

Ya nada encajaba. Su padre no era su padre y su familia, la gente con la que se había criado, en realidad no tenían relación biológica con él. No era pariente suyo, no era nadie. Un desconocido. Un hijo bastardo.

Se levantó con brusquedad, avanzó hacia el altar y respiró hondo varias veces. Pero no logró controlar la desesperación que lo arrollaba, y de pronto sintió una rabia increíble.

—¿Por qué lo ha hecho? —Pensó en su madre, en cómo iba dando tumbos por la terraza, borracha, patética, sin ser dueña de sus actos. ¿También estaba borracha cuando lo engendró? ¿Quién era el hombre con quien se había acostado, a pesar de conocer ya a Ralph? ¿Y por qué diablos se había callado durante todos esos años?

Sacudió la cabeza al recordar los intentos de su madre de encontrarle pareja. Aquello también adquiría un sentido perverso. Si Olivia sabía que en realidad él no era un Camden, entonces tal vez había intentado asegurarle una «posición» gracias a una pareja de buena familia.

Apretó los puños y los ojos con fuerza. Toda su vida era una mentira. Desde el principio. No era la persona que creía ser. Ese era Ben. Su familia llevaba todos esos años apostando por la persona equivocada.

Poco a poco se volvió hacia Anna, que seguía sentada en el banco.

—¿Ralph lo sabe?

—No.

David tragó saliva.

—¿Y ahora qué? ¿Tengo que ir a verle y decirle que ha criado a un niño que no es suyo? —Turbado, se dio la vuelta de nuevo y se quedó mirando el altar, desolado. De pronto se sentía como un impostor, como si hubiera fallado en algo que era importante. Como si los hubiera decepcionado a todos. ¿Cómo podía reparar aquello?

Se volvió con brusquedad al sentir la mano de Anna en el brazo. Ni siquiera había notado que se acercaba cojeando a él, y su repentina cercanía hizo que todo se tambaleara peligrosamente.

—¿Qué hago ahora? —preguntó con la voz tomada.

Anna le cogió la mano. El brillo de las velas se

reflejaba en sus ojos, y de pronto David comprendió que entre ellos también todo era distinto. No era su prima. Igual que Ivy o Zoe. Toda la confianza que había existido entre ellos se desvaneció y la vio con ojos nuevos. ¿También la iba a perder a ella?

—No tienes que hacer nada —dijo ella—. David, no es culpa tuya.

—Pero todo ha cambiado. —Retiró la mano con un movimiento brusco—. ¿Por qué tenías que hacer esa prueba? —le increpó—. No te di permiso. ¡Y tampoco quería saberlo, maldita sea!

Anna dio un paso atrás, aturdida, y las lágrimas que llevaba todo el rato reprimiendo resbalaron por sus mejillas.

—Pero te estaba atormentando. Pensé que...

—¿Qué pensaste? ¿Que me sentiría mejor cuando tuviera la certeza de que no pertenecía a vuestra familia? Sí, exacto. Es una sensación fantástica. ¡Muchas gracias!

Se dio la vuelta, la dejó plantada y se dirigió a la salida por el pasillo central. Sabía que estaba siendo injusto. Anna solo había hecho lo que le habría gustado hacer a él. Era cierto que aquello lo atormentaba, y también que quería saberlo. Pero ¿cómo iba a vivir ahora con la verdad? ¿Cómo iba a seguir adelante?

Salió de la iglesia y se detuvo bajo la pequeña marquesina, miró los campos que se extendían ante él bajo el crepúsculo sobre las suaves colinas, interrumpidos por plantas de espino blanco y pequeñas arboledas aisladas.

Ya estaba bastante oscuro, pero ya le iba bien. Por lo menos así no tendría que controlar los gestos y podría dejarse llevar por la desolación que le quitaba las fuerzas. Le ardían los ojos y la garganta, pero no podía llorar, solo miraba al frente intentando ordenar el caos interior.

La puerta chirrió y oyó que Anna se acercaba por detrás. Esta vez no lo tocó ni dijo nada, tal vez porque notaba que él trataba de mantener la calma. Lo conocía mejor que nadie, y de pronto agradeció que hubiera sido ella quien se lo dijera. Con ella podía ser él mismo, no tenía que disimular, y le daría tiempo si lo necesitaba.

Lanzó un profundo suspiro.

—Lo siento —se disculpó sin volverse hacia ella—. No quería gritarte.

—No tienes por qué disculparte —musitó ella.

Guardaron silencio un rato, escuchando la noche que casi se había cerrado. Solo de vez en cuando se oía un susurro en la hierba y el viento entre las copas de los árboles.

A David le encantaba la paz que existía allí, en el campo, pero se preguntaba si la volvería a encontrar. ¿Seguía perteneciendo a Daringham Hall? ¿A partir de ahora sería simplemente tolerado? ¿Como un invitado que puede quedarse pero que no tiene derecho a vivir allí? Además, había una persona que podía ocupar su lugar. El auténtico heredero. La posición que antes era suya ahora le pertenecería a Ben. Y David no estaba seguro de poder soportarlo.

—Lo mejor es que me vaya —dijo, y notó una nueva oleada de desolación—. Será más fácil para todos.

—De acuerdo. —La voz de Anna sonó baja y firme—. Pero no te irás sin mí.

No era la respuesta que esperaba, y David se volvió hacia ella. En la penumbra no distinguía bien la expresión de Anna, pero en sus ojos había un brillo decidido y algo más que llenaba el vacío que él sentía.

—Me quedaré contigo hasta que entres en razón, y luego te llevaré de vuelta adonde perteneces —le dijo ella, y le apoyó las manos en el pecho—. No cambia nada, David. No tiene ninguna importancia quién te haya engendrado. Ralph es tu padre y te quiere. Eso no desaparece solo porque Olivia os haya mentido. —Vertió nuevas lágrimas que le corrieron por las mejillas—. No importa de dónde vengas, sino quién eres. Y eres maravilloso, David. Maravilloso y único, insustituible. Te necesitamos. Yo te necesito. —Estrujó la camiseta de David—. Por eso no puedes desaparecer sin más, ¿entiendes?

Él asintió y notó que algo cedía en su interior. No quería llorar, pero no aguantaba más. Un dolor ardiente le inundó el pecho. Abrazó a Anna con fuerza mientras daba rienda suelta a la tristeza, la rabia y el miedo.

Anna no lo soltó, le dio su apoyo. David le acariciaba la espalda y oyó su voz queda asegurándole que todo iría bien.

Tardó un rato hasta que se sintió mejor, respiró con más calma y se recuperó. Pero no lograba separarse de Anna, se quedó abrazándola y notó lo bien que le sentaba tenerla muy cerca. Cuánto la necesitaba.

Cuando finalmente la soltó, se apresuró a secarse las lágrimas de los ojos. Le daba un poco de vergüenza haber llorado, pero cuando iba a decir algo Anna le dio un golpecito en el pecho.

—Ahora no te disculpes —le advirtió, y la leve sonrisa que dibujaron sus labios le derritió el corazón.

—Tú también eres maravillosa, ¿sabes? —Le acarició con ternura las mejillas humedecidas y se sorprendió al notar que estaba sonriendo.

—Pues pareces haberlo olvidado —le replicó ella con sequedad, e hizo un gesto irónico consigo misma—. Pero dadas las circunstancias te lo dejaré pasar por una vez.

David soltó una risita y relajó los hombros.

—Muy amable por tu parte. Pero no lo he olvidado —dijo, y mientras se sonreían era como si alguien hubiera retirado una cortina en su interior. De pronto comprendió que Anna tenía razón.

Si se iba a algún sitio, no lo haría sin ella, porque su vida solo funcionaba con ella. Anna era su ancla, su alma gemela, su equivalente. Siempre lo había sido, pese a los cuatro años que los separaban. Anna significaba mucho para él, pero el sentimiento que lo invadía en aquel momento era nueva y mucho más profundo. No podía cerrar el agujero que la noticia de sus orígenes había provocado, pero mitigaba el dolor, hacía que algo en él volviera a sanar.

No sabía expresarlo con palabras, así que la abrazó un momento más y le besó el pelo.

—Ven, volvamos adentro —dijo luego, y abrió la puerta de la capilla, donde la cálida luz de las velas se veía desde fuera—. Tendrías que poner el pie en alto hasta que alguien venga a recogernos de una vez.

Sin embargo, en su fuero interno deseaba que tardaran en encontrarlos. La idea de volver a ver a su padre después de aquella noticia le oprimía el pecho, así que agarró con más fuerza el brazo de Anna mientras la ayudaba a atravesar el umbral para volver a la iglesia.

36

—Está anocheciendo. —Ben señaló hacia donde los árboles y arbustos se desdibujaban en la penumbra en cuanto los faros ya no los iluminaban. Y como en aquellos estrechos caminos rurales no había farolas, la visibilidad se iba reduciendo a cada minuto.

Kate también era consciente de ello, pero aún no estaba dispuesta a reconocerlo.

—Aún se ve suficiente —repuso, y siguió conduciendo sin inmutarse. Ben se mostró escéptico.

—En cuanto deje de haber luz ya no tendrá sentido —insistió, y por desgracia tenía razón.

Las noches sin luna como la que se avecinaba podían ser muy negras en el campo, y solo encontrarían a Anna y David si aparecían frente a ellos en la carretera. También podría ser que se hubieran cobijado en algún sitio y no salieran de allí, tal vez en el bosque junto al que pasaban en ese momento, o en otro lugar intransitable al que no se pudiera llegar en coche. Esa era la gran preocupación de Kate. Anna y David eran excelentes jinetes, por eso no tenía explicación que no dieran señales de vida. Si uno se había caído, el otro podría haber ido en busca de ayuda. Pero seguían desaparecidos pese a que todos llevaban buscándolos un buen rato en distintos sitios. Eso alimentaba el miedo de que hubiera ocurrido alguna desgracia.

—Me rendiré cuando los hayamos encontrado —afirmó Kate, y cometió el error de mirar a Ben. Como siempre, sus miradas se quedaron enganchadas y a Kate se le cortó la respiración por un momento, solo capaz de contemplar aquellos ojos grises clavados en ella.

Se sentía fatal, terriblemente culpable por haberse dejado convencer por Anna de hacer la prueba. Y por si no fuera suficiente, encima tenía que combatir sus sentimientos hacia el hombre que había provocado todo aquel caos.

Aparte de las escasas preguntas que le había hecho Ben sobre su zona de búsqueda, había permanecido en silencio hasta entonces. Aun así, Kate no había podido obviar su presencia ni por un segundo, pues el hecho de estar tan cerca en el coche ejercía un efecto desastroso en ella. En una ocasión había puesto la mano sobre la de Ben sin querer y ese breve contacto había bastado para que se le acelerara el corazón. Y cuando sus miradas se encontraban era peor, porque regresaba ese cosquilleo en el estómago que tanto la alteraba.

Pero en sus ojos ya no veía lo que ella conocía. A veces creía distinguir un destello, demasiado fugaz para interpretarlo, que era reemplazado por la desconfianza con que él la mantenía a distancia. Tenía mucho cuidado de no dejar traslucir lo que le pasaba por dentro, lo que pensaba, y eso era muy frustrante.

Con esfuerzo consiguió apartar la mirada de él y centrarse de nuevo en la carretera.

—No tenías obligación de venir —dijo, y notó su propio tono de reproche—. No te lo pedí.

—Pero ahora estoy aquí —repuso él—. Y me pregunto de qué sirve conducir en plena noche cuando ni siquiera estamos seguros de por dónde fueron a montar.

No sonaba enfadado, sino preocupado y molesto, como si le fastidiara el hecho de no haber conseguido encontrarlos.

—Entonces vamos a buscar los perros. —A Kate se le ocurrió la idea de repente, era como agarrarse a un clavo ardiendo, pero estaba dispuesta a aferrarse a él—. *Lossie* antes era de un cazador, y es bastante buena rastreando. Hace tiempo que no lo hace, pero vale la pena intentarlo. Tal vez...

—¿A oscuras y en una zona donde quizá ni siquiera están David y Anna? —Ben arrugó la nariz—. No creo que sirva de nada, aparte de rompernos algún hueso si corremos entre la maleza con linternas de mano.

Kate lo fulminó con la mirada. ¿Siempre tenía que ser así de realista? Ella no quería interrumpir la búsqueda, y tampoco tenía ganas de que le recordaran que prácticamente era inútil mientras no tuvieran algún indicio o David y Anna pudieran hacerse ver de alguna manera.

—¿Tienes una idea mejor? —lo increpó—. No podemos...

—¡Cuidado! —El grito de Ben hizo que Kate volviera a mirar la carretera a tiempo y pudiera evitar el pequeño coche amarillo que había tomado la curva a gran velocidad delante de ellos.

El conductor no se esperaba encontrar a alguien de frente y giró a la izquierda. Kate hizo lo mismo con el todoterreno y se acercó todo lo que pudo al margen del camino, convencida de que igualmente chocarían. Pero los dos coches pasaron a un centímetro de distancia sin tocarse. Por un segundo Kate miró a los ocupantes y creyó reconocer a Jazz Moore en el asiento de atrás, o a alguien con el pelo teñido del mismo color lila estridente. Luego el viejo Vauxhall Nova abarrotado desapareció en la curva siguiente sin reducir la velocidad.

Kate siguió conduciendo, temblorosa y con el corazón desbocado. Dios mío, se habían salvado por los pelos...

—¡Para! —ordenó Ben súbitamente.

Sorprendida, Kate detuvo el todoterreno en una entrada amplia a un campo.

Ben se había dado la vuelta y miraba hacia atrás, pese a que el otro coche había desaparecido hacía rato.

—Ese coche —murmuró—. Juraría que... —Sacudió la cabeza, estaba nervioso porque no podía especificar qué le había despertado ese conductor kamikaze, y se volvió de nuevo hacia delante. Miró a Kate y frunció el entrecejo—. ¿Estás bien?

Ella aferraba el volante y miraba al frente. No podía mirar a Ben por miedo a romper a llorar o hacer alguna tontería, como lanzarse a su cuello por el alivio que sentía de que no les hubiese pasado nada.

—¿Kate? —Ben, intranquilo por su silencio, le puso una mano en el brazo, y de pronto ella notó que la tensión que llevaba soportando todo ese tiempo se transformaba en rabia.

—¿Cómo puedes preguntarme eso? ¿Precisamente tú? —espetó, le apartó la mano y lo miró con odio—. No, ya nada está bien. Desde que estás tú, todo está patas arriba, pero ese era tu plan, ¿verdad? —Apretó los puños para no temblar—. ¿Por qué quieres encontrar a David, eh? A fin de cuentas, quieres hacer sufrir a Ralph, y nada le afectaría más que perder a David. Porque le quiere. Es un buen padre, y también lo sería para ti si le dieras una oportunidad. Pero tú no quieres saber nada de él, prefieres empeñarte en hacerle daño. ¡Así que no preguntes si estoy bien!

Necesitó dos intentos para soltar el cinturón de seguridad, luego se apeó y rodeó el coche. Respiró hondo varias veces para calmarse.

La puerta del coche se cerró tras ella y oyó los pasos de Ben acercándose.

—Kate...

—¡No! —Se dio la vuelta y levantó la mano para detenerle, pero ya lo tenía casi encima. El pelo claro de Ben se elevó hacia el cielo nocturno, y seguía con un gesto adusto cuyo significado era difícil de descifrar—. Si querías hacernos desgraciados a todos, lo has conseguido, Ben. Ya puedes volver a Nueva York y...

Él la agarró y la atrajo hacia sí. Ella se quedó sin respiración del susto, pero él ya la besaba con fuerza, casi como si la castigara, como si no quisiera oír más sus reproches. Y de pronto ella solo pudo sentir ese ardiente deseo que ninguno de los dos sabía controlar.

Kate ya no era dueña de su cuerpo, que se negó a apartarse, aunque la cabeza le diera esa orden. Quería notarlo, estar más cerca de Ben. Y gimió cuando el beso de Ben ganó en ardor y hundió la lengua más en su boca, retándola a un duelo apasionado que la encendió al instante. Ya no importaba nada, solo que Ben estaba allí y volvía a saborearlo, sintiendo cuánto la deseaba. La invadió una sensación de alivio, como si por fin todo estuviera en su sitio, y dejó de pensar en por qué no podía abandonarse así.

En algún momento, Kate no sabía si habían pasado segundos u horas, Ben se separó de su boca. Aún abrazados, se quedaron así, ambos sin aliento, con los labios separados por unos milímetros.

—No quiero hacerte desgraciada, Kate —dijo Ben, y ella le miró a los ojos, consciente de lo que le atraía de él irremediablemente y de lo que la separaba de él.

Quería creer que lo decía en serio, confiar en la cálida sensación de felicidad que experimentaba cuando estaba en sus brazos. Pero no podía ver su interior, y le volvieron las dudas que la habían asaltado poco antes, impidiéndole olvidar por qué estaban allí, en ese campo, al anochecer.

—Entonces ¿por qué lo haces? —preguntó—. ¿Por qué no les das una oportunidad a los Camden? El ofrecimiento de Ralph iba en serio. Quiere conocerte de verdad y compensar el no haber estado contigo durante todos estos años.

Ben cerró los ojos y ella notó que los brazos se le ponían en tensión. Apartó a Kate y la miró con expresión ausente.

—¿Y de verdad cree que basta con unas palabras amables? ¿Que voy a olvidar sin más lo que hizo?

—Pero si no sabes lo que pasó realmente entonces. Podrías averiguarlo y a Ralph le gustaría empezar de nuevo, te está tendiendo la mano. Es tu padre, Ben. Eso tiene que significar algo.

Kate no entendía su tozudez. Ahora él formaba parte de los Camden, y estaban dispuestos a aceptarlo. Volvía a tener una familia. ¿Cómo podía rechazar semejante regalo?

Ben soltó un bufido.

—Yo no tengo padre —dijo.

—Pero podrías tenerlo si te quedas.

Ben esbozó una sonrisa hueca.

—Créeme, en Daringham Hall soy igual de bienvenido que mi madre en su momento —dijo con tristeza, y Kate detectó una rabia fría e irreconciliable.

Por un momento se quedaron callados, mientras Kate pensaba si tenía razón. Recordó la imagen de David, y la de lady Eliza, Olivia y Timothy. Todos estaban conmocionados, y la culpa era de la aparición de Ben. ¿Realmente lo recibirían con los brazos abiertos, como Ralph había prometido?

—¿Y qué vas a hacer ahora? —preguntó, acongojada, y esperó su respuesta en tensión. Fuera cual fuese, sería difícil de asimilar.

Pero Ben se quedó callado mirando el campo a la tenue luz que quedaba en la linde del bosque.

—¿Qué es eso de ahí delante? —preguntó—. ¿Ahí vive alguien? Pensaba que era una zona bastante solitaria.

Kate estaba tan absorta que tardó un instante en entender la pregunta. Entonces abrió los ojos de par en par y lo agarró del brazo.

—Dios mío, es la capilla. La iglesia de All Saints.

Ben la miró sin entender.

—¿Y?

—Se utiliza muy poco, y en esta época nunca. Si hay luz es que a lo mejor...

—Anna y David —terminó Ben, y le dio un enérgico empujón hacia el coche—. ¿Sabes cómo llegar?

Ella asintió, aunque tuvo que pensarlo un momento. Luego subieron al todoterreno y fueron hacia allí.

Por supuesto, también podía ser alguien de la zona que estuviera echando un vistazo a la capilla. Pero tal vez era un punto de partida, a lo mejor habían encontrado a los chicos. La idea animó a Kate a meterse con el coche por los angostos senderos.

Hacía mucho tiempo que no visitaba la capilla, y la penumbra le dificultaba encontrar la pequeña bifurcación que llevaba hasta ella. Pero al cabo de unos minutos se detuvieron en el prado que había delante de la pequeña iglesia.

Detrás de las vidrieras había una luz cálida, y Kate corrió tan rápido que en los últimos metros estuvo a punto de tropezar. Finalmente abrió la puerta de madera.

—¿David? ¿Anna? —llamó al entrar, y cuando los vio sentados, apoyados el uno en el otro en uno de los bancos, sintió un alivio infinito—. ¡Gracias a Dios, estáis aquí!

Sin embargo, no parecían estar ansiosos por que llegara ayuda, al contrario. Se separaron con desgana y expresiones contrariadas, como si estuvieran enfrascados en una conversación o en sus pensamientos y tuvieran que volver a la realidad.

—Oh, Kate... —Anna sonrió débilmente al abrazar a su amiga.

David, en cambio, permaneció serio, saltaba a la vista que estaba muy contrariado. A Kate le pareció que había estado llorando, así que sin duda Anna se lo había dicho.

—Los demás os están buscando, estábamos muy

preocupados —dijo, y se arrepintió al ver que David se sobresaltaba al mencionar a «los demás».

Le habría encantado darle consuelo, pero ¿había consuelo en su situación? Debía de ser muy duro para él, y Kate no quería ni pensar en qué pasaría cuando regresaran a Daringham Hall.

Frunció el entrecejo al ver que Anna cojeaba al dejar el banco. No apoyaba bien un pie.

—Cielo santo, ¿te has hecho daño? Pero ¿qué ha pasado?

Anna le contó la caída y que los caballos se habían ido, pero de repente se calló y miró a David, que ya no les escuchaba. Tenía la mirada clavada en la entrada.

Allí estaba Ben.

Kate sintió una punzada en el estómago. No había entrado con ella en la capilla, se había quedado en la puerta. Su actitud, la manera de mirarlos, esta vez no transmitía ninguna hostilidad. Más bien estaba expectante, dudoso, como si no estuviera seguro de qué hacer.

—Ben me ha ayudado en la búsqueda —dijo Kate, mientras se acercaban a él. David no reaccionaba, solo miraba a Ben hasta que finalmente estuvieron uno frente a otro.

Se impuso el silencio durante un momento de tensión, hasta que David le dirigió un gesto a Ben, sin sonreír.

—Gracias.

Ben también asintió, pero no contestó y se quedó quieto mientras los demás salieron por la puerta. Cuando Kate le lanzó una mirada inquisitiva, Ben señaló el presbiterio.

—Voy a apagar las velas —dijo, y le dio la espalda tan rápido que Kate no tuvo tiempo de leerle la mirada.

Acompañó a Anna al coche junto con David y la ayudó a sentarse atrás. Entonces recordó que había olvidado algo muy importante, y cogió el móvil que estaba en la parte delantera del coche.

—Voy a avisar que os hemos encontrado —explicó, a punto de marcar el número de Daringham Hall. Pero David le agarró de la mano.

—No, por favor. —Le lanzó una mirada suplicante—. ¿No podemos volver sin más?

Kate no entendió por qué le pedía aquello. ¿Esperaba que todos estuvieran fuera cuando llegaran a la casa para así aplazar el encuentro con Ralph? ¿O le daba miedo la reacción de Ralph cuando hablara con él? ¿Temía tener que decírselo él?

«Quizás un poco de todo», pensó Kate al ver su mirada vacilante. Era admirable lo mucho que se esforzaba por mantener la compostura, y ella podía ahorrarle por lo menos una preocupación.

—Lo sabe, David —dijo en voz baja—. Y está

muy preocupado. Tengo que decirle a él y a los demás que estáis bien.

David lo aceptó, pero su abatimiento no cambió. No creía que su bienestar fuera importante para Ralph, pero por lo menos admitió que Kate no podía callarse la noticia.

—Bueno, entonces llama. —Se encogió de hombros, subió detrás con Anna y cerró la puerta, como si no quisiera oír lo que Kate hablaba con Ralph.

—¡Oh, gracias a Dios! —A Ralph se le quebró un poco la voz al oír la noticia, aunque se notaba la tensión pese al alivio de haberlos encontrado.

—Anna se ha lastimado un pie. Ahora me llevo a los dos de vuelta —informó Kate, y cuando iba a colgar Ralph la detuvo.

—Kate, ¿Ben sigue ahí contigo?

Ella contempló la silueta oscura que se perfilaba delante de la iglesia, ya a oscuras, acercándose a ellos. Se le aceleró el corazón.

—Sí. ¿Por qué?

Ralph suspiró.

—Solo quería saberlo.

Kate colgó con cierta angustia, se sentó al volante y arrancó el motor. Siguió observando a Ben por el parabrisas, que se acercaba a la luz de los faros, recordó cómo la acababa de besar y sintió un nudo en el estómago cuando sus miradas se encontraron.

Aún le debía una respuesta a su padre. Pero mostraba una actitud tan reservada que ella no se atrevió a seguir pensando en qué sucedería. O en cuál era el deseo de Ben.

Esperó hasta que se sentó a su lado y luego se fueron.

37

—Oh, no —susurró David, y suspiró mientras se acercaban al gran caserón iluminado. Lo último que necesitaba en ese momento era una aglomeración de gente, pero precisamente eso era lo que les esperaba en el patio abarrotado, donde había muchos más coches aparcados de lo normal. David no podía verlo con nitidez, pero no solo había familiares, sino también los empleados de las caballerizas y la casa que esperaban su llegada. Y Kirkby, por supuesto, su corpulencia destacada entre la multitud.

Estupendo. David tragó saliva. Justo ahora que preferiría esconderse en algún agujero aquello parecía una estación de ferrocarril.

Anna, sentada junto a él, notó su inquietud creciente y le cogió la mano. Lo miró sonriente y él respiró hondo mientras entrelazaba los dedos con los de ella. Era importante que Anna estuviera allí, le ayudaba saber que estaba a su lado. Pero aun así se sentía fatal. Y todavía quedaba lo peor.

Durante el trayecto nadie había abierto la boca, y David lo agradecía. No tenía ganas de hablar, mucho menos en presencia de Ben, que siempre lo irritaba. ¿Por qué estaba ahí si no quería saber nada de ellos? ¿Disfrutaba con lo que había provocado? ¿Estaba satisfecho, ahora que la vida de David se había hecho añicos?

«No es culpa suya», se recordó. Seguramente hasta debería estar agradecido a Ben, pues de no haber aparecido tal vez jamás se habría enterado de que su vida se basaba en una mentira.

Buscó a su madre entre la multitud, pero no la vio. Tampoco a Ralph, pero Claire, James y sus abuelos esperaban junto a la puerta principal. Kate avanzó despacio mientras la gente se apartaba a un lado para dejar sitio al todoterreno. Kate se volvió hacia él cuando finalmente paró casi en la puerta de la casa.

—Así Anna no tiene que caminar tanto —dijo para explicar la peculiar maniobra de aparcamiento, pero por su sonrisa de complicidad David entendió que sabía las pocas ganas que tenía de ver a la gente reunida en el patio. Ya tenía bastante con que su familia se abalanzara sobre el coche, Claire y James los primeros.

—Lo conseguirás —dijo Anna, y le apretó la mano antes de abrir la puerta. Su madre la ayudó a bajar, le dio un fuerte abrazo y no paró de preguntar por el pie.

David la siguió vacilante y, por cómo le miraba el resto de la familia, supo que ya estaban al corriente. Claire soltó a Anna y le dio un abrazo.

—Ay, David —le dijo, y le acarició las mejillas con ternura—. Todo irá bien. No te preocupes.

No parecía muy convencida, pues los ojos llorosos le brillaban y desvió la mirada hacia Ben, que también había bajado y estaba, como Kate, de pie junto al coche, pero a cierta distancia, como en la capilla.

Sir Rupert y James también miraron a Ben y parecían impresionados mientras saludaban a David y Anna. Lady Eliza hacía caso omiso de la presencia del rubio americano; solo tenía ojos para David, y aunque era más bien seca para el afecto físico, también le dio un abrazo y unas palmaditas en las mejillas.

Pero aún faltaban dos personas.

—¿Dónde está mamá? —preguntó David.

Claire se encogió de hombros.

—Se fue hace unas horas a una fiesta, poco después de que te marcharas con Anna. Todavía no hemos podido localizarla —explicó, sin aclarar cuánto había insistido.

A David le pareció bien. En aquel momento le habría costado mucho verla. Estaba demasiado enfadado con ella.

—¿Y dónde está...? —Quería decir «papá», pero no le salieron las palabras. Los demás entendieron a quién se refería.

—Está hablando por teléfono con Jeff Crome de los bomberos para anular el aviso de desaparición —explicó James. Y al ver que David fruncía el entrecejo, añadió—: Se ha desvivido por encontrarte.

David asintió y se dio la vuelta al oír que la puerta de la casa se abría tras él. Ralph salió y cuando sus miradas se encontraron, David tenía tal nudo en la garganta que apenas podía respirar.

Entre un velo de lágrimas vio que se le acercaba el hombre al que siempre había considerado su padre. No pudo ir a su encuentro, se sentía demasiado cohibido. Ralph también se detuvo vacilante delante de él, como si no supiera muy bien cómo comportarse.

Se miraron un momento y David notó que no podía más. Le dolían las mandíbulas del esfuerzo por no llorar, y de pronto se sintió tan perdido que esa sensación lo superó. Pero cuando amenazaba con derrumbarse, Ralph dio un paso al frente y lo estrechó entre sus brazos.

—Lo siento —dijo David, con la voz tomada por el llanto.

Ralph se separó un poco y sacudió la cabeza.

—Yo no —dijo, también con lágrimas en los ojos—. ¿Me oyes? No me arrepiento de un solo día. Ni uno. Eres mi hijo y lo seguirás siendo. —Con la voz también temblorosa, abrazó de nuevo a David, abrumado por sus sentimientos—. Siempre lo serás, ¿me oyes?

David asintió y notó que el peso que le oprimía el pecho se desvanecía, y por fin pudo respirar con normalidad. Tuvo que inspirar hondo un par de veces, pero logró recobrar la compostura y separarse de Ralph, consciente de la cantidad de público que tenían. Los empleados que habían ayudado en la búsqueda se habían acercado, probablemente porque había algo que no iba bien. David era todo un Camden en eso, experto en evitar los números en público.

Los rumores serían inevitables. Aún no lo sabía todo el mundo, pero notaba la irritación de la gente. Comprendían que había pasado algo. La noticia no tardaría mucho en propagarse. Tendría que convivir con ello, pero en ese momento solo sentía alivio. Y cansancio. Mucho cansancio.

Desvió la mirada hacia Anna, que estaba junto a su madre. Sonreía, pero sus ojos también reflejaban agotamiento, y de pronto sintió una necesidad imperiosa de estar de nuevo a solas con ella, como en la capilla. Quería tenerla entre sus brazos y sentir su cercanía, ocuparse de que estuviera bien. Y para eso solo necesitaba tranquilidad.

Se aclaró la garganta para deshacerse del nudo en la garganta.

—Será mejor que vayamos adentro —dijo—. Anna debería tumbarse.

—¡Por supuesto! —Sus palabras asustaron a Claire, que se volvió de nuevo hacia su hija—. Ven, cariño —dijo, y quiso ayudar a Anna, pero David ya le estaba ofreciendo el brazo.

Juntos se dirigieron a la entrada, seguidos por Claire, lady Eliza y Kirkby, que se adelantó para abrirles la puerta al gran vestíbulo, donde, para gran alivio de David, todo estaba exactamente igual que antes, como a él le gustaba.

Kate miró a David, Anna y los demás mientras entraban en la casa, luego desvió la mirada hacia Ben, que seguía a cierta distancia de ella.

Llevaba todo el tiempo observándolo de reojo y preguntándose qué estaba pensando. ¿Cómo debía de ser para él ver a Ralph como un padre afectuoso? ¿Cambiaría de opinión en algo? ¿O solo lo empeoraba todo porque Ralph nunca había estado ahí para él?

No podía asegurarlo, pero algo le estaba ocurriendo a Ben, aunque su rostro permaneciera inmutable. «Es normal —pensó—. Esto tiene que afectarlo, lo conozco.»

No era un insensible, al contrario. Ocultaba muchas cosas que no mostraba, heridas que no dejaba ver a nadie y que ella comprendía de una forma instintiva. Siempre lo había entendido. Esas heridas eran la razón por la que ya no era el hombre que había vivido con ella y la había amado con pasión todas las noches. El hombre al que ella seguía deseando y al que quería recuperar. Pero al recobrar la memoria volvió también la coraza con que protegía su interior, y Kate no estaba segura de si había algo que pudiera romperla.

Ben, como si se sintiera observado, de pronto volvió la cabeza hacia ella. Sus miradas se cruzaron y Kate no consiguió disimular lo que sentía, lo acelerado que tenía el corazón.

El coche que se detuvo al lado del todoterreno rompió el hechizo, y Kate reconoció asombrada el viejo monovolumen de Tilly. Pero su amiga no había ido sola a Daringham Hall.

—Pero ¡qué pasa aquí, maldita sea! —exclamó Peter Adams al apearse en cuanto el coche paró. Se acercó a Ben con cara de pocos amigos—. ¡Ya pensaba que no volverías jamás!

Tilly cerró la puerta del conductor y se unió a

Kate. Parecía extrañada por la cantidad de coches y gente que había en el patio, y no paraba de mirar alrededor.

—¿Me he perdido algo? —preguntó, pues, pese a que la gente empezaba a dispersarse porque Anna y David habían vuelto sanos y salvos y ya no había nada que ver, en el patio había más ajetreo del habitual.

Kate suspiró.

—Es una larga historia. Pero yo sí que me he perdido algo, ¿no? —Señaló a Peter Adams, que estaba hablando con Ben—. Pensaba que no soportabas a ese hombre.

—Y no lo soporto, es insufrible —confirmó Tilly con gesto adusto—. Pero me ha prometido que podré limpiarle la habitación de una vez si le traía hasta aquí. Creo que piensa que los Camden intentarán retener a Ben. —Hizo un gesto como si fuera la idea más descabellada del mundo. Miró a Kate y frunció el ceño—. No es verdad, ¿no?

Kate iba a responder, pero Ralph, que estaba hablando con James y sir Rupert, se acercó a Ben con gesto serio. Kate contuvo la respiración. Recordó qué poco tenían en común Ben y su padre, aparte del color de pelo. Pero había algo en los ademanes y el perfil de Ben que recordaba un poco a sir Rupert. «Realmente Ben es un Camden —pensó—. Lo quiera o no.»

—¿Has valorado mi ofrecimiento? —preguntó Ralph.

A Ben se le ensombreció el semblante.

—¿Entonces sigue en pie? —Parecía extrañado.

Ralph asintió.

—Por supuesto.

—¿Qué ofrecimiento? —intervino Peter Adams, que miraba a Ralph como si fuera la encarnación del diablo que acechaba el alma de Ben. Por poco se puso delante de Ben en actitud protectora; a Kate le parecía absurdo, pero en cierto modo también conmovedor. Era evidente que Ben significaba mucho para él.

—Me gustaría que se quedara una temporada con nosotros para que pudiéramos conocernos —explicó Ralph, sin hacer caso del gruñido que soltó Peter, con la mirada clavada en Ben. Todos lo estaban mirando, pero sir Rupert parecía el único que lo consideraba una buena idea. James y Tilly se mostraban más bien escépticos, y Peter Adams estaba horrorizado.

El propio Ralph no parecía del todo convencido de estar haciendo lo correcto, pues Kate vio que el ojo derecho le temblaba un poco mientras observaba a su hijo desconocido: una señal inequívoca de que estaba más nervioso de lo que quería aparentar.

—¿Y bien? ¿Quieres quedarte?

Ben no respondió enseguida, y Kate sintió el corazón oprimido contra las costillas mientras esperaba la respuesta, como los demás.

«Seguro que la rechaza —pensó—. Volverá a Nueva York, y yo tendré que odiarle porque seguirá intentando perjudicar a los Camden desde allí. No lo volveré a ver. Ni a besarlo. Ni...»

—Sí, me quedaré una temporada —respondió Ben en ese momento, y Kate suspiró temblorosa.

—¡No puede ser, Ben! ¡Qué tonterías dices! —le espetó Peter Adams, impactado.

Pero Ben no le hizo caso y estrechó la mano que Ralph le tendía. Los dos hombres se miraron a los ojos un momento. Luego Ralph se aclaró la garganta y Kate vio que le temblaba de nuevo el ojo.

—De acuerdo —dijo—. Entonces, ¡bienvenido a Daringham Hall!